Anita Brookner

Eine Mesalliance

ANITA BROOKNER

Eine Mesalliance

ROMAN

Aus dem Englischen
von Herbert Schlüter

EISELE

Besuchen Sie uns im Internet:
www.eisele-verlag.de

Dieser Roman ist früher bereits unter dem Titel
»Vergangenheit ist ein anderes Land« erschienen.

Die Originalausgabe »A Misalliance«
erschien 1984 bei Jonathan Cape, London.

MIX
Papier
FSC FSC® C014496

Gesetzt aus der Quadraat Pro
Satz: LVD GmbH, Berlin
Druck und Bindearbeiten: GGP Media GmbH, Pößneck
Printed in Germany
ISBN 978-3-96161-118-8

1

Blanche Vernon füllte ihre Zeit damit aus, ihre Gefühle wirkungsvoll in Schach zu halten. In diesem unbehaglichen Monat – es war ein kalter April mit langen, kühlen Abenden – hielt sie es für eine Ehrensache, beschäftigt und heiter zu sein, bis die Nacht hereinbrach und sie ihrer Verpflichtungen enthob. Zwar waren es nur geringfügige und selbstauferlegte Pflichten, aber eben deshalb nahm sie sie umso genauer, denn niemand sonst kam ihnen nach. Da sie keine Witwe und daher ohne jeden Anspruch auf die Rücksichtnahme ihrer Umgebung war, trug sie ihre Scheidung mit Würde, dennoch empfand sie ein Gefühl der Schande. »Ich bin unschuldig«, hätte sie besonders an unfreundlichen Tagen am liebsten verkündet, »und bin es immer gewesen. Mein Mann hat mich um einer jungen Frau willen verlassen, die ein Studium der Informatik beendet hat und an der ich nicht den geringsten Funken von Phantasie entdecken kann.« Dieses Ereignis war ihr unverständlich geblieben, und sie empfand es als Demütigung. Gedemütigt, ratlos und unschuldig fühlte sie umso stärker die Notwendigkeit, den Kopf hochzuhalten und der Welt mit einem Lächeln zu begegnen, das ein zurückhaltendes, doch vergnügtes Interesse an allem andeutete, was das Leben ihr zu bieten hatte.

Bevor sie am Morgen das Haus verließ, machte sie sich aufs Sorgfältigste zurecht – bis zum Nagellack auf dem kleinen Finger.

Das Haus zu verlassen – ein großes Backsteingebäude mit mehreren geheimnisvollen Wohnungen und hohen Räumen – war das Ereignis des Tages. Danach konnte sie aufatmen, da sie sich wieder einmal in die Welt hinausgewagt hatte, ohne auf Widerstand gestoßen zu sein. Sie schritt zügig aus, obwohl sie sich über ihr Ziel noch nicht ganz klar war. Die Wallace Collection besuchte sie häufig, ebenso die National Gallery, seltener das British Museum, wo sie einmal nahezu ohnmächtig geworden war. Im Victoria and Albert Museum hatte sie einmal zwischen zwei Vitrinen mit Dinanderien eine wahrhaft beunruhigende Todesahnung gehabt. Sie war diesen unerklärlichen Gefühlen ausgeliefert, die sich meistens auf ihr eigenes Ende bezogen, und sie musste eine Menge Selbstironie aufbieten, um ihre Panik zu bekämpfen. Ihre Nachbarn hielten sie für unnahbar und versuchten deshalb gar nicht erst, Kontakt mit ihr aufzunehmen. Das wunderte sie nicht, denn sie war so intensiv mit der Lösung ihrer inneren Widersprüche beschäftigt, dass sie selten ihre Wirkung auf andere wahrnahm. Manchmal kam ihr ein Gesicht bekannt vor, und sie lächelte, aber zu spät, und so welkte ihr Lächeln langsam dahin, um einer sorgenvollen Miene Platz zu machen, die ebenfalls nur langsam verschwand, langsamer, als sie wusste.

Ihr Ehemann, Bertie, hatte sie nach zwanzigjähriger Ehe verlassen, und diese zwanzig Jahre konnte sie nicht aus ihrem Bewusstsein verdrängen. Sie war sehr glücklich gewesen, aber sie nahm an, dass er es nicht gewesen war. Sie hatte in diesen Jahren einen so großen Tatendrang verspürt, dass sie sich gezwungen hatte, ihre Überschwänglichkeit zu drosseln. Sie hielt solche Überschwänglichkeit für peinlich, wenn man sich nicht ganz sicher war, anderen zu gefallen. Sie kultivierte deshalb einen Geschmack, von dem sie instinktiv spürte, dass er so spröde und herb war wie der sehr trockene Sherry, von dem Bertie annahm, sie trinke ihn ebenso gern wie er. Sie war denn auch, wenn sie zusammen Sherry tranken, stets zu einer anregenden Konversation bereit, die sie reichlich mit Anekdoten würzte, weil sie beobachtet hatte, dass ihn alles Persönliche, alles Emotionelle verlegen machte. Der Bedarf an Anekdoten hatte zur Ausweitung ihres Tätigkeitsfeldes geführt, was ihr jetzt zustatten kam. Durch ihre ehrenamtliche Tätigkeit am städtischen Krankenhaus hatte sie an Ernsthaftigkeit gewonnen, denn das, was sie von diesen Nachmittagen heimbrachte, war oft wenig erfreulich. Sie entwickelte sich schließlich zu einer glänzenden Gesellschafterin, und sie vergaß nie, Sherry nachzubestellen. Nachdem er ihr untreu geworden war, zog ihr Mann es vor, sie als gefühlskalte Frau zu sehen, obwohl er wusste, dass das nicht zutraf. Manchmal schaute er auf seinem abendlichen Heimweg bei ihr herein. Blanche hatte immer eine kleine Auswahl an leichtem Gesprächsstoff bereit, so wie sie auch über einige Vorräte in ihren Schränken verfügte. Sie selbst pflegte neuerdings, ziemlich regelmäßig Wein zu trinken.

Sie behielt auch ihr außerordentlich gepflegtes Äußeres bei, und zwar weniger, weil sie besonderen Wert darauf legte, als vielmehr deshalb, weil sie auf diese Weise viel überflüssige Zeit verbrauchen konnte. Morgens pflegte sie eine ganze unwillkommene Stunde ausschließlich dafür zu verwenden, sich zurechtzumachen und so etwas Glanz auf den leeren Tag zu stäuben. Sie war nicht stolz darauf, obwohl sie es hätte sein können, denn ein solcher Altruismus und solche Gewissenhaftigkeit haben in der Tat etwas Heroisches. Das allerdings sah sie nicht darin, sondern nur eine Form der Verzweiflung: Denn den Morgen empfand sie als eine üble Zeit. Etwas an dem grauen Londoner Licht, das hell, aber doch kalt durch die hohen Fenster drang und die fahlen Wände ihrer großen Zimmer noch fahler erscheinen ließ, rief stets ein unbehagliches Gefühl in ihr hervor, als könne sie sich nur dann wohlfühlen, wenn die Sonne wieder so schien wie in ihrer Erinnerung oder in ihrer Vorstellung. Die Sonne ist Gott, hatte der Maler William Turner gesagt. In dem unbestimmten Licht dieser unbestimmten Tage dachte sie an Bilder einer unwirklichen, strahlenden Hitze, bei der der Himmel weiß wurde, die Luft trocken und voller Duft, und während das Aufheulen eines vorüberfahrenden Wagens nachließ und verschwand, wurde der Nachmittag leer, und jede Bewegung erschlaffte. Sie stellte sich die Abende solcher Tage vor, wenn die Sonne sich rot färbte und der Himmel erst in einem hellen, leuchtenden Grün und dann in einem Weiß, das über ein Indigoblau gelegt schien, abkühlte. Und sie dachte an Nächte, die so mild waren, dass man die Fenster öffnete – späte Musik, der Rauch einer letzten Zigarette und kühle, trockene Betttücher, um die noch immer warmen Glieder zu empfangen. Jetzt aber hatte sie es nur mit diesen Aprilmorgen zu tun, die kalt, hell und unfreundlich waren, sie zu früh weckten und zu rasch dem Tag aussetzten. Deshalb ließ sie sich im Schlafzimmer Zeit und wählte ihre Rüstung mit Bedacht.

Diese Vorstellung eines heißen Tages steigerte sich allmählich zu einer Art Obsession, wenn sie im Tweedkostüm und mit glänzend polierten Schuhen durch das künstliche Dämmerlicht eines Museums schritt. Manchmal hielt sie noch beharrlicher als sonst nach einem Bild, das ihrer Phantasie entsprechen könnte, Ausschau. Aber die Bilder, die sich ihren Augen darboten, zeigten zu viel Andersartiges, waren befrachtet mit Hinweisen, denen nachzugehen sie sich nicht imstande fühlte: Entweder war der Himmel zu wolkenlos oder zu stürmisch, die Vegetation zu exotisch oder die Farbgebung zu zurückhaltend für das, was ihr vorschwebte. Das Halbdunkel dieser leeren Tage und langen grauen Nachmittage versetzte sie in einen Zustand seelischer Hilfsbedürftigkeit, und so saß sie auf vielen Museumsbänken und betrachtete viele Bilder. Doch was sie vor sich sah, war auf keinem einzelnen Gemälde dargestellt, es war vielmehr ein Kaleidoskop von Ausschnitten, die sie hier und dort gesehen und unbewusst bewahrt hatte. Diese offenbar zusammenhanglosen Bruchstücke, die kaum einen Bezug zu ihrer gegenwärtigen Situation hatten, schienen dennoch eine gewisse Kraft zu besitzen und stellten sich unaufgefordert ein. Sie sah ein Fenster mit Blick auf einen prächtigen Garten und dort, im Garten, eine Art Teegesellschaft. Die Sonne spiegelte sich in einer silbernen Teekanne. Dann wieder einen Garten am frühen Morgen, mit glitzernden Wassertropfen auf den schweren Fliederblüten, eine Katze, die geziert durchs taufrische Gras schritt. Und dann einen weißen Tisch und einen Stuhl in demselben Garten, mit den zerlesenen Sonntagszeitungen, die ins Haus gebracht werden sollten. Dieses letzte Bild erkannte sie wieder. Es war im

Haus seiner Mutter, dachte sie. Damals, als wir verlobt waren. Ich hatte Bertie den Tee in den Garten gebracht. Als gewissenhafte Frau hätte sie keinen persönlichen Erinnerungen nachhängen sollen, wo es doch an den Wänden der Galerie so viel zu bewundern gab. Sie erwartete von der Kunst keinen Trost. Warum auch? Vielleicht gab es überhaupt keinen Trost. Aber wie die meisten Menschen erwartete auch sie, dass die Kunst sie über sich hinaushebe, und war immer wieder überrascht, dass die Kunst ihr Geheimnis bewahrte und sie auf sich selbst zurückverwies. Das Lächeln gewisser Nymphen schien sie sogar zu verspotten, als sie endlich aufstand, um zu gehen. Die rundlichen Arme schienen sie feierlich aus dem Saal hinauszukomplimentieren. Darum fühlte sie sich durch die Kunst der Vergangenheit immer ein wenig gedemütigt, ihrer Sanftmut wegen getadelt und ihrer Ernsthaftigkeit wegen verlacht. Die Vergangenheit hatte ihre Geheimnisse, und sie hätte sie nur zu gerne enträtselt. In der National Gallery fühlte sie sich oft zu Vermutungen darüber herausgefordert; ein Grund, immer wiederzukehren. Es bestand sogar ein gewisser Zusammenhang zwischen ihrer Ohnmacht im British Museum und der Erinnerung an einen enttäuschenden Ferienaufenthalt in Griechenland, die sie dort, umgeben von der Kälte griechischen Marmors, überfallen hatte. Damals wie jetzt war sie auf ihrem Rundgang durchs Museum auf das archaische Lächeln der Kuroi gestoßen, Votivfiguren, die ein geheimnisvolles Wissen zu bergen schienen, das sich ihr immer entzogen hatte. Dieses Lächeln kündete, gleich dem der Göttin mit dem Granatapfel in Berlin, von Gewissheit und Erfüllung. Darum vermied sie die hallenden Säle, vermied die

Begegnung mit Bildern, die Feste darstellten, von denen sie sich ausgeschlossen fühlte, und ging den Mysterien aus dem Weg, die sie nur dunkel erahnen konnte. Es war nicht einfach Ängstlichkeit. Vielleicht war es die Furcht des Ungläubigen, der weder Heide noch Christ war, aber es war gewiss auch die Scheu vor dem eigenen Gefühl. Wenn sie zu diesen Mysterien Zugang bekommen sollte, dann würden sie ihr auch offenbart werden. Sie war der Meinung, dass sie nur warten müsse. Dennoch suchte sie Hinweise, hoffte auf ein Zeichen, hoffte, weiterzukommen. Die National Gallery erachtete sie als entscheidend für ihre noch unvollkommene Bildung und besuchte sie zwei- bis dreimal in der Woche.

Nach diesen Museumsbesuchen war die Rückkehr zu dem glanzlosen Leben ihres nüchternen Alltags nicht leicht. Sie zwang sich, ihre Besorgungen zu machen, eine Abendzeitung zu kaufen, ihre Heimkehr vorzubereiten. Noch immer gewissenhaft, kaufte sie höchst überlegt ein, prüfte alles auf seine Frische, und bedauerte ihre Selbstdisziplin, die sie hinderte, große Mengen zu kaufen, phantastischen Essgelüsten zu frönen und verschwenderischen Überfluss auf den Tisch zu häufen. Aber sie hielt sich zurück, denn an wen sollte diese Verschwendung verschwendet werden? Statt auf den Marktplätzen ihrer Träume einzukaufen, sah sie sich auf den kalten Neonglanz eines einzigen Geschäfts beschränkt. Ihre blank polierten Schuhe trugen sie auf ausgetretenen Wegen bis zur Bushaltestelle vor Selfridges, wo sie für eine Weile ausruhte. Fragmente fremden Lebens umgaben sie, fremde Gespräche, Amerikanisch, Arabisch, Italienisch, Französisch. Eine lange Reihe von Schulkindern lungerte vor dem Schaufenster des Kaufhauses; sie sprachen laut, tranken Orangensaft aus der Flasche und trugen ihre Baseballmützen verkehrt herum. Sie wirkten stark, selbstsicher, modern. An der Haltestelle zeterten zwei dunkelhaarige Frauen, Arm in Arm, laut über eine dritte. Ein großer, bärtiger Mann mit Kopfhörern spreizte stumm, doch kraftvoll die Finger der linken Hand, als wolle er in die Saiten einer unsichtbaren Gitarre greifen. Die Witwen der Gegend – ältlich, verbraucht und zu elegant gekleidet – tauchten jetzt aus ihren tristen Wohnungen zu ihrem Nachmittagsbummel auf. Blanche sah die starken, dick aufgetragenen Farben auf den schlaffen Wangen und Lippen, sah die in Lackschuhe gezwängten plumpen, schmerzenden Füße und die zu unnatürlichen Frisuren aufgetürmten goldenen Haare. Blanche beobachtete eine Frau in einem schweren Pelzmantel, die mit dem Stock den Rand des Bürgersteigs zu ertasten suchte. Aus dem üppigen weiten Ärmel kam eine schuppige Hand mit langen roten Fingernägeln und mit Ringen überladen wie ein kleines Gürteltier zum Vorschein. Ein Grauen überkam sie bei der Vorstellung, wie mühsam sich die Toilette dieser Frau gestalten musste, das Anlegen all dieser unpersönlichen Besitztümer eines wohlhabenden Alters, mit denen sie sich umgab, ähnlich den Nymphen in der National Gallery, die mit ihren Perlen, ihren goldenen Haaren und dem aristokratischen Lächeln auch die Last ihrer Attribute trugen und sich über Blanches gegenwärtige Situation lustig machten. Die Nymphen hatten Blanches Ausgeschlossensein aus ihrer Welt der Liebe und des Vergnügens verspottet, die Witwen verspotteten sie gleichgültig und unbewusst wie die Parzen, doch in einer Art Prophezeiung: So wird es auch dir einmal gehen. Du wirst werden wie wir, allein, immer noch elegant, couragiert, mit steifen Gliedern und traurigen Gedanken, halsstarrig, hart und stets geneigt, allen Menschen Vorwürfe zu machen – den Schwiegertöchtern, weil sie nicht oft genug anrufen, den Enkeln, die wir bei aller Liebe doch nicht verstehen können, dem Hausmeister unseres teuren Wohnblocks, weil er uns nicht die Wäsche heraufgebracht hat, der Friseurin oder der Maniküre, weil sie zur falschen Zeit Ferien macht. Blanche, die weder Diamanten noch Pelze noch Schwiegertöchter hatte, musterte diese Frauen sehr aufmerksam, in deren stoische Enttäuschung sie sich nur allzu gut einfühlen konnte. Unter dem goldenen Haar starrten die alten Augen ohne Neugier zurück, jedes Mitgefühl war längst erstorben, die Herzenskälte war zu einer Art Disziplin stilisiert, die Erwartungen an das Leben waren gering. Als einen Augenblick lang die Sonne durchkam, verzogen sich die grellgeschminkten Lippen zu einem Lächeln, das geisterhaft die jungen Mädchen längst vergangener Tage heraufbeschwor. Dann verschwand die Sonne und ließ nur den Alltag zurück, und alle Gesichter nahmen wieder den gewohnten Ausdruck der Resignation an.

Die Person, die Blanche gern mit all diesem illusionsträchtigen Überfluss und dieser Verschwendung verwöhnt hätte, diese Person war nicht länger da, und ebenso wenig gab es eine Familie, für die sie hätte Mahlzeiten zubereiten können, um sie zu verwöhnen. Als das einzige Kind längst verstorbener und fast schon vergessener Eltern hatte Blanche von früher Jugend an gelernt, allein zu leben. Sie war sozusagen eine Expertin im Alleinsein geworden. Nun ist ein Experte nicht notwendigerweise mit seinem Spezialwissen glücklich, und Blanche fand ihre Fertigkeit auf eine harte Probe gestellt, als sie älter wurde. Die Ehe war ihr ein Anlass zur Verwunderung gewesen, weil immer jemand da war, zu dem sie sprechen konnte. Am Anfang hatte sie zu viel und zu naiv geredet. Die Novizen der Liebe glauben, sie müssten dem anderen ihre Kindheit erklären, ja, ihre ganze Lebensgeschichte, bis zu dem Augenblick, in dem sie den Gegenstand ihrer Wahl getroffen hatten. Und sie lernen auch nicht aus der Tatsache, dass dieser Vorgang vielleicht wiederholt werden muss. Blanche hatte, bei all ihrer Unschuld, bald begriffen, worauf es ankam, und war bereits nach kurzer Zeit zu jenem unpersönlichen Geplauder übergegangen, das ihren Mann so sehr erfreute. Wie viele reiche Männer setzte er Erfahrungen in Anekdoten um, und wie viele unkomplizierte Frauen benutzte sie die Begriffe des praktischen Lebens. Er nannte sie schwärmerisch, war aber gleichzeitig stolz auf sie. Er reiste gern an schöne, elegante Orte. Während er dort alte Freunde traf, streifte sie durch die Stadt, ging am Strand spazieren, allein, doch zufrieden, denn sie wusste ja, dass er da sein würde, wenn sie zurückkam. Wenn sie sich dann am Abend wieder sahen, in diesen schönen, mondänen Badeorten, versuchte sie, ihm von ihren schlichten Freuden zu erzählen, einer einsam genossenen Tasse Kaffee, einem Spaziergang im Park oder einem Gespräch, das sie belauscht hatte. Aber er brachte dafür nur wenig Geduld auf und hatte selbst so viel zu erzählen. Seine Berichte waren aufregender, so als führten seine Freunde genau wie er ein flotteres, abwechslungsreicheres, sozusagen konkreteres Leben. Damals hatte sie gelernt, ihre Gespräche seinen und den Ansprüchen seiner Freunde anzupassen – nicht aus Berechnung, sondern nur aus dem Wunsch, ihm zu gefallen. Sie war dabei überaus erfolgreich, denn seine Freunde, die durchaus nicht auch die ihren waren, fanden sie recht amüsant. Da sie auch eine natürliche Eleganz besaß, akzeptierte man sie gern. Sie aber dachte immer noch an die erste Zeit zurück, als sie ihn abends atemlos willkommen hieß und dann in die Küche stürzte, um ihm eine Kostprobe von dem zu geben, was sie nachmittags für den Abend zubereitet hatte. Er fand, sie führe sich auf wie die Heldin eines sentimentalen Romans. Ihre Verwandlung in die beherrschte, ein wenig zum Spott neigende junge Frau hatte sich schmerzlos vollzogen, ihr Mann hatte sie zu der Frau gemacht, die sie heute war, unabhängig, von guter Haltung und fähig, allein mit dem Leben fertigzuwerden.

Bilder von Verschwendung und Hitze tauchten plötzlich vor ihren Augen auf, als der Bus rund um Hyde Park Corner fuhr: Sie erinnerte sich an einen Markt in Südfrankreich mit Körben voller Pflaumen, die ihren Duft in der Sonnenwärme verströmten. An einem der Stände war eine Nelke in die Pyramide aus schwarzrosafarbenen feuchten, schon überreifen Früchten gesteckt worden. Sie hatte eine kleine Menge davon gekauft, und bald sickerte der Saft durch die Tüte. Nachdem sie den Duft der Früchte eingeatmet hatte, die fast wie Wein rochen, hatte sie sie weggeworfen. Geistesabwesend, wie so oft in diesen Tagen, grüßte Blanche mit zurückhaltendem Lächeln eine Frau, deren Gesicht ihr bekannt vorkam, und stieg in den Bus. Wegen des Wirrwarrs in ihren Gedanken hatte sie ziemliche Mühe, diese Frau zu identifizieren. Ihr Lächeln war so herzlich gewesen, dass Blanche annahm, sie müsse sie kennen – wahrscheinlich eine Nachbarin – und dass es nur an ihrer zunehmenden Zerstreutheit liege, wenn es ihr so schwerfiel, daraufzukommen, wer die Frau war. Der besorgte Ausdruck ihrer braunen Augen, aus dem Sympathie mit dem Mitmenschen sprach, brachte Blanche auf den Gedanken, die Frau sei nicht nur eine Bekannte, sondern ihr auch in irgendeiner beruflichen Eigenschaft vertraut. Eine Ärztin? Eine Zahnärztin? Das kam der Sache schon näher. Wie sie sie jetzt vor sich sah, beugte diese Frau ihren Kopf über eine Art Kontobuch oder vielmehr einen Terminkalender. Natürlich, die Sprechstundenhilfe des Zahnarztes! Genauer gesagt, Mrs. Duff, seine Frau, die stolz war, aushelfen zu dürfen, wenn die Sprechstundenhilfe ihren freien Tag hatte, und die, wenn sie nicht gerade in der Harley Street arbeitete, ihre Nachbarin war. Sie wohnten in derselben vegetationslosen Straße im Viertel West Brompton. Phyllis Duff – eine beispielhafte Frau. Das Bild war jetzt klar. Eine vorzügliche Ehe- und Hausfrau und ein guter Kamerad. Eine Frau, die mit der Zeit ging, immer in Form war, die ihre Garderobe bescheiden, aber vornehm, mit der nötigen Sorgfalt, doch ohne übertriebene Eitelkeit zusammenstellte. Man konnte sie jederzeit vorzeigen in jener traditionellen Art der Frauen aus besseren Kreisen, wie man sie meistens in einem makellosen Heim antrifft. Mrs. Duff hatte nicht den Ehrgeiz, der neuen Frauengeneration anzugehören, die stolz auf ihre Selbständigkeit ist, und es hätte sie auch niemand dazugerechnet. Mit den eleganten Strümpfen, dem rosa Seidenschal und der teuren Handtasche zeigte sie das gepflegte Äußere einer Frau, die sich für einen Tag in der Stadt angezogen hat. Ein bisschen zögernd taucht sie auf aus der Festung ihrer herrschaftlichen Wohnung, sieht sich alle Auslagen an und kehrt doch schließlich mit nichts anderem als etwa einer Borte zur Verzierung eines Lampenschirms heim. Eine Frau von einer gewissen Bedeutung, zumindest in ihren eigenen und den Augen ihres Mannes, mit geheiligten Gewohnheiten, wie etwa: mein freier Tag, an dem ich mir nichts vornehme, mein Backtag, mein Abend für die Quäker, für meine spastisch Gelähmten. Eine Frau wie aus einer anderen Zeit mit ihrem vertrauensvollen, zutraulichen Lächeln, mit einem Hang zu höflichen, abgedroschenen Scherzen, eine Frau, bei der man vor Überraschungen sicher war. Blanche dachte über die ausgeglichene Natürlichkeit von Mrs. Duff nach, die so himmelweit entfernt war von der Welt beruflicher Tüchtigkeit mit all dem technischen Wissen und der vollkommenen Furchtlosigkeit, in der Berties neue Freundin lebte. Wie die tugendhafte Frau im Alten Testament wachte Mrs. Duff darüber, wer das Haus verließ und wer hereinkam. Wenn ihr Gatte sie am Morgen verließ, wusste er, dass sie, wenn er das Ende der Straße erreicht hatte, noch immer am Fenster oder auf dem kleinen Balkon stand und ihm mit ihren traurigen braunen Augen nachsah und nachwinkte. Und dass ihn, wenn er abends heimkam, ein Kuss und der Duft einer ordentlichen Mahlzeit erwartete. Während Blanche aus dem zugleich trockenen und klebrigen Papier eine frische Seezunge auspackte, stellte sie sich Mrs. Duff bei ihren Vorbereitungen in ihrer vor Sauberkeit blitzenden Küche vor, die Ernsthaftigkeit und Geschicklichkeit bei jedem Handgriff und ihre Vorfreude auf das abendliche Zusammensein. Kurz gesagt, ihre ganze so aus der Mode gekommene und so unendlich verführerische Fraulichkeit. Da der Tag zu einem guten Teil schon überstanden war, befand sich Blanche in einem Zustand nervöser Munterkeit, und sie fragte sich, ob Bertie vielleicht auf dem Heimweg bei ihr vorbeischauen würde. Sie nahm deshalb ein frühes Bad und zog dann eine weiße seidene Hemdbluse und einen gemusterten Samtrock an, den er früher gern an ihr gesehen hatte. Allerdings war sein Urteil in Farb- und Geschmacksdingen enttäuschend unsicher, und vielleicht erinnerte er sich gar nicht mehr an den Rock. Sie rief sich wieder ins Gedächtnis, wie unangemessen er auf alle ästhetischen Reize zu reagieren pflegte, mit denen sie ihn zu erziehen versucht hatte. Sie konnte sich sein ohne solche Eindrücke armes Leben kaum vorstellen, obwohl er selbst nichts zu vermissen schien. Wenn sie ihn zum Beispiel interessiert fragte: »Was hast du heute Mittag gegessen?«, schien er angestrengt in allen Winkeln seines Gedächtnisses zu suchen, bis er schließlich antwortete: »Etwas mit Fleisch.« Oder: »Irgend so einen Fisch.«

Während sie jetzt geschäftig in der Küche hantierte, sah sie sich die Seezunge noch einmal genau an, fand aber den Anblick entmutigend und schob sie ganz hinten in den Kühlschrank. Sie würde sie erst später zubereiten, denn sie nahm es ernst mit ihrem Wohlergehen und hielt es für eine Art von Feigheit, zu den Essgewohnheiten vieler Alleinlebender herabzusteigen, die sich von einem Stückchen Käse, einem Apfel und gelegentlichen Resten ernähren. Sie liebte einen schön gedeckten Tisch, auch jetzt noch, sodass, wenn ein überraschender Besuch käme, alles ordentlich, gepflegt und fern allem Selbstmitleid wäre. Selbst nach einem Jahr dieser Lebensweise tat sie alles mit dem Gedanken an einen möglichen Besuch Berties, der ja auch tatsächlich zuweilen vorbeikam. Sie legte Wert darauf, ob nun aus Stolz oder Liebe, ihm ein Gefühl der Peinlichkeit zu ersparen, das er ihrer Überzeugung nach haben musste. Sie holte eine gut temperierte Flasche Vouvray aus dem Kühlschrank und stellte sie, zusammen mit ein paar hauchdünnen trockenen Keksen, auf ein kleines silbernes Tablett. Das war ungefähr alles, was sie in diesen Tagen gekauft hatte.

Das matte und doch blendende weiße Licht eines Aprilabends ohne Sonne, mit einer Feuchtigkeit in der Luft, die das Papier der Abendzeitung weich und schlaff werden ließ, dazu das ewige Grün des Gartens unter ihrem Fenster verursachten ihr eine Art Schüttelfrost, den sie mit einem ersten Glas Vouvray bekämpfte. Der Abend ließ sich, wenn Bertie ausblieb, nicht eben verheißungsvoll an. Alles, was sie erwarten konnte, war ein Anruf ihrer Schwägerin Barbara, der Entschluss, ein paar Briefe zu beantworten, ein bisschen Musik im Radio und dann die Entlassung aus der Tagespflicht – das Bett. Wie ist es nur möglich, dachte sie, während sie sich ein zweites Glas einschenkte, dass mir das Leben so durch die Lappen gegangen ist? Zwar lebe ich erst seit einem Jahr allein und bin noch immer ein bisschen mitgenommen, aber vielleicht gewöhne ich mich noch an diese ... Untätigkeit. Sie kam sich schwunglos und langweilig vor und wusste nicht, dass viele Menschen dieses Gefühl haben, Männer ebenso wie verlassene Frauen. Aber sie empfand auch ohne eine Spur von Sentimentalität, dass ihr Leben genauso gut vorüber sein könnte und dass sich nichts mehr ereignen würde, obwohl sie doch gerade erst das Bild von Bacchus und Ariadne in der National Gallery so intensiv betrachtet und bis zur Ekstase den Augenblick des Lebendigwerdens beschworen hatte – so unmittelbar, dass Bacchus' Fuß nicht mehr die Zeit fand, den Boden zu berühren, als dieser aus seinem Triumphwagen sprang, so jäh, dass Ariadne abwehrend die Hand ausstreckte. Ihre Abende würden weiterhin im Grau des Himmels ertrinken, und ihre Tage würden mit dem Ablauf des Alltags und mit sinnlosen Verschönerungsplänen vergehen. Was sie brauchte, war die unwillkürliche Tat, das Geschenk, die Entdeckung, die ihr die Wärme jener trügerischen Sonne wiederbringen würde, die einmal für sie geschienen hatte und von der sie nicht mehr wusste, wo sie jetzt schien. Als sie vom Fenster aus den leeren Himmel betrachtete und hörte, wie der letzte der heimkehrenden Lohnempfänger unten seinen Wagen parkte, seufzte sie bei dem Gedanken, dass Bertie nun nicht mehr kommen würde.

Das Telefon läutete: Barbara. Die beiden Frauen waren auch nach der Scheidung in gutem Kontakt geblieben, da Barbara, eine eher zum Spott neigende Ausgabe ihres Bruders, dessen Treiben von jeher mit einer gewissen Skepsis beobachtet hatte. Als er seiner Schwester die Computerexpertin, in die er sich verliebt hatte, vorstellte, war sie unbeeindruckt geblieben. Allerdings hatte sie ihm später den Rat gegeben: »Du solltest dich auf deinen Geisteszustand untersuchen lassen!« Bertie hatte schwer daran geschluckt, denn die Zustimmung seiner Schwester war ihm immer wichtig gewesen.

»Amanda ist die Frau, die ich mir immer gewünscht habe«, war seine Antwort gewesen. »Wir haben uns fast gleichzeitig ineinander verliebt. Sie hat mir ein neues Leben geschenkt.« »Mit anderen Worten: Sie ist zwanzig Jahre jünger als du«, sagte Barbara ungerührt. »Und was hast du mit Blanche vor? Sie war auch einmal alles, was du dir immer gewünscht hast.« »Blanche hat so etwas Überspanntes bekommen«, erwiderte er.

Da war allerdings nichts zu leugnen. Blanche, dachte Barbara, war immer so bemüht, immer so piekfein angezogen – und dann diese abgebrochenen Bemerkungen, aus denen niemand schlau wurde. Und diese Gespräche über irgendwelche Romanfiguren oder über Menschen, die ihrer Meinung nach in einen Roman gehörten, und dieser ungehemmte Griff nach dem Weinglas. Und doch war sie, ganz unbestreitbar, eine großartige Frau, wenn auch nicht mehr ganz so interessant und offenherzig wie damals, als Bertie sie zum ersten Mal mitgebracht hatte. Und überhaupt nicht nachtragend, vielmehr stets bereit, sich selbst die Schuld zu geben. Blanche hatte nur den Kopf gesenkt, als Bertie ihr erklärte, dass er sich in diese Amanda – oder Mousie, wie er sie, nicht sehr schmeichelhaft, nannte – verliebt hatte. Mit gesenktem Kopf hatte sie gefragt: »Möchtest du, dass ich ausziehe?« Selbst Bertie war angesichts dieser übrigens vollkommen aufrichtigen Demut verlegen geworden und hatte Mousie anschließend ziemlich energisch erklärt, sie müssten sich nach einer Wohnung umsehen. Blanche würde bleiben, wo sie war. Mousie hatte das für eine ziemlich törichte Idee gehalten – und Blanche, in mancher Hinsicht, auch. Sie hatte eigentlich keine Lust, allein in der Wohnung zu leben, und dachte daran, ins Ausland zu gehen, zwang sich dann aber zu bleiben, weil sie begriff, dass Bertie großzügig sein wollte, und sie nicht das Herz hatte, ihn zu enttäuschen.

»Das war ja wohl das mindeste, was er tun konnte«, fand Barbara, die ebenso wie Bertie die Situation nicht richtig erfasste. »Zahlt er dir monatlich einen angemessenen Betrag? Er ist kein armer Mann, Blanche. Ich hoffe, du bist nicht dumm.«

»Ich war nicht dumm genug«, sagte Blanche bekümmert. »Ich glaube, meine ständige Anpassung ist ihm auf die Nerven gegangen.« Im Stillen dachte Barbara, dass Blanche alles andere als angepasst sei, ließ es aber auf sich beruhen. »Jetzt wäre es jedenfalls viel zu spät, die kleine Närrin zu spielen«, fuhr Blanche fort. »Außerdem habe ich eigenes Geld. Ich brauche nicht mehr.«

Mit einem Seufzer musterte Barbara Blanches Gesicht. Sie empfand so etwas wie Mitleid.

»Vielleicht wirst du dich wieder verheiraten«, sagte sie. »Du bist noch eine junge Frau. Und immer noch schön.«

Sie fragte nicht: »Wie willst du jetzt leben?« Aber das hatte sie gemeint, und beide wussten es.

»Ich komme schon zurecht«, sagte Blanche mit ihrem einschüchternden Lächeln. »Ich denke an das Telekolleg. Aber ich könnte auch meine Doktorarbeit über Madame de Staël zu Ende schreiben. Ich könnte so viel tun! Ich werde einen Kurs für die Feine Küche besuchen.«

»Du kochst sehr gut, Blanche«, sagte Barbara. »Also sei nicht albern.«

»Ich habe mich schon immer für Archäologie interessiert«, fuhr Blanche abwehrend fort, denn die Situation drohte außer Kontrolle zu geraten. »Vielleicht fange ich auch etwas ganz Neues an. Ich werde gar keine Zeit für Langeweile haben. Außerdem habe ich immer Frauen verachtet, die behaupten, sie seien zu ängstlich, um allein zu leben. Für diesen Frauentyp ist kein Platz mehr in unserer Zeit.«

Barbara wusste sehr wohl, dass Blanche eben dieser Frauentyp war, und hatte es sich deshalb angewöhnt, sie allabendlich anzurufen. Da sie sich sehr gut verstanden, unterließen beide jeden Versuch zu einem seriösen Gespräch.

»Störe ich gerade?«, fragte Barbara. »Bist du allein?«

»Ja, zufällig bin ich allein«, antwortete Blanche in einem Ton, als sei sie selbst überrascht über diesen Zufall. Danach verlief das Gespräch freundlich, neutral und voller Wiederholungen, da beide willens waren, den leichten Ton beizubehalten. Beide hatten zu wenig zu tun, und beide waren bemüht, das Beste daraus zu machen. Und beide litten unter ihrem altmodischen Beharrungsvermögen. Es war ihnen bewusst, dass sie von der Zeit überholt wurden, fast schon antiquiert waren. Trotz all ihrer Tätigkeiten aus sozialem Engagement kamen sie sich nutzlos vor. Aufmerksam und mit kritischen Augen betrachteten sie den Wandel der moralischen Werte, aber sie unterhielten sich weiterhin über unwichtige Dinge, da sie die Kunst nicht beherrschten, ihre geheimsten Wünsche und Gedanken auszusprechen. Lieber behielten sie ihre Geheimnisse für sich, verstanden sich aber hervorragend.

»Wie geht es Jack?«, fragte Blanche an diesem Abend.

»Er spürt seine Gicht. Ist also nicht gerade bester Laune, wie du dir denken kannst. Aber er besteht auf seinem Bridge heute Abend mit dem Ehepaar von nebenan. Ich glaube zwar, dass wir an der Reihe sind, aber ich vergesse so etwas gern. Sag mal, Blanche, was meinst du, wie lange sich Taramasalata hält? Ich bringe es nicht über mich, das

Zeug wegzuwerfen, obwohl es am Rand schon hart geworden ist.«

»Im Zweifelsfall wirf es weg. Du gibst doch diesen Leuten nicht etwa ein Essen?«

»Nein, nur Kaffee und Kuchen.«

»Sehr gut. Bridgespieler kämpfen so erbittert, dass ich zweifle, ob sie überhaupt merken, was sie essen. Aber es ist ganz gut, um die Streitereien zu schlichten, findest du nicht?«

»Wahrscheinlich wird es heute Abend so weit kommen.« Pause. »Gibt es irgendwas Neues?«

»Nein, nichts.«

»Geht's dir gut?«

»Phantastisch.«

»Du hättest nicht zufällig Lust, heute Abend dazuzukommen?«

»Sehr lieb von dir, Barbara, aber du weißt, dass ich nicht spiele. Ich habe die Lust verloren, es zu lernen, als ich sah, wie meine Mutter dabei immerfort in Tränen ausbrach und mogelte. Eine fürchterliche Stimmung! Bei dem bloßen Gedanken daran wird mir heute noch, nach so viel Jahren, übel. Trotzdem vielen Dank!« Und nach einer Pause: »Grüß Jack von mir!«

»Ich werd es ihm ausrichten. Also dann bis morgen!«

»Bis morgen und alles Liebe«, sagte Blanche und legte den Hörer auf. Heute Abend würde es keine weiteren Gespräche mehr geben.

Und das heißt heutzutage Freiheit, dachte Blanche, als sie ihre Seezunge grillte. Die Freiheit, zu tun, was man will, und sich von niemandem etwas sagen zu lassen. Die Freiheit von den Ansprüchen der Familie, des Ehemanns, des Arbeitgebers; die Freiheit von gesellschaftlichen Verpflichtungen; die Freiheit, keine Rolle spielen zu müssen. Und es gibt wohl so manchen, der sich eine solche Freiheit wünscht, denn sie gilt als das höchste Gut. Das heißt, man wünscht sie sich wohl in der Theorie, aber praktisch gesehen empfinde ich die Freiheit, nach seinem eigenen Willen zu leben, als schreckliche Last. Wenn man nicht aufpasst, kann diese Freiheit eines Tages dazu führen, dass man nicht mehr viel Sinn darin sieht, morgens aufzustehen, dass man in geradezu lächerlicher Weise vom Wetter abhängig wird, dass man mit sich selbst redet und keine interessanten Gespräche mit anderen mehr führt. Die Gedanken kreisen nur noch um das Ich und sind nicht mehr mitteilbar. Die Welt wartet nicht immer auf einen neuen Entdecker, zumal wenn er mein Alter hat. Die Welt, dieses oft so verschmähte Gebilde, ist in Wahrheit eine unendliche Vielfalt von streng getrennten Interessen und Affären. Und keine davon betrifft mich.

Langsam und wie erleichtert glitt der Tag in die Nacht hinüber. Es hatte angefangen zu regnen wie an jedem dieser Abende. Die Reifen der wenigen vorbeifahrenden Wagen zischten auf dem nassen Asphalt. Die Sonne ist Gott, dachte Blanche und zog die schweren Vorhänge zu.

Sie schenkte sich noch ein Glas ein, während sie darüber nachdachte, dass Zeit eine andere Bedeutung hatte, wenn man allein war. Es wurde so viel Unsinn über menschliche Beziehungen geredet, dachte sie. Dieses lüsterne Interesse an den »zwischenmenschlichen Beziehungen« und diese gewaltige Literatur, große und triviale Literatur, die über dieses Thema verfasst worden war, sie hatte im Grunde nichts gebracht. Liebe – denn die war gemeint – war wie das königliche Lächeln auf den Gesichtern der Nymphen in der National Gallery, war Teilhabe an den Privilegien dieser Welt, war Willkür, nichts, das man lehren konnte, und kaum eine Sache der Vernunft oder freien Wahl. Liebe war nicht zu erklären und ungeachtet aller mit ihr befassten Theorien nicht mitteilbar. Sie war die flüchtige Gunst, ausgeteilt von den alten spöttischen und ungerechten Göttern der Antike, war der Zugang zu jener Landschaft, über der die Sonne ewig schien und in der die Fülle der Früchte der warmen Luft ihren Duft schenkte. Aber den von den Göttern Verschmähten – und zu ihnen zählte sich Blanche – war diese Welt die Welt nach dem Sündenfall, in der nur Mühe und Sorge zu einem Versprechen von Sicherheit führen mochten, in der Sünden anscheinend nur ohne Freude begangen werden durften und in der auf kein Geschenk zu hoffen war. Es war eine Welt ohne Verschwendung, in der der Partner, die Bezugsperson, das Gegenüber, der Spiegel unser selbst, zu einer bloßen Bekanntschaft ungewisser Vertraulichkeit wurde, zu einem Wesen, mit dem das einst so ersehnte Gespräch nun zu einem Dialog wie zwischen Fremden wurde, verlegen, langweilig und voller Ressentiments.

Blanche, in der Welt nach dem Sündenfall ganz zu Hause, rüstete sich zum abendlichen Ritual der Waschungen und Reinigungsopfer, das ihr erlauben würde, endlich die Augen zu schließen. Sie ließ das zweite Bad des Tages ein und goss eine nach Blumen duftende Essenz in das Wasser. Gewissenhaft reinigte und pflegte sie ihren Körper, der sich ungeachtet aller Gefährdungen des Tages sichtlich gut in Form gehalten hatte. In dem beschlagenen Spiegel hatte ihr Gesicht den ängstlichen, traurig-bleichen Ausdruck einer Frau aus dem mittelalterlichen Flandern. Sorgfältig wusch sie sich den Tag ab, bürstete ihr Haar und glättete es mit balsamischen Essenzen. Unter dem langen weißen Nachthemd schimmerten weiß ihre Füße. Bereit für die nächtliche Reise ins Unbekannte, die einzige Reise, vor der sie sich nicht fürchtete, stand sie noch kurz am Fenster, den Vorhang mit der Hand zur Seite raffend. Durch den dunklen, stillen Garten stolzierte lautlos eine Katze. Die Bäume standen unbewegt unter der Last ihrer Nässe. Feuchter Dunst stieg von der durchtränkten Erde auf. Als Blanche in der Ferne die Eule, die Begleiterin der Athene, rufen hörte, ließ sie den Vorhang fallen, legte ihr Gewand ab und ging zu Bett.

2

Dienstag war der Tag Miss Elphinstones und daher einigermaßen ausgefüllt. Sie hatten sich kurz nach der Scheidung auf einen Tag in der Woche geeinigt, als Miss Elphinstone Blanche in der blitzsauberen Küche fand, wo sie auf sie gewartet hatte. »Es hat nicht viel Sinn für Sie«, hatte sie damals erklärt, »mich für nichts zu bezahlen. Ich komme jeden Dienstag, und wenn Sie mich noch einmal in der Woche brauchen, rufen Sie mich einfach an.« Ihre Besorgnis, aus dem ereignisreichen Leben Miss Elphinstones für immer ausgeschlossen zu sein, bewog Blanche dazu, zwar die leeren Flaschen wegzuräumen, aber eine gebrauchte Tasse und Untertasse ungespült im Becken stehen zu lassen. Außerdem ließ sie eine noch nicht aufgeschlagene Zeitung im Wohnzimmer liegen. Mit alledem deutete sie eine momentane Unordnung an, die dringend nach Miss Elphinstones ordnenden Händen verlangte und sie bis zur Mittagszeit im Hause halten würde.

Miss Elphinstone schien ihr abwechslungsreiches, dramatisches Leben im Schatten einer allen Strömungen offenen Kirche zu genießen, die mit ihren Anforderungen den größten Teil ihrer Zeit in Anspruch nahm und deren Mitglieder in Aktionen selbstloser Nächstenliebe wetteiferten.

Damit war schon eine Fülle von Gesprächsstoff gesichert, der fast den ganzen Morgen ausfüllte. Miss Elphinstone trug einen seriösen Hut auf dem Kopf und war mit einem Arbeitskittel bekleidet, der unter einem von Blanche abgelegten, noch ziemlich neuen Mantel hervorschaute, sie hatte eine ebenfalls sehr seriös wirkende schwarze Ledertasche bei sich, in der sie ein Paar Gummihandschuhe, Schuhe zum Wechseln und eine religiöse Zeitschrift als Lektüre für die Busfahrt zu verstauen pflegte. Da sie aber während der Fahrt stets etwas Interessantes zu beobachten fand, blieb die Zeitschrift meist ungelesen.

Gelegentlich ließ sie sie Blanche da, die ihrer Ansicht nach geistliche Führung durchaus benötigte. Da Blanche die Zeitschrift weniger wegen der Arbeit als um des Gesprächs willen behielt, sah Miss Elphinstone nun in Blanche eines ihrer Pfarrkinder. Doch sie besaß genügend Selbstbeherrschung, jeden Versuch, Zwang auf sie auszuüben, zu meiden. Sowie sie das Haus betrat, legte sie den Mantel ab, wechselte die Schuhe und setzte sich zu Tee und Keksen an den Küchentisch. Das tat sie allerdings mit erkennbarer Unlust, denn sie zog es vor, in der Tür zu stehen und ihre Monologe zu halten. Der Gang von einem Raum zum anderen wurde so von Miss Elphinstone versperrt, während sie ihre Version der Wochenereignisse gab, deren jedes eine geheime Bedeutung besaß. Mit dem Angebot einer Tasse Tee suchte Blanche, dem von Miss Elphinstone ausgehenden Besiedelungseffekt auf die Wohnung zuvorzukommen. Blanche, die ihrerseits eher einsilbig war, meinte, dass eine einmal mitgeteilte Neuigkeit sozusagen in sich ruhe. Doch war sie hierin in einem schweren Irrtum befangen, wie sie jede Woche wieder feststellen konnte. Miss Elphinstone, von ihren eigenen Worten geschwollen, verlangte einen besonderen Platz für ihre Rede, von dem aus sie sich die größte Wirkung dafür versprach. Sie hatte nur Verachtung übrig für den Tee und das Gebäck, die sie für eine typisch bourgeoise Geste hielt, und trank ihn voller Geringschätzung, bemüht, Blanche, an deren Leben sie ein sozusagen professionelles Interesse nahm, gefällig zu sein. Sie stellte spontane Fragen und erinnerte an gewisse Einzelheiten. Ihr Ton war kritisch, und nur selten äußerte sie ihre Zustimmung. »Fleißig gewesen?« konnte sie zum Beispiel spöttisch bemerken, wobei sie mit einer Kopfbewegung auf einen Haufen von hauchdünnen Kokosnusskeksen deutete. Oder: »Kommt er noch immer?«, wobei sie ihr Interesse hinter vorgetäuschter Gleichgültigkeit nur schlecht verbarg. Für Bertie, über den sie einst, zwar schockiert, dennoch Tränen gelacht hatte, für Bertie hatte sie ihren Respekt bewahrt: Er faszinierte sie. Wie viele untadelige Frauen liebte sie Männer von schlechtem Ruf.

Nach diesem Zwischenspiel stellte sie das Geschirr ins Spülbecken, drehte beide Hähne ganz auf und begann, das Rauschen des Wassers übertönend, ihre Arbeit. Von der Kirche aus war eine Busfahrt zu einem landschaftlich schönen Ausflugsziel geplant gewesen, aber es hatte Komplikationen gegeben. Vielleicht erinnerte sich Blanche noch, dass es schon einmal zu Misshelligkeiten gekommen war, als das Angebot eines noch neuen Mitglieds, einen Ausflug zu organisieren, auf Ablehnung stieß. Wenn man sich diese Ereignisse aus dem vergangenen Jahr vor Augen hielt, konnten diese neuen Unstimmigkeiten allerdings für niemanden eine Überraschung bedeuten. Dann galt es, noch einige andere Schwierigkeiten zu überwinden – auch solche psychologischer Natur. Aber Miss Elphinstone wollte Blanche nicht mit Einzelheiten belasten. Ihre Andeutungen in dieser Hinsicht waren zurückhaltend, jedoch höchst eindringlich. Miss Elphinstone hatte sich berufen gefühlt, einige Vorschläge zu machen, die auf nur wenig Gegenliebe gestoßen waren. Es war darauf zu einem Meinungsaustausch gekommen, dem es in einigen Fällen an Herzlichkeit gebrach, aber Miss Elphinstone hatte sich schließlich zu behaupten gewusst. »Sie begreifen meine Situation?«, fragte Miss Elphinstone nach einer Weile, in der Tür zum Esszimmer stehend. »Ich habe mich in einer selbstgestellten Falle gefangen.«

Blanche brachte ihr Bedauern über all diese Neuigkeiten zum Ausdruck, während sie beobachtete, wie Miss Elphinstone sich für den Heimweg zurechtmachte. Abgesehen von ihrer Bewunderung für Miss Elphinstones – bei aller Tugendhaftigkeit – so interessantes Leben, schätzte sie vor allem anderen ihre außergewöhnliche Eleganz. Sie ähnelte in ihrem Äußeren durchaus nicht dem Erscheinungsbild älterer Frauen, die, ohne Taille, nur aus Bauch zu bestehen scheinen – obwohl sie doch schon in einem Alter war, in dem man für gewöhnlich ermutigt wird, es sich bequem zu machen. Sie war eine groß gewachsene, blasse Frau mit üppigem grauen Haar, das sie zurückgekämmt und irgendwo im Schutze ihres Hutes aufgesteckt hatte. Miss Elphinstone achtete sehr auf sich und bewegte sich durchaus graziös auf ihren schmalen, in gediegenem Schuhwerk steckenden Füßen. Blanches schwarzer Mantel hing gerade von ihren schmalen Schultern herab, und Blanches Bluse aus schwarzweißer Seide wurde von der makellos sauberen, wenn auch verschossenen Kittelschürze bedeckt. Das Ritual, nach dem Miss Elphinstone ihr Haar glatt strich und ordnete, ohne den Hut abzunehmen, faszinierte Blanche. Es erinnerte sie an Klosterschülerinnen, die ihr Bad im Hemd nehmen, oder an Matrosen, die sich am Strand entkleiden. Manchmal kaufte Blanche ein Kleidungsstück, das nicht ganz ihr Geschmack war, das sie sich aber sehr gut an Miss Elphinstone vorstellen konnte. »Also, wenn Sie keine Verwendung dafür haben, will ich es Ihnen abnehmen«, erklärte Miss Elphinstone dann in kritischem Ton und betastete mit ihrer langen, trockenen Hand liebevoll den Stoff. »Ich glaube, ich kann es noch gut tragen. Es wäre vielleicht das Passende für den Ausflug, wenn das Wetter so bleibt. Allerdings ist dieser Ausflug jetzt etwas in Frage gestellt, wie ich Ihnen schon sagte. Also gut, Blanche, wenn Sie jetzt sowieso einen Kaffee machen – für eine Tasse habe ich gerade noch Zeit. Ich hoffe nur, dass Sie diese Woche etwas Ordentliches einkaufen. Wir sind knapp an allem, wie ich sehe. Ich habe den Kühlschrank abgetaut, sodass Sie ihn besser bald wieder auffüllen.«

Da saß sie wieder am Küchentisch, Tasche und Handschuhe neben sich, nippte an ihrem Kaffee und sah sich mit einem prüfenden Blick um. Blanche erwartete ein Wort des Lobes, aber Miss Elphinstone sagte nur: »Wir dachten an Bourton-on-the-Water in diesem Jahr.« Gleich darauf fügte sie hinzu: »Und Sie? Haben Sie schon gedacht, Urlaub zu machen? Warum rufen Sie nicht Mrs. Jack an und fragen sie, ob sie Ihnen nicht ihr Sommerhaus zur Verfügung stellt? Wie ich höre, haben wir ein bisschen Gicht, sodass er nicht viel in Erscheinung treten dürfte. Jedenfalls würde ein bisschen frische Luft Sie wieder in Ordnung bringen, wenn ich mir ein Urteil erlauben darf.«

Woher Miss Elphinstone ihre Informationen bezog, war Blanche ein Rätsel. Sie vermutete, dass Nachrichten, wie gewisse von der Wärme angezogene Partikel, aus eigenem Antrieb, nur ihrer Neigung folgend, ihrem natürlichen Ziel zustrebten. Und Miss Elphinstones flüchtige Bekanntschaft mit Berties Schwester gab ihr ein Recht auf diese Form von Schirmherrschaft, die ein gerechtes, fast allmächtiges Abwägen aller Umstände und Gesichtspunkte einschloss. Sie wusste, dass Barbara und Jack ein Sommerhaus in Wiltshire besaßen, und schon häufig hatte Barbara ihr einen Erholungsaufenthalt dort angeboten. Aber Blanche machte selten davon Gebrauch. Was sie zurückhielt, war ihre absolute Unlust, die Wohnung zu verlassen; eine beunruhigende Neigung, die ihr zunehmend bewusst wurde. Wenn der Augenblick ihres Aufbruchs nicht länger hinausgezögert werden konnte, verfuhr Miss Elphinstone stets nach dem gleichen Ritual. Sie zupfte noch einmal an den Gardinen, dann erklärte sie Blanche, sie sähe spitz aus im Gesicht, erinnerte sie an die notwendigen Einkäufe und schloss die Tür hinter sich. Draußen auf der Straße sah sie sich nach Blanche um, die am Fenster stand, und entblößte dabei ihre makellosen falschen Zähne zu einem Lächeln, das von einem reinen Gewissen sprach. Blanche winkte ihr nach, bis sie in Richtung Bushaltestelle entschwunden war.

In ihrer gesellschaftlich unbestimmten Lage als geschiedene Frau, in der man sie sichtlich mehr oder minder allein ließ, wohl damit sie wieder auf die Füße käme und dann wahrscheinlich ihrem alten Freundeskreis wiedergegeben würde – wiedergegeben als eine Frau, die sich ihren alten Witz und Charme bewahrt hatte, somit nicht als eine, die in den ungeeignetsten Momenten auf zivilisierten Gesellschaften ihren Kummer zur Schau stellte –, in dieser Lage also konstatierte Blanche mit Interesse, doch ohne Überraschung, dass die Sympathien aufseiten des schuldigen Partners lagen. Die wilden Spekulationen über die neue Liaison ihres Mannes waren sogar bis in Blanches stille Zimmer gedrungen. Sie war sich durchaus bewusst, dass ein Element dieser Spekulationen in dem Wunsch bestand, dass Bertie sich lächerlich machen und der Blamierte sein würde, in welchem Fall man sie wieder um ihre Meinung fragen konnte. Man hegte sogar eine vage Hoffnung, dass sie ihre Rückkehr in die Gesellschaft durch eine neue Heirat erreichen könne. Doch bis dahin war sie, wie manche Hollywoodstars in der schlechten alten Zeit, zur Disposition gestellt.

Sie gab so wenig Ärger oder gar Zorn zu erkennen, dass es schwierig war, ihr Mitgefühl entgegenzubringen. Im Gegenteil, Mousie behauptete vor ihren Freunden, die ohnehin auf ihrer Seite standen, geradeheraus, dass Blanche durch ihren »intellektuellen Snobismus« Bertie an den Rand emotionaler Sterilität getrieben habe. Wie es mit solchen Äußerungen stets geschieht, waren sie Blanche zu Ohren gekommen, und sie hatten ehrliche Verblüffung bei ihr ausgelöst. Für sie war der Unterschied zwischen Mousie und ihr ein sehr einfacher: Mousie war gewöhnt, geliebt zu werden. Bildlich gesprochen streckte Mousie seit ihrer Kindheit die Arme aus, in der Gewissheit, dass man sie liebevoll ans Herz drückte. Selbst ihr Spitzname, Mousie, den sie seit jenen frühen Tagen trug, sprach von Verwöhnt- und Verhätschelt-werden, von liebender Nachsicht, wenn nicht der Mutter, dann der des Vaters. Wenn sie ihre Babyarme ausstreckte, gab Mousie das eindeutige Signal: Jedermann wusste, welche Reaktion erwartet wurde. Und weil sie auf so reizende Weise entgegenkommend war, weil man sie so gut verstand, weil sie eine so natürliche Freude an der Reaktion zeigte, die sie fast ausnahmslos hervorrief, konnte sie sich auch dann ein so natürliches Benehmen erlauben, wenn die Reaktion einmal nicht ganz so liebevoll ausfiel. Dann stürzten ihr Tränen des Zorns aus den Augen, dann erging sie sich in heftigen Beschuldigungen, dann wies sie beleidigt jedes Geschenk zurück. So zementierte sie eine Bindung, indem sie Schuldgefühle erzeugte, und wenn daraus ein Missbehagen resultierte, konnte Mousie es mit einem blitzschnellen Wandel ihrer Stimmung hinwegfegen, mit ihrer Fröhlichkeit und ihrem Verlangen nach Zuneigung, von der sie nie genug haben konnte. Mousie funktionierte sozusagen nur von einer bestimmten Position aus. Da dies eine von ihr bereits in der Wiege erlernte Kunst war, die schon damals so gut gewirkt hatte, sah sie auch in ihrem Erwachsenenleben keinen Grund, etwas daran zu ändern. Bertie, an die ruhige, leidenschaftliche Frau gewöhnt, zu der Blanche sich entwickelt hatte, war jetzt bezaubert von der Launenhaftigkeit, Selbstsicherheit und Schamlosigkeit Mousies. Er hielt diese Eigenschaften für Zeichen von Leidenschaft, was ein Irrtum war, wenn auch ein verständlicher, und er war nicht der einzige, der ihm erlag. Für Mousie aber bedeutete Bertie – ein reicher Mann, reserviert und mit starker persönlicher Ausstrahlung –, den Vater, nach dem sie wieder einmal die Kinderärmchen ausstrecken konnte – eine köstliche Verlängerung ihres gewohnten, naturgegebenen Zustands. Bertie, dessen Machttrieb selbst durch eine scheinbare Opposition leicht herauszufordern war, hatte bei Blanche mit der Zeit eine Charakterstärke entdeckt, die ihn herausforderte. Darum also war er so bald Mousies Anziehungskraft erlegen. Als eine Frau, die genau genommen im unrecht war, hielt Mousie dennoch nichts von Diskretion, und gerade ihre Schamlosigkeit hatte Bertie aufs Äußerste entzückt. Wenn sie ihn einen Tag nicht gesehen hatte, konnte sie ihn zu Hause anrufen, manchmal unter Tränen, und sie geriet auch dann nicht in Verlegenheit, wenn zufällig Blanche am Apparat war. Einmal hatte Blanche bei einer solchen Gelegenheit gefragt: »Wollen Sie meinen Mann sprechen, oder wollen Sie jetzt behaupten, dass Sie sich verwählt hätten?« Hierin sah Mousie eine außerordentlich unfaire Reaktion, und sie beklagte sich darüber unter Tränen bei Bertie. Auch Bertie, der plötzlich nur Schwierigkeiten vor sich sah, machte Blanche Vorwürfe. Auf diese Weise wurde Blanche gerade wegen ihrer Unschuld isoliert. Die schuldige Partei konnte ihr Unbehagen nur dadurch überwinden, dass sie sich auf den Mangel an Zusammenarbeit vonseiten Blanches berief. Der Begriff »anständiges Verhalten« gewann in diesem Zusammenhang eine Bedeutung, die in fundamentalem Gegensatz zu Blanches Verständnis für diesen oder sonst einen Begriff stand.

»Deine kleine Freundin hat angerufen«, sagte Blanche, als Bertie aus dem Büro heimkam. Bertie sah neuerdings wechselweise jünger und mitgenommener aus als früher.

»Warum lädst du sie nicht einmal ein? Es ist mir eine schreckliche Vorstellung, dass sie unten vor der Haustür hockt.« Wie konnte Bertie nur behaupten, Blanche treu zu sein, wenn Mousie die wahre Situation so offenkundig machte? Und wie konnte Blanche, zu gutem Benehmen erzogen, den Wettstreit mit einem ungezogenen Kind durch eine Taktik gewinnen, die sie längst als dumm, unanständig und vor allem als uncharakteristisch für die eigene Person aus ihrem Leben verbannt hatte? Es war unter solchen Umständen besonders schwierig, sich gut zu benehmen, denn um mit Erfolg verhandeln zu können, hätte sie in einer Art und Weise vorgehen müssen, die sie insgeheim unwürdig fand, und sie hätte ein hohes Maß an Geduld und List gebraucht, Eigenschaften, an denen es ihr einfach fehlte. Das Ganze war um so verwirrender, als Mousie, die, wie Blanche wusste, ein kleines Kind geblieben war, sich als erwachsene junge Frau verkleidete, ihren Lebensunterhalt wie eine Erwachsene verdiente und mit ihren karrieresüchtigen jungen Freundinnen in Weinstuben lunchte; jungen Frauen, die die südwestlichen Vororte bevölkerten und Erfahrungen über ihre Wohngefährten austauschten. Für die Ehe hatten sie nur Spott. Sie war für sie die Fessel, die die Frau ans Haus band oder sie im besten Fall total erschöpfte mit allzu viel Erfolg auf der ganzen Linie; Treueschwüre wurden dennoch gefordert, wie sie in dem und jenem neuen Kodex der Ritterlichkeit stehen. Über einem Glas Wein und einem Sandwich in Gedanken versunken, sah Blanche so einen Lunch ganz deutlich vor sich. Man unterhielt sich laut und erregt, die Aktentaschen lagen auf einem leeren Stuhl, und wenn ein Bekannter hereinkam, wurde er mit freudig ausgelassenem Zuruf begrüßt. Wenn dann der Augenblick der vertraulichen Mitteilungen kam, neigten sich die Köpfe und rückten nahe zusammen. Nun würde sich das Gesetz der Mafia durchsetzen. Der Ehre der Mafia musste Genüge getan werden, um welchen Preis auch immer. Der Preis war stets das Überleben. Das war, weiß Gott, nicht zum Lachen, wie Blanche allen Grund hatte anzunehmen.

Natürlich mussten zunächst einige falsche Rechtfertigungen in Umlauf gesetzt werden, bevor es zur Scheidung kommen konnte. Die zweckmäßigste war die, welche Mousie ihren Freunden anvertraut hatte. Sie lautete: »Wenn ein Mann so weit kommt, sich für eine andere Frau zu interessieren, dann kannst du sicher sein, dass ihn seine eigene nicht befriedigen kann.« Wie weise diese Bemerkung war, sahen alle ein. Und doch war die Ursache der gegenwärtigen Isolierung Blanches nicht die Meinung der Freunde Mousies, die sie gar nicht kannten, sondern das gleichzeitige Sich-Zurückziehen ihrer eigenen Freunde, die insgeheim alle dasselbe zu denken schienen, was Mousie und ihre Freunde herausposaunten. Blanches Gewohnheit, geheimnisvolle Anspielungen zu machen, ihre Neigung, ungeeignete Themen bei Abendeinladungen anzuschneiden – das alles sah man jetzt als Zeichen von Dünnhäutigkeit, Reserviertheit, wenn nicht gar Unfähigkeit. Sie war bei weitem nicht so interessant wie Mousie mit ihren dramatischen Reaktionen. Und man wusste nicht immer genau, was Blanche meinte. Wenn man nicht dieselben Bücher wie sie gelesen hatte, konnte man ihre Anspielungen nicht recht verstehen. Während Mousie, im Vergleich dazu, ein reines Kind war. Gelegentlich auch lästig und imstande, einen in Verlegenheit zu bringen, aber im Ganzen doch sehr amüsant. »Ich verstehe es durchaus«, hatte Blanche Barbara einmal während eines ihrer weniger zurückhaltenden Telefongespräche gesagt. »Ich bin nicht, was man reizend nennt. Ich kann sehr sarkastisch sein, und das ist für ihn anscheinend eine größere Kränkung als die einfache Tatsache, dass Mousie von ihm Besitz ergreift. Und jetzt halten mich die Leute für frigide, und ich habe keine Möglichkeit, ihnen das Gegenteil zu beweisen. Das ist sehr schlau von ihnen, findest du nicht?«

»Du könntest mit ihren Männern schlafen«, sagte Barbara, die die Dinge gern beim Namen nannte.

»Ich habe immer nur mit meinem eigenen schlafen wollen«, erwiderte Blanche betrübt. »Und anscheinend war auch das falsch. Die Leute hätten mehr Sympathie für mich gehabt, wenn ich ein skandalöses Privatleben geführt hätte. Es wäre der Beweis gewesen, dass ich menschlich bin.«

»So denkt man hierzulande auf dem Lande«, sagte Barbara. »Es überrascht mich, dass du dir überhaupt Gedanken darüber machst.«

»Aber genau das erwartet man von mir, meine Liebe, und ich glaube, ich muss mir darüber Gedanken machen.«

»Ich finde wirklich, dass Bertie sich unverzeihlich benommen hat«, sagte Barbara zu ihrem Mann, nachdem sie den Hörer aufgelegt hatte.

Jack lachte. »Ich«, sagte er dann, »hätte ihm so viel Mumm nicht zugetraut. Ein aufgeblasener Esel, dachte ich immer, und plötzlich taucht er mit diesem reizenden Käfer auf. – Pech für Blanche, natürlich«, fügte er rasch hinzu, als er die Miene seiner Frau bemerkte. Das Thema wurde nie wieder erörtert. Und so kam man überein, wie das immer zu geschehen pflegt, dass die Schuld bei Blanche zu suchen sei. Bertie und Mousie mussten zusammen eingeladen werden, und da Mousie eine erfahrene Überlebenskünstlerin war, fielen im Laufe eines solchen Dinners mancherlei Anspielungen auf Blanches berühmte Exzentrizitäten. So nahm die Legende Gestalt an, und das Urteil war gesprochen: Blanche war unerträglich exzentrisch. Sie war unausstehlich überspannt. Und mit dem Alter würde das nur noch schlimmer werden.

Bertie, der seine Frau zwar unbequem fand, der aber wusste, dass sie anständig war, beteiligte sich nicht an solchen Gesprächen. Er sagte nichts, um der allgemeinen oder übernommenen Meinung zu widersprechen, aber er besuchte Blanche manchmal auf seinem Heimweg oder auch später bei gelegentlichen Gängen zu einem Restaurant, das Getränke über die Straße verkaufte. Die eingewickelte Flasche noch in der Hand, bemerkte er unwirsch, dass Blanche zu viel trank. »Was hast du heute Mittag gegessen?«, pflegte Blanche ihn zu fragen. Sie war nicht überrascht über die Wendung, die die Dinge genommen hatten. Wenn Platon recht hatte, dass alles Wissen Erinnerung sei, dann hatte sie immer gewusst, dass sie bei diesem speziellen Wettstreit versagen würde. Als Kind von reizlosem Äußeren hatte sie stets voller Sehnsucht das entzückte Lächeln beobachtet, das den anderen, hübscheren kleinen Mädchen galt, und vergebens hatte sie sich gewünscht, durch einen Wutanfall die Aufmerksamkeit auf sich zu lenken. Aber der Rappel eines unansehnlichen kleinen Mädchens hat nicht den gewünschten Erfolg, und wenn aus dem hässlichen kleinen

Mädchen eine erwachsene, elegante Dame geworden ist, dann hat sie die Kunst des Schmollens für immer verlernt – weil sie sie nie beherrscht hat.

Seitdem – so erschien es ihr jedenfalls – war das Wetter konstant scheußlich gewesen, wenngleich sie sehr wohl wusste, dass sie nur ihr eigenes Unbehagen auf das Wetter übertrug. Trotzdem war es ihr eine statistische Gewissheit, dass es irgendwo warm war, dass irgendwo die Sonne schien und alles Licht und Wärme war und dass dieses glückmachende Klima denen vorbehalten blieb, die die Entschlossenheit aufbrachten, es zu suchen. Was sie betraf, so schienen ihr die grauen Tage und die endlosen Nachmittage der passende Rahmen für ihr gegenwärtiges Leben zu sein. Manchmal brauchte sie ihren ganzen Mut, um nur das Haus zu verlassen, getrieben von dem noch größeren Grauen davor, im Hause zu bleiben. Und da ihre menschlichen Kontakte immer mehr schwanden, wurde ihre Sehnsucht danach nur umso größer – obwohl ihr stolz erhobener Kopf und ihr spöttisches Lächeln, das sie aus ängstlicher Ehrerbietung vor den Göttern zur Schau trug, schon manchen unbedeutenderen Sterblichen aus ihrer Gegenwart vertrieben hatte.

Ihre Tagträume, die sie wie ein Geheimnis hütete – sie wäre lieber gestorben, als sie zu enthüllen –, kamen gefährlich nahe an die Oberfläche, als sie jetzt am Fenster stand und in den aufgeweichten Garten blickte. Sie war wie versteinert von der Vision eines anderen Lebens, eines Lebens, wie sie es sich gewünscht hätte, wenn sie in der Lage gewesen wäre, ihren Fall vor ein wohlwollendes Tribunal zu bringen.

Wenn ich doch noch in einem richtigen Haus leben und den Flieder in meinem eigenen Garten riechen könnte, bevor ich sterben muss. Wenn ich noch einmal Bertie heiraten dürfte, jung genug, um Selbstvertrauen zu haben, nicht mittleren Alters und misstrauisch, mit zu viel Erfahrungen belastet. Wenn es doch Sonntag wäre, ein Sonntag im Sommer, nur noch einmal, und ich wäre gerade dabei, den Tee in unseren Garten hinauszubringen, und wenn nur dieser Kinderwagen in der Diele stünde, der angeblich alle schöpferischen Aktivitäten ersticken soll, der aber auf mich gerade die entgegengesetzte Wirkung gehabt hätte! Unsere Söhne, unsere Töchter, wie sie im Garten spielen, die Regentropfen von den Fliedersträuchern schütteln und sich an die Katze heranschleichen. Immer warmer Sonnenschein in diesen Bildern.

Und sich nicht seines Alters schämen, wenn es kommt, nicht seiner Schwäche. Arm in Arm miteinander im Garten spazieren gehen ... die Kinder kommen zum Tee, mit ihren Kindern.

»Vielleicht hättest du ihm ein Kind schenken sollen«, hatte Barbara, gereizt durch die Passivität der Schwägerin, einmal in schroffem Ton zu Blanche gesagt.

»Vielleicht hätte er mir eins machen sollen«, hatte Blanche dieses eine Mal voller Bitterkeit aus ihrer tiefsten Kränkung heraus erwidert. Und dabei ließen sie es bewenden.

Sie waren nie wieder auf das Thema zurückgekommen.

An diesem grauen Tag, vorübergehend erheitert durch Miss Elphinstones Gesellschaft und durch den Beweis, dass vollkommen normale Menschen ebenfalls ein nachdenkliches, grüblerisches Leben führten, beschloss Blanche, Besorgungen zu machen und zu kochen, als wäre sie eine normale Frau mit normalen, alltäglichen Interessen. Sie kaufte Vorräte, die für sie die ganze Woche reichen würden im Falle – immer diese lauernde Furcht –, dass eine Krankheit sie ans Haus fesselte. Als sie nach Hause kam, buk sie zum Überfluss noch einen Kuchen. Ihre Kochkünste, für die sie nicht auf Hilfe angewiesen war, zählten, was sie nicht wusste, nur als weiterer Punkt gegen sie im Freundeskreis Mousies, ebenso wie ihr kleines privates Einkommen. »Diese vorbildlichen Hausfrauen wären nicht so vorbildlich, wenn sie einen Beruf ausüben müssten«, pflegte Mousie in der Weinstube zu erklären, mit leicht zerzaustem Haar und von Zorn gerötet nach einem ideologisch gewürzten Lunch im Kreise der Freunde. »Ich bin dafür, den Mann mit einzubeziehen«, fügte sie stolz hinzu, in Erinnerung an Bertie mit der Küchenschürze über seinem Straßenanzug und an die viel zu lange Zeit, die er brauchte, um eine Mahlzeit auf den Tisch zu bringen, weil es dabei so viel zu erklären gab und so viele falsche Handgriffe, die berichtigt werden mussten. Bertie aber schien das alles nur glücklich zu machen. Außerdem gingen sie sehr viel aus, zu jenen Dinnerpartys, bei denen Mousie im Vordergrund der allgemeinen Aufmerksamkeit stand, in einer gesellschaftlichen Position also, die sie ganz mühelos und als ihr angemessen fand. Wenn Bertie von ihr verlangte, dass sie selbst ein Essen gab, bestellte sie alles bei einem Party-Service und putzte sich aufs Feinste heraus, als wolle sie damit wettmachen, dass die Gerichte jeweils mit der falschen Temperatur aus dem Backofen kamen. Zwar trank sie weniger als Blanche, aber dafür wirkte der Alkohol bei ihr stärker und schneller. Wenn Blanche zwei oder drei

Gläser Wein getrunken hatte, wurde sie nur ruhiger, und um ihren Mund zeichnete sich die Andeutung eines überlegenen Lächelns ab.

Als Bertie an diesem Abend bei ihr hereinsah, fand er sie bei einer bereits zur Hälfte geleerten Flasche Sancerre, still und geruhsam, in weißer Seidenbluse und gemustertem Samtrock.

»Du musst doch ein Vermögen für dieses Zeug ausgeben«, sagte er besorgt, »und es kann nicht gut für dich sein.« Ihm waren alle Anzeichen, die auf die Gewohnheiten eines einsamen Lebens deuteten, verhasst, so wie ihm auch die hallende Stille dieser Wohnung unangenehm war, als er davor gestanden und überlegt hatte, ob er seinen alten Schlüssel benutzen solle.

»Mach dir keine Sorgen«, erwiderte Blanche. »Ich bin noch nie in meinem Leben betrunken gewesen. Es besteht keine Gefahr, dass du mir einmal begegnen könntest, wenn ich, den Hut schief über ein Auge gerutscht, mich an einen Laternenpfahl klammere. Ich glaube, du hast Angst, dass ich plötzlich in deiner Wohnung erscheinen und eine Szene machen könnte. Einfach so hereinplatzen, vor deinen Gästen, während Mousie ihre gefüllten Paprikaschoten serviert. Und dass mich dann Männer in weißen Kitteln abführen müssten. Und ich zum Betteln auf der Straße verurteilt wäre und die Leute um fünf Pfund anflehte für eine Tasse Tee. Und du stündest, schaudernd vor Ekel, auf der anderen Straßenseite. Jedenfalls kann ich es mir finanziell leisten. Das ist wenigstens eine Sorge, die du dir nicht zu machen brauchst.« Mit einem leisen Seufzer setzte sich Bertie in seinen gewohnten Sessel.

»Ich hoffe, es geht dir gut«, sagte Blanche reserviert.

Bertie kam ihr seltsam verändert vor. Mousie legte Wert darauf, dass er sich abends und am Wochenende in einer Weise kleidete, die Jugend und Freizeit vorgaukelte. Er sieht aus wie ein Kind, dachte Blanche.

»Jedenfalls«, sagte sie, »jedenfalls denke ich, dass es einsamen Frauen obliegt. Ich obliege, du obliegst. Oder ist es unpersönlich? Du findest eine Flasche Malaga in der Speisekammer«, fügte sie hinzu, da sie sah, dass er wie gewöhnlich von ihren Worten keine Notiz nahm. »Es ist auch Madeira da, wenn du den lieber willst. Vielleicht mit einem Stückchen Madeira-Biskuittorte.«

Bertie fuhr sich mit dem Finger über die Stelle, wo sonst sein Hemdkragen saß. »Selbstgebacken?«, fragte er, während er sich erinnerte, dass er einen Rollkragenpullover trug.

»Selbstverständlich«, antwortete Blanche und stand auf, um das Tablett hereinzuholen.

Sie saßen friedlich zusammen und tranken schweigend, indes Bertie den Blick über sein früheres Zuhause schweifen ließ. Kein Zweifel, dass diese Wohnung ihm mehr zusagte als sein neues Heim, obwohl ihm der Häusermakler gesagt hatte, dass die Preise in Fulham noch wer weiß wie hoch steigen würden. Wenn es dazu kam, hatte er vor, etwas anderes zu kaufen. Mousie liebte einen häufigen Wohnungswechsel, liebte es, neue Möglichkeiten zu erkunden und neue Bekanntschaften zu knüpfen. Später, sagte sie, würden sie sich endgültig niederlassen und Teil einer Gemeinschaft werden. In Blanches Räumen deutete nichts auf Beweglichkeit oder Veränderung hin, in dieser Wohnung, in der die Lampen nur gedämpftes Licht gaben und die Möbel schattenhaft im Halbdunkel standen. Blanche schien sich, als sie aus der Küche zurückkam, lautlos zu bewegen, auf kaum sichtbaren Füßen. Eine Atmosphäre der Ruhe schien ihr ganzes Tun zu umhüllen, und in all den Jahren ihres Zusammenlebens hatte er nie erlebt, dass sie unvernünftig gewesen war. Wenn er, was zuweilen geschah, darüber nachdachte, kam ihm zum Bewusstsein, dass ihn ihre ausgefallenen Ideen niemals wirklich aus der Fassung gebracht hatten, obwohl er jetzt vermutete, dass sie viel bemerkenswerter waren, als sie ihm damals erschienen waren. Natürlich tat es ihm leid, dass er ihr Kummer gemacht hatte, mehr, als er für klug hielt, Mousie zu verraten, aber das Großartige an Blanche war ihre Fähigkeit, allein zurechtzukommen. Mehr noch, er hatte sie niemals weinen sehen, während Mousie oft heulte.

»Dieser Teppich wird allmählich schäbig, Blanche.«

»Das ist wahr«, stimmte sie ihm zu, »aber es ist so dunkel hier drinnen, dass man es kaum sieht.«

Wie sie es sagte, klang es fast wie eine Anklage.

»Es ist doch überhaupt nicht nötig, dass es hier so düster ist. Ich habe dir immer gesagt, du solltest stärkere Birnen kaufen. Jeder muss glauben, dass du gern im Dunkeln sitzt.«

»Es würde wohl auch ziemlich verrückt aussehen, wenn ich hier ganz allein bei strahlender Beleuchtung säße«, antwortete sie. »Außerdem würde ich dann merken, wie abgetreten der Teppich ist. Nein, so kann ich mich auf einen guten Schlaf vorbereiten. Der Abend ist die Zeit zum Meditieren. Das ist eine passende Art, den Tag zu beenden.«

»Was ist los mit dir, Blanche?«, fragte er unwillig. »Du

wirst doch nicht melancholisch werden, hoffe ich?« Oder sentimental, fügte er bei sich hinzu.

»Ich?«, fragte Blanche, plötzlich unheimlich munter. »Ich bin glänzend in Form. Kein Grund, dir Sorgen um mich zu machen, Bertie. Ich bin in besserer Form als du. Ich sehe, du hast ordentlich Fett angesetzt! Nimm doch noch ein Stück Torte.«

Bertie strich sich die Krümel von seinem Pullover und griff nach einem weiteren Stück Madeira-Biskuittorte. »Das nehme ich alles wieder ab, wenn wir Ferien machen«, bemerkte er würdevoll. »Ich komme schnell wieder in Ordnung. Wir werden dort hauptsächlich schwimmen.«

»Tatsächlich? Und wo willst du das tun?«

»Habe ich es nicht schon erwähnt? Wir reisen nach Griechenland. Im nächsten Monat, um genau zu sein. Wir haben zusammen mit ein paar Freunden von Mousie eine Villa gemietet.«

Dann kann ich für einige Zeit nicht mit dir rechnen, dachte sie und war beinahe erleichtert, dass er es ihr gesagt hatte, sodass sie nicht am Fenster stehen und auf ihn warten würde. Viel zu sagen gab es nicht bei diesen gelegentlichen Besuchen, wenn auch Blanche sich manchmal den Luxus leistete, jetzt mehr zu sagen, als sie während der Zeit ihrer Ehe gesagt hatte. Seine Gegenwart tröstete sie, und in gewisser Weise gab auch ihm ihre Gegenwart Kraft. Manchmal wäre er gern geblieben, hätte ferngesehen, ohne etwas zu sagen. Aber für gewöhnlich erhob er sich nach ungefähr einer Dreiviertelstunde mit einem kleinen Seufzer, küsste sie wie geistesabwesend und ging. Nachdem sie auf seinen Rat die Tür hinter ihm abgeschlossen hatte, ging sie zu Bett, und das hieß, dass sie an den Abenden, an denen er sie besucht hatte, sofort einschlief.

Sie empfand keinen Groll gegen Bertie. Sie sah ihn so, wie sie ihn immer gesehen hatte, als ein gigantisches Geschenk, einen Lotteriegewinn, einen Glücksfall, und zwar einen unverdienten und darum um so erfreulicheren. Sie verstand sogar seinen Treubruch, denn er war voller Unruhe, und sie hatte immer Angst gehabt, ihn zu langweilen. All die Jahre hatte sie ihm ihre Sorge verheimlicht und war dabei zuweilen in ein unverständliches Schweigen verfallen, sodass Bertie sich oft überlegte, was er wohl falsch gemacht habe. Für sie war es Ehrensache gewesen, niemals einen Vorwurf zu äußern, und dabei hätte er solche Offenheit nur begrüßt. So hatte sie ihn in sein neues Leben entlassen, und geblieben war zwischen ihnen ein weiter Raum von bisher unberührter Normalität. Sie hatte sich schlechthin geweigert, über das zu diskutieren, was er das »Scheitern unserer Ehe« nannte, da diese Ehe, soweit es sie betraf, gar nicht gescheitert war. Diese Weigerung hatte zu einem so großen Unbehagen geführt, dass es für beide eine Erleichterung bedeutete, als er sie verließ. Und doch wartete sie noch immer, selbst nach einem Jahr und mit all ihren weiterbestehenden Unzulänglichkeiten, auf seine Rückkehr, und er selbst ertappte sich dabei, dass er gelegentlich das wieder aufsuchte, was er als sein »Zuhause« zu empfinden sich hütete. Er war sich seines Alters bewusst, und er wusste, wie alt Blanche war. Aber Blanche hatte eine alterslose Vorstellung von sich, sah sich wie entmaterialisiert, wie ausgehöhlt durch sein Verschwinden. Es war, als ob er ihre ganze Geschichte mit sich genommen hätte. Wenn Bertie auf dem Heimweg nach

Fulham bei ihr hereinschaute, verwirrte es ihn, wenn er fand, wie jung sie doch aussah. Erst wenn er gegangen und sie wieder allein war, bekam sie ein anderes, ein trauriges Gesicht. Doch Blanche, die sich derzeit nicht sehr dafür interessierte, wie sie auf andere wirkte, bemerkte die Veränderung kaum.

3

Blanche sah das Kind und nahm in ihrer Phantasie von ihm Besitz, noch bevor sie seinen Namen wusste: Elinor.

Das Mädchen mit der rosa Schleife im braunen Haar trug eine rosa Latzhose und einen rosa Anorak und war etwa drei Jahre alt. Es war nicht auf die übliche Weise einnehmend. Was an ihm auffiel, war der große Ernst, mit dem es versuchte, ein Stück Kuchen mit dem Teelöffel zu essen. Das geschah in dem kleinen Empfangsraum, in dem Blanche Tee an die ambulanten Patienten austeilte, was an zwei Tagen in der Woche zu ihren Aufgaben gehörte. Meist arbeitete sie auf der einen oder anderen Station des Krankenhauses. Sie war bekannt und beliebt bei den Patienten, die Blanches beharrliches Lächeln, aber auch ihren taktvollen Verzicht auf falsche Fröhlichkeit gewissermaßen als ärztliche Kompetenz verstanden.

Ihr erster Gedanke war, dass das kleine Mädchen ein Findelkind sein müsse. Kein normales Kind könnte so still in dieser unruhigen Umgebung sitzen, ohne herumzuzappeln, ohne zu weinen, ohne erstaunt um sich zu blicken, ohne laut zu protestieren. Doch hatte es auch nichts von der schrecklichen Passivität, die Blanche so schnell bei Kindern erkannte, die auf den Arzt warteten und zu krank zum Spielen oder auch nur zum Fragen waren, zu krank, um ihre kindliche Energie auszutoben. Dieses kleine Mädchen sah völlig gesund aus, nur eben gleichgültig gegen seine Umgebung. Es saß mit der Gelassenheit einer kleinen Erwachsenen da und setzte sich über die unruhige Fröhlichkeit seiner Umgebung hinweg, indem es sie einfach übersah. Für ihr Alter war die Kleine – wie ein Findelkind – zu vernünftig, so als habe sie einen bestimmten Auftrag und brauche weder Leitung noch Beistand, sondern warte vielmehr darauf, wie es weitergehen mochte. Die furchtbare Geduld, mit der das Kind das Stück Kuchen auf den Teelöffel zu schieben suchte, anstatt es in die Hand zu nehmen und in den Mund zu stecken, erfüllte Blanche mit einem schmerzlichen Gefühl, in dem sich Entsetzen und Sympathie mischten. Denn hier sah sie Anzeichen von Entschlossenheit, eine schwierige Aufgabe zu meistern, egal wie leicht sich eine Alternative anbieten mochte.

Die Selbstbeherrschung dieses Kindes war so enorm, dass es Blanche nicht gewundert hätte, wenn es ohne Begleitung gekommen wäre. Aber schließlich beugte sich doch eine fröhliche junge Frau mit roten Haaren, die sich lebhaft mit der blonden Mutter eines mürrischen Babys unterhalten hatte, zu ihm herüber und fragte – wobei sie übrigens der Anstrengung des Kindes, das eben mit seiner selbstgestellten Aufgabe fertig wurde, keine besondere Aufmerksamkeit schenkte: »Willst du noch ein Stück?« Ohne eine Antwort des Kindes abzuwarten nahm sie die Zigarette in die linke Hand und suchte in der Tasche ihres weiten, eleganten Kimonomantels nach Geld. Dann trat sie an die

Theke. »Noch ein Stück von dem da«, sagte sie und fügte hinzu: »Ach ja, und ich nehme noch einen Tee.«

Ich würde sie nicht noch ein Stück davon essen lassen, dachte Blanche. Der Kuchen wirkt merkwürdig, ja scheußlich und wird ihr nicht guttun. Ich würde ihr eine Banane und irgendeinen Fruchtsaft geben. Die Banane könnte sie leichter essen, und die wäre besser für sie. Aber sie sagte nichts, sondern lächelte der jungen Frau zu, als sie ihr das Wechselgeld herausgab. Blanche registrierte, dass sie dabei einen unangenehmen Eindruck von ihr gewann. Sie konnte ihn nicht analysieren, doch er war stark genug, dass sie ihre Aufmerksamkeit nun nicht mehr dem Kind, sondern der Mutter zuwandte.

Anders als das Kind wirkte die Mutter auffallend, impulsiv, aufdringlich. Die strahlende Energie ihrer vitalen, überströmenden Jugend und Lebenszugewandtheit zeigte sich im Glanz ihrer Haut, in der dichten Fülle ihrer roten Haare, ihren Gliedern, die gleichsam unter den Schichten ihres Baumwollkleides schwammen, ihren kleinen Füßen in schwarzen Ledersandalen. Ein Hauch von Reichtum umgab sie, und die goldenen Armbänder, die an ihren beiden Handgelenken funkelten, passten dazu. Aber Blanche war beunruhigt über das Missverständnis zwischen einer solchen Frau und diesem so schlichten und ernsten Kind, für das sie die Verantwortung trug. Es schien ihr, als ob die Frau allein durch ihre Gegenwart, ihre Verstrickung in ihr eigenes, leidenschaftliches und angenehmes Leben dem Kind zwangsläufig nicht die Aufmerksamkeit zuwenden könne, die es brauchte, als ob dieses Kind zu früh, zu drastisch erfahren hätte, dass die einen geboren werden, um sich in der Zuwendung der anderen zu sonnen, während den anderen ein unbeachteter Platz im Dämmerlicht beschieden ist. Jede Bewegung der Mutter verriet ihre Lebenslust, aber die Augen des Kindes waren gesenkt. Unablässig beschäftigte es sich mit dem ständig hin und her rutschenden Kuchenstück, bis es ihm endlich gelang, es auf den Löffel zu schieben. Während die Mutter lachend das Gespräch mit der blonden Frau zu ihrer Linken fortsetzte, dabei ihre Armbänder zurechtrückte und einen eingerissenen rot lackierten Fingernagel betrachtete, hantierte das kleine Mädchen weiterhin mit dem Teelöffel, immer mit dem Ausdruck unerschütterlichen Ernstes auf seinem Gesichtchen.

Während Blanche die gleichbleibenden Bemühungen des Kindes beobachtete, machte sie sich Sorge, dass sich hier die Waagschale des Lebens auf der falschen Seite senkte, dass die Vitalität eher die Mutter beherrschte als die kleine Tochter. Einen Augenblick schien ihr die Mutter jünger zu sein als das kleine Mädchen, und sie fragte sich, ob dies der Grund ihrer Empfindungen gewesen sei, als sie die Frau das erste Mal wahrgenommen hatte. Es war durchaus nicht so, als ob deren Benehmen lästig oder unangenehm gewesen wäre. Es war eher eine Wohltat, zu sehen, wie die Mutter eines so kleinen Kindes an einem so unfreundlichen Ort so natürlich und selbstsicher lachen konnte. Was Blanche irritierte, war das seltsam blinde Lächeln, das die junge Frau unterschiedslos jedem schenkte, so als antworte ihr Lächeln nicht so sehr dem Lächeln der anderen, sondern hinge vielmehr ganz natürlich mit ihrem Gang zusammen, wenn sie sich elastisch zwischen den Stuhlreihen bewegte und die Zigarette und die Tasse Tee vor sich trug wie ein Trankopfer.

Plötzlich begriff Blanche, was ihr diesen kleinen Schock des Wiedererkennens versetzt hatte. Das Lächeln dieser jungen Frau war das der Nymphen, die ihr so spöttisch nachblickten, wenn sie sich an den endlos langen Nachmittagen im April in den italienischen Sälen der National Gallery aufhielt. Es war ein wahrhaft heidnisches Lächeln. Sie würde im Einklang mit den Gesetzen der alten Götter leben, statt sich in die jämmerliche Gesellschaft einer sündigen Welt zu flüchten.

Die Wiederbelebung dieses Gedankenganges – denn es war mehr als ein bloßer Eindruck – verursachte Blanche eine Art Schuldbewusstsein wegen ihrer überspannten Ideen. Es war, als ob der Anblick dieser Frau und ihre Wirkung auf sie den geheimen Wahnsinn ausgelöst hätten, den Mousie, ohne es direkt zu sagen, immer in ihr vermutet hatte, wenn er auch bisher nicht zu erkennen gewesen war. Die junge Frau – sie konnte nicht mehr als vier- oder fünfundzwanzig Jahre alt sein – hatte ihr nichts Böses getan, hatte kein Wort an sie gerichtet, außer der Bitte um Tee. Sie hatte dabei ihr leuchtendes Lächeln über Blanches Gesicht gleiten lassen, ohne böse Absicht, ohne sie auch nur zu sehen, weil sie gar keinen Grund hatte, sie anzusehen, und sie hatte Blanches ausgestreckte Hand mit dem Teller und der Teetasse als nichts anderes angesehen, als sie zu sein schienen, als Dinge des Gebrauchs. Nicht die Gleichgültigkeit der jungen Frau erstaunte Blanche (denn warum sollte sie nicht gleichgültig sein?), sondern dass sie nicht bekümmert zu sein schien, ihr Kind in dieser Umgebung zu sehen. Blanche, die an Miss Elphinstones gespitzten Mund gewöhnt war, wenn diese sich bemühte, ihre Enttäuschung zu verbergen, wenn sie wieder eine leere Flasche gefunden hatte, Blanche konnte Kummer schon auf meilenweite Entfernung hin erkennen, sie entdeckte ihn sogar in den Zügen von Mrs. Duff, wenn sie ihr im Bus oder auf der Straße begegnete und ihre Augen sich vor Sympathie weiteten, während sie den entwaffnend würdevollen Gang Blanches registrierte, ihre ausgeklügelten Tricks, die verbergen sollten, dass sie ziellos unterwegs war, und sie konnte ihn auch aus den lakonischen Anrufen Barbaras heraushören. Die Gabe des Mitgefühls ist angeboren, oder sie geht einem vollkommen ab. Das künstliche, anerzogene Wohlwollen, ob echt oder nur vorgetäuscht, übersieht zu viele verräterische Zeichen. Ein später im Leben erworbenes Mitgefühl hätte vielleicht die traurige Situation des kleinen Mädchens erkannt und beklagt. Aber das ganze Ausmaß des tiefen, schrankenlosen, fast geheimnisvollen Optimismus der Mutter wäre ihm entgangen.

Blanche stellte sich wieder selbst zur Rede mit der Überlegung, warum denn die Mutter nicht optimistisch sein dürfe. Das Kind schien in keiner Weise gefährdet, es sah nicht einmal krank aus. Nur sein Ernst war unnatürlich und seine Schweigsamkeit. Blanche wurde mit einem Mal bewusst, dass das kleine Mädchen noch keinen Ton von sich gegeben hatte. Als sich der Saal leerte und Blanche hinter der Theke hervorkam, um die leeren Tassen einzusammeln, blieb sie in der Nähe der beiden, um etwas mehr über sie zu erfahren. Die Mutter fuhr fort zu lächeln, zu rauchen und auf ihre Uhr zu blicken. Offenbar war hier eine Verabredung versäumt oder nicht eingehalten worden. Ihre Blicke bezogen Blanche zu keiner Zeit mit ein, glitten vielmehr heiter über halbzerfledderte Illustrierte oder durchforschten den Inhalt ihrer großen Umhängetasche. Mehrmals stand sie auf und ging ans Telefon in der Ecke, um zu telefonieren. Sie benahm sich eigentlich nicht so, als ob sie in einem Krankenhaus wäre, sondern wie auf einem Umsteigebahnhof oder Flughafen. Die leise Nervosität, mit der sie auf ihre Uhr blickte, verstärkte noch die Vorstellung, sie befände sich in einer Wartehalle. Sie sah aus, als ob sie bereit wäre, jeden Augenblick davonzufliegen, und das Kind mochte nur vorbeigebracht worden sein, um der Mutter Lebewohl zu sagen. Die Vorstellung, dass von den beiden die Jüngere die Erwachsenere war, verstärkte sich bei Blanche, als sie, noch immer in der Nähe des Tisches, in das Gesicht des kleinen Mädchens sah und darin den vollkommen verantwortungsbewussten Ausdruck einer kleinen Erwachsenen entdeckte.

»Es tut mir leid«, sagte Blanche zu der Mutter, »es muss doch ermüdend für sie sein.«

Die junge Frau lachte. »Da wir schon einmal hier sind, können wir ebenso gut auch warten«, sagte sie. »Wir sind etwas spät gekommen, und man sagte uns, dass die Sprechstunde vorbei sei und wir in der nächsten Woche wiederkommen sollen. Aber ich kenne den Arzt. Er wird uns empfangen, wenn ich ihn erwische.«

»Sie sieht überhaupt nicht krank aus«, sagte Blanche.

»Sie ist auch nicht krank. Sie ist vollkommen in Ordnung, nicht wahr, Nellie?«

»Nellie? Das ist heutzutage ein ungewöhnlicher Name.«

»Sie heißt Elinor. Und *ich* glaube nicht, dass ihr etwas fehlt. Es ist eben nur, dass sie nicht spricht«, sagte die Mutter und wandte sich zur Seite, um eine neue Zigarette anzuzünden.

Die ganze Bedeutung dieser Erklärung drang Blanche weniger ins Bewusstsein als der Umstand, dass das Mädchen Elinor hieß und dieser Name gut zu ihr passte. Sie war gut angezogen, wenn es auch billige Sachen waren, billiger als die der Mutter.

»Hat das gut geschmeckt?«, fragte Blanche im Flüsterton, als sie den Teller mit dem übrig gelassenen Kuchenstückchen fortnahm.

Das kleine Mädchen vergrub die Hände in den Taschen seines Anoraks und nickte. Sie ist also nicht taub, dachte Blanche.

»Ist es Ihr einziges Kind?«, fragte sie und griff damit zurück auf bewährte Methoden. Denn sie wollte mehr erfahren.

»Sie ist nicht wirklich mein Kind«, erklärte die junge Frau. »Ihre Mutter starb, als sie einen Monat alt war. Dann heiratete ich ihren Vater und übernahm sie beide.« Sie lachte, als mache sie sich über diese ungewöhnliche Auskunft lustig, bei der sie alle Informationen, die damit hätten gegeben sein können und es doch nicht waren, umging oder unterdrückte.

Blanche fühlte sich beschämt angesichts eines so schnellen Denkens, so unbekümmerten Umgangs mit der Erfahrung, solchen Verzichts auf unschlüssiges Zögern. Hier war kein Anzeichen schmerzlicher Entschlüsse, die man mit Mühe gefasst hätte. Diese Frau benahm sich, als hätten derartige Entschlüsse ihrer glatten Stirn kein Runzeln abgenötigt, als seien sie ihr leicht gefallen, fast wie ein Spaß. Aber es wäre ein Irrtum, glaubte Blanche, sie danach zu beurteilen, denn solche Entscheidungen müssen getroffen werden, und wer sonst als eine starke Person könnte das?

Von nah besehen, war Elinors Mutter beinahe eine Schönheit. Die feinen, sogar ausgeprägten Züge waren harmonisch vereint in einem schmalen blassen Gesicht. Die tiefliegenden Augen waren an den Winkeln etwas nach unten gezogen, mit Lidern von einer Farbe zwischen Grau und Nussbraun. Ihre Ohren und ihre Nase waren wohlgeformt und fein geschnitten. Der Mund war, wie die Augen, an den Winkeln von Natur aus ebenfalls ein wenig nach unten gezogen, sei es vor Müdigkeit oder Hochmut. Das gab ihrem Gesichtsausdruck einen Anflug von Langeweile, wenn er nicht gerade durch ihr übliches, für alle unterschiedslos strahlendes Lächeln erhellt wurde. Die ursprüngliche Haarfarbe war, wie Blanche sehen konnte, von Dunkelbraun zum Orange aufgehellt. Die Frisur war modisch unordentlich, um einen Eindruck von unbekümmerter Nachlässigkeit vorzutäuschen, den die junge Frau dadurch unterstrich, dass sie sich zuweilen mit den Fingern durchs Haar fuhr und es beinahe zärtlich vom Nacken abhob. Ein ungewöhnliches schwarzes Baumwollkleid ließ den darunter unverhüllten Körper erraten. Alles Konventionellere hätte daneben dürftig und ärmlich gewirkt. Ein Gefühl von ungehemmter Bewegungsfreiheit spiegelte sich in ihrer Erscheinung, als sähe man sie nur eben vorbeieilen, auf einem geheimnisvollen Weg, den nur sie selbst kannte. In ihrem Aussehen, fand Blanche, lag etwas Mythisches. Neben ihr war das Kind fast unscheinbar. Aber mit den billigen, kräftigen Farben seines Kleidchens, die im Widerspruch zu dem offenbaren Ernst seines Charakters standen, ging etwas Rührendes von ihm aus.

Eine Schwester kam durch die zweiflügelige Glastür, um zu sehen, wer noch da war. Beim Anblick der jungen Frau unterdrückte sie einen Ausruf.

»Mrs. Beamish! Der Doktor kann Sie unmöglich jetzt noch empfangen! Sie sind fast eine Stunde nach dem vereinbarten Termin gekommen. Sie müssen in der nächsten Woche wiederkommen.«

Es war, als ob das Gesicht von Mrs. Beamish plötzlich in die Länge gezogen würde, wobei zwei scharfe Furchen in ihrer ein wenig hochgezogenen Oberlippe sichtbar wurden. Anscheinend war sie an dergleiche Vorwürfe gewöhnt.

»Was spielt das für eine Rolle?«, fragte sie mit einem Anflug von Überheblichkeit. »Wann immer ich komme, muss ich warten. Sie drängen uns alle doch schließlich nur dem Arzt zuliebe hier zusammen. Und wenn er noch da ist, sehe ich nicht ein, warum wir ihn jetzt nicht sprechen können. Ich bin überzeugt, dass Sie mich nächste Woche hier nicht wieder sehen wollen. Und ganz bestimmt habe auch ich nicht die Absicht dann zu kommen, also sind wir schon zwei.«

»Sie können ihn nicht nur jetzt nicht sprechen, sondern Sie können auch keinen neuen Termin ausmachen«, erklärte die Schwester. »Die Sprechstundenhilfe ist nämlich nicht mehr da.«

»Und was ist mit dieser Dame?«, fragte Mrs. Beamish und zeigte auf Blanche.

»Mrs. Vernon arbeitet freiwillig hier«, antwortete die Schwester empört. »Und in der Norm ist sie auf der Station tätig. Mit dieser Abteilung hat sie überhaupt nichts zu tun. Nein, der beste Rat, den ich Ihnen geben kann, ist der, morgen wiederzukommen und einen neuen Termin auszumachen. Der Doktor geht gerade fort«, fügte sie mit fester Stimme hinzu, als sie bemerkte, dass sich die junge Frau erhob und sich ihr eben noch missmutiges Gesicht plötzlich erhellte, da sich die Doppeltür zum zweiten Mal öffnete.

Blanche hörte Lachen und entschiedenen Protest, bevor die kleine Gruppe – die Frau, ihr Kind und der überrumpelte Arzt – wieder durch die Doppeltür verschwanden.

Blanche musste die Unmutsäußerungen der Schwester mit anhören, da sie sich nicht entschließen konnte zu gehen, und so ermunterte sie sie, sich kritisch über den Charakter von Mrs. Beamish zu äußern, während sie in Wahrheit das Kind interessierte. So erfuhr sie, dass Mrs. Beamish nur gelegentlich und in unregelmäßigen Abständen mit ihrer Tochter hier erschien. Aber immer verlangte sie, dass sofort etwas geschehe, obwohl doch lange, geduldige Untersuchungen nötig waren, um eine halbwegs vernünftige Diagnose zu erreichen. Das kleine Mädchen hatte noch nie gesprochen, aber da es nicht taub und offenbar vollkommen gesund war, konnte es sich wohl nur um ein seelisches Problem handeln. Mit verkniffenen Lippen meinte die Krankenschwester, die Ursache liege in einem Mangel an mütterlicher Zuwendung. Sie selbst, eingezwängt in einen engen Hüftgürtel, an den Füßen die plumpen Klinikschuhe, ließ jetzt durchblicken, dass die elegante Unbeschwertheit Mrs. Beamishs irgendwie etwas Verwerfliches habe, als ob jemand, der so schlank war, keine gute Mutter sein könnte.

»Es wird für sie nicht leicht gewesen sein«, wagte Blanche einzuwerfen.

»Da gebe ich Ihnen recht. Und der Mann ist nie da, die ganze Zeit nicht. Aber ich muss weitermachen, und Sie möchten sicher nach Hause gehen, Mrs. Vernon. Ich nehme an, dass Sie nächste Woche wieder auf der Station arbeiten wollen, nicht wahr?«

»O nein«, widersprach Blanche. »Hier bin ich viel lieber.« Sie ertappte sich dabei, wie sie die Doppeltür im Auge behielt, bis es offensichtlich war, dass Mrs. Beamish den Doktor erwischt hatte, und es sehr lange dauern würde, bis sie wieder auftauchte.

Blanche war sich ihrer Motive völlig bewusst, als sie jetzt durch die Seitentür hinausging. Sie war sich immer über ihre Absonderlichkeiten im Klaren, daher verlor sie auch selten die Kontrolle über sich. Sie war plötzlich ganz von dem Wunsch beherrscht, mehr über diese Frau und ihr Kind zu erfahren, und die erste Andeutung von Liebe, die sie für das kleine Kuchen essende Mädchen empfunden hatte, diese Empfindung war stärker geworden und gleichsam abgeflacht zu einem Bedürfnis nach Information, nach Vertrauen, nach einer Möglichkeit, sich im Gespräch auszutauschen. Wenn sie glaubte, den beiden helfen zu können, so wusste sie mit ihrer alten Selbstironie zugleich, dass die beiden ganz sicher in den Mittelpunkt ihres Interesses rücken würden. Und wenn sie darum trauerte, die sie nie eine Familie gehabt hatte, so könnte sie ebenso gut von diesen Gefühlen auf eine Weise Gebrauch machen, die vernünftig und für beide Seiten vorteilhaft sein würde. Blanche war nicht hysterisch, und so sah sie keine ungehörige Vernarrtheit oder gar Leidenschaft aus ihrer Neugier entstehen. Sympathie dachte sie, Mitgefühl und Interesse – die kann man mir doch gewiss nicht zum Vorwurf machen?

Blanche gab sich keinen Selbsttäuschungen hin. Sie wusste, dass sie sich falsche Vorstellungen machte, wusste, dass sie, eine Fremde, nicht damit rechnen konnte, von einer so jungen und offensichtlich so unabhängigen Frau ins Vertrauen gezogen zu werden. Sie wusste auch, dass sie sich den vertrauten Umgang mit einer solchen Frau gar nicht wünschte, nachdem sie den ganz ungewöhnlichen Eindruck von Fremdheit registriert hatte, diese Ähnlichkeit mit den unverwundbaren und erhabenen Nymphen aus der italienischen Abteilung der National Gallery. Was sie zu dem Paar hinzog, war nicht die Sehnsucht einer nicht mehr jungen Frau nach einem Kind. Blanche hatte keine besitzergreifenden Intentionen. Ihre Gefühle waren bis zu einem sie selbst fast beunruhigenden Grade selbstlos. Sie wünschte sich nur, dieses Kind zu beobachten, es zu studieren, es zum Lachen zu bringen. Und das wollte sie in einer möglichst bescheidenen Rolle tun, im Rahmen so natürlicher Gefühle, wie sie den jeweiligen Umständen angemessen erschienen. An etwas, das weiterging als diese Art von Beziehung, mochte sie nicht denken. Es war für sie die einzig mögliche Art, die sie sich im Augenblick gestattete. Dennoch fühlte sie, dass eine starke Neugier in ihr wachgeworden war. Es war wie eine Aufforderung der Welt da draußen, sich zu engagieren, es war, als habe ein leises Signal sie erreicht, auf welches sie in einer geheimnisvollen, verborgenen Weise geantwortet hätte.

Seitdem sie allein lebte, hatte sie ihre Ausgeschlossenheit

mehr oder minder stark erfahren und sie aus schierer Eitelkeit zum Thema ironischer Betrachtungen gemacht. Da war der Tischnachbar bei einer Abendgesellschaft, der schon so alt oder so indifferent war, dass es ein schlechtes Licht auf die Absichten der Gastgeberin warf. Da war zu bestimmten, kritischen Zeiten des Jahres, zum Beispiel zur Weihnachtszeit, der Rückzug in die Festung der Familie, um etwaigen Einladungen vorzubeugen. Dann gab es die Geschichten von den phantastischen Ferien, denen sie nur eine amüsierte und aufmerksame Miene entgegenzusetzen hatte. Und dann waren da die Freunde von früher – sie hatten jetzt nie mehr Zeit –, die schließlich sagten: »Aber ich darf nicht weiter nur von mir sprechen. Sag, was hast *du* unternommen? Irgendetwas Erfreuliches?« Diese Frage wurde begleitet von einem Blick voll tiefsten Mitleids. Sie hatte auf die unverhohlene Neugier solcher Freundinnen keine Antwort gewusst, aber in Erinnerung an den Wahlspruch ihrer Mutter – »Die beste Revanche ist, es sich gutgehen zu lassen« – hatte sie sich weiterhin schön angezogen, war ausgegangen und hatte ihre kulturellen Interessen gepflegt, ganz so, als sei sie selbstverständlich unverletzbar und frei von Vorurteilen, und als sei es unter ihrer Würde, irgendetwas anderes zu erwarten oder zu erstreben. Damit reizte sie viele Leute, vor allem diejenigen, die nur darauf aus waren, sie zu bemitleiden. Blanche lehnte es ab, sich bemitleiden zu lassen. Aber nachts, nach zwei oder drei Gläsern Wein, fühlte sie die Kraft ihrer Abwehr schwinden, und ihre durch die Vorfreude auf Berties Besuch künstlich gehobene Stimmung schwand dahin, sobald es klar war, dass er nicht mehr kommen würde. In solchen Augenblicken, wenn sie bewegungslos in dem dämmrigen Raum stand oder wenn sie den Vorhang einen Spalt öffnete und in den dunklen, leeren Garten sah, in solchen Augenblicken empfand sie insgeheim eine Verzweiflung, die niemand auch nur ahnen durfte. Diese Verzweiflung, die sich mit der Erleichterung verband, dass der Tag doch irgendwie zu Ende gegangen war, begleitete sie noch, wenn sie zu Bett ging, wo sie – da der Wein seinen Zweck erfüllt hatte – meist ein fester Schlaf erwartete. Aber wenn sie doch träumte, bemerkte sie bald, ganz gleich, was für ein Traum es war, den Schatten eines Lächelns, das diesen Traum begleitete. Es war ein Lächeln voller Spott und Geheimnisse zugleich, das Lächeln der Göttin mit dem Granatapfel, das sie einmal so beunruhigt und das ihr einen so intensiven Eindruck hinterlassen hatte, dass sie es in unbewussten Momenten und selbst im Schlaf zu sehen glaubte.

Deswegen wollte und erwartete sie nichts von dem Kind oder seiner Mutter. Sie fand es nur traurig, dass sie sich im Krankenhaus einfinden mussten. Sie dachte auch, dass es eine gute Sache sei, ein Lächeln auf ihre Gesichter zu zaubern, ein Lächeln der Anerkennung und ein Lächeln gegenseitiger Sympathie. Keine Gegenleistung würde sie fordern, denn im Grunde empfand sie eher Widerwillen gegen die Vertraulichkeiten von Fremden, da sie davon, seitdem sie allein lebte, so viel über sich hatte ergehen lassen müssen. Aber ein einfaches Interesse an der Lage der beiden würde vielleicht nicht ungelegen kommen. Ihre Position hatte nichts Einschüchterndes und ließ ihr die Möglichkeit zu kleinen Hilfen dank der von ihr im Krankenhaus übernommenen Pflichten. Es war wenig genug, fand sie, obwohl sie in Wirklichkeit unter ihrem Panzer zu schwach war, um die

Last ihrer alten Bekanntschaften mit deren übertriebener Besorgtheit um ihre Person auszuhalten. So könnte es für sie interessant und vielleicht auch von Nutzen sein, eine so junge und temperamentvolle Frau zu beobachten und zu ergründen, wie ihre Beziehung zu dem kleinen Mädchen war, das nicht sprach, dessen Benehmen aber, wie Blanche nicht ohne Kummer bemerkt hatte, so pedantisch-förmlich war wie ihr eigenes.

Denn das Kind in Blanche hatte die Verlassenheit des kleinen Mädchens in der Ambulanz erkannt, es hatte auch erkannt, dass seine Sprachlosigkeit nicht organisch bedingt, sondern beabsichtigt war. Dieses Mädchen weigerte sich aus einer ungeheuren Kraft heraus, sich mit der Welt abzufinden, die es als nicht normal empfand, als unbefriedigend und unzugänglich. Die beharrliche Ruhe des Kindes, die so sehr im Gegensatz zu der Mühelosigkeit und Leichtigkeit der Mutter stand, zeigte seinen sehnsüchtigen Wunsch nach einer geregelten, organisch gegliederten Welt, selbst mit allen Fixpunkten einer gewöhnlichen, ja konventionellen Kindheit. Blanche sah, mit wahrer Einsicht, wie sie meinte, dass dieses Mädchen ein Kind war, das für regelmäßige Mahlzeiten empfänglich wäre, für eine vernünftige Kost, für die überkommenen Spiele und für eine ehrbare Mutter, die auch bescheiden in den Hintergrund treten könnte. Sie sah, weil sie diese Regungen an sich selbst kannte, das Widerstreben gegen den alten, fad schmeckenden Kuchen, von dem ihr ihre Mutter nicht ein, sondern zwei Stück gekauft hatte. Und sie sah auch in dem mit solcher Entschiedenheit durchgeführten Manöver mit dem Teelöffel die Entschlossenheit, sich so gut wie nur möglich zu benehmen und die

Würde eines Kindes auch angesichts der Enttäuschungen, die das Leben mit einer so schlecht zu ihm passenden Mutter mit sich brachte, zu wahren, ja sogar einen noch würdigeren Ausdruck anzunehmen, als es sonst bei solchen Enttäuschungen üblich war.

Über all dies dachte Blanche intensiv nach, doch ohne sich verwirren zu lassen. Denn sie hatte eine doppelte Erkenntnis gewonnen: Sie hatte die Mutter als die Verkörperung jenes Wesens erkannt, das sich, wie sie meinte, über sie lustig gemacht hatte, indem sie ihre leeren Nachmittage wortlos, nur mit einem Lächeln kommentierte, und sie hatte das Kind erkannt als ein ihr ähnliches Geschöpf, das heldenhaft die Rolle ablehnte, die man ihm zugedacht hatte, weil sie seinen Wünschen nicht entsprach. Was für Wünsche das waren, wusste Blanche nicht, sie konnte es nicht erkennen. Aber sie sah seine heldenhafte Haltung, und sie hatte das fast schmerzliche Verlangen, dem Kind ganz nahe zu sein und seine Erstarrung, wenn möglich, aufzubrechen, bevor es zu spät war.

Sie hatte gehört, dass der Vater ständig abwesend sei. Blanche vermutete sofort, dass er im Gefängnis säße. War die Haltung des Kindes dann vielleicht eine Art Hungerstreik? Erwartete es, was sie aus eigener Erfahrung kannte, eine nicht mehr mögliche Rückkehr? Aber wie kam es dann, dass seine Mutter, Mrs. Beamish, unbeschwert war? Und so gut angezogen? Wenn ihre Vermutung stimmte, könnte es wohl finanzielle Schwierigkeiten geben, denn natürlich würde bei der Störung, an der das kleine Mädchen litt, eine private Behandlung mehr Erfolg versprechen als unregelmäßige Besuche in einer überfüllten Poliklinik. Wenn es jedoch

Geldprobleme gab, sah Blanche eine Möglichkeit zu helfen. Als einer fast wohlhabenden Frau, die überdies sehr wenig für sich selbst ausgab, dafür aber glücklich wäre, wenn sie ihr Geld jemand anders geben könnte, würde ihr das leicht möglich sein.

Je mehr sie ihr Leben betrachtete, so wie es war, umso hoffnungsloser fand sie es. Eine Reihe von unfruchtbaren, fast lustlosen Tätigkeiten, endlose Abende, die sich mit Warten hinzogen, stummes Wachen bei verdunkelten Fenstern, bevor es Nacht wurde – das genügte nicht, um ein wenn auch mit noch so guter Haltung geführtes Leben sinnvoll zu machen. Außerdem hatte ihr sonderbares Benehmen, wie sie sehr wohl wusste, alle Bemühungen der anderen, sie zu verstehen, zum Scheitern gebracht. Sie wusste, dass man sie für eigensinnig hielt, für unfähig, sich anzupassen, und für gänzlich ungeeignet, sich einer Gruppe von Menschen, die in der gleichen Lage wie sie waren, zu gemeinsamen Reisen oder zur Weiterbildung anzuschließen – womit sie die Welt aller Verpflichtungen ihr gegenüber entbunden hätte. Blanche wusste, dass es eine – in ihrem Fall sehr bald erreichte – Grenze für alle auf eigene Faust unternommenen Bemühungen gab. Aber es ist immer ein Signal von außen, das ein solches Leben von seinen Fesseln erlöst, ein Leben, das im Treibsand eigener schmerzlicher Reflexionen versunken war. Aus irgendeinem geheimen oder vielleicht abergläubischen Grund sah Blanche in der Begegnung mit Elinor und ihrer Mutter ein solches Signal. Warum das so war, wusste sie nicht. Aber gerade an diesem Nachmittag im Krankenhaus hatte sie eine Intensivierung aller ihrer sonst zerstreuten Energien gespürt. Sie hatte begonnen, an das Kind und nun auch an die Mutter sozusagen mit kreativer Einbildungskraft zu denken. Nein, diese Sache war nicht vorbei, dachte sie. Im Gegenteil, sie fing gerade erst an.

Der Abendhimmel war von einer grauen Wolkendecke überzogen, die fast unmerklich die Dunkelheit und mit ihr den unvermeidlichen Regen bringen würde. Es hatte keinen Sinn, nach Hause zu eilen, denn »zu Hause« war leer und ohne Reiz und darum kein Zuhause mehr. Bertie würde nach seinem gestrigen Besuch heute Abend gewiss nicht wieder hereinschauen. Er legte Wert darauf, auf unbestimmte Zeit wegbleiben zu können, da er sich nicht allzu oft Blanches makellose Rezitation von geistreichen Bemerkungen anhören wollte. In den Pausen zwischen seinen Besuchen dachte Blanche voller Neid daran, wie unerschrocken er sich mit der unordentlicheren Seite des Lebens eingelassen hatte, voller Neid sogar an seine Mühe in der chaotischen Küche Mousies, während sie selbst sich als zu musterhaft empfand, um je etwas Unordentliches zu tun. Sie war dabei aufs Peinlichste bemüht, jede Anspielung zu vermeiden, die man ihr als Bosheit oder Unfreundlichkeit hätte auslegen können. Als Bertie ihr gesagt hatte, dass er sie um Mousies willen verlassen wollte, war ihre Antwort nur gewesen: »Ja, das habe ich mir beinahe schon gedacht.« Sie hatte es mit einem geisterhaften Lächeln gesagt, während alles Blut aus ihrem Gesicht wich. Jetzt dachte sie, dass sie sich töricht und enttäuschend verhalten hatte. Sie betrachtete Mousie als einen emotionsgeladenen Gangster, der es mit Entführungen und anderen Akten des Terrorismus hielt, und vermutete, dass es Mousie sehr unbehaglich zumute war, wenn sie an Blanches besonderen Stil von

Duldsamkeit dachte, und dass sie einen Ausbruch von Gesetzlosigkeit befürchtete, vor dem es auf der Hut zu sein galt. Berties Besuche waren, wie Blanche überzeugt war, von Mousie genehmigt, damit sie jeder eventuell aufkommenden Opposition gleich entgegentreten könnte. Mousie und damit auch Bertie konnten Blanches entnervend gutem Benehmen nicht ganz trauen, weil es sein natürliches Ende finden mochte. Wenn es so weit war, wollten sie ihrer unvermeidlichen Auflehnung in einer eisigen Front begegnen. Aber Blanche hoffte, dass Bertie sich vielleicht seine eigenen Gedanken über sie machte –, sie hoffte es, wenn sie es schon nicht wissen konnte.

Sie betrat einen Supermarkt, um eine Flasche Wein zu kaufen, und begegnete ihrer ehrbaren Nachbarin Mrs. Duff, deren besorgter Druck auf Blanches Arm ihr beruhigendes Lächeln Lügen strafte. Bisher hatte Blanche sich ihren freundschaftlichen Annäherungen entzogen, weil sie das Gefühl hatte, dem Bedürfnis dieser Frau nach Sympathie vielleicht nicht gewachsen zu sein. Von allen ihren Bekannten, dachte Blanche, behandelt mich allein nur diese Frau so, als ob ich gekränkt worden sei. Doch statt dafür dankbar zu sein, fühlte sie sich nur irritiert, da sie es unerträglich fand, Zeugen ihrer Niederlagen zu haben. Sie gab es nie zu erkennen, wenn sie eine solche erlitten hatte. Oder hoffte es jedenfalls.

»Endlich wird es ein bisschen wärmer«, meinte Mrs. Duff. »Bald werden wir wieder draußen im Garten sitzen können.« Die hinter ihren Wohnungen liegenden Gärten grenzten aneinander, und wenn auch Blanche nie dort saß, sah sie manchmal aus ihrem Fenster zu Mrs. Duff hinüber, die dort an hochsommerlichen Nachmittagen in einer bunten Kattunbluse und einem strahlend weißen Rock die frische Luft genoss.

Sie unterhielten sich ein bisschen über das Wetter, wie es gewesen war, wie es sich im Augenblick anließ und wie es für die nächsten Tage vorausgesagt worden war – und das alles im Ton größter Herzlichkeit, wie es mit Bekannten dieser Art üblich ist. Blanche spürte Gewissensbisse, weil es ihr unmöglich war, auf die Freundlichkeit von Mrs. Duff aufgeschlossen oder liebenswürdig zu antworten, was ein Lächeln auf das Gesicht Mrs. Duffs zaubern würde. Aber das ständige Bewusstsein ihrer Niederlagen hatte ihr anscheinend einen solchen Austausch von Komplimenten für immer unmöglich gemacht. Ein Hauch von Unschuld umgab Mrs. Duff, an dem Blanche nicht teilhaben wollte, da er ihr nicht mehr zustand. Es war ihr, als habe sie ihre Unschuld verloren, als könnte sie nur noch in verlogenen weltlichen Begriffen denken und müsse jede ihrer Handlungen, jedes ihrer Worte einer Selbstzensur unterziehen. Sie hatte eine eigentümliche Furcht davor, sich vor anderen bloßzustellen. Und doch hatte das kleine Mädchen, vielleicht gerade wegen seiner Sprachlosigkeit, eine Antwort von ihr bekommen, hatte ihre Abwehr durchbrochen und vielleicht gerade deshalb für Blanche Bedeutung erlangt.

Blanche beobachtete, wie sich Mrs. Duff, adrett wie immer, auf ihren Weg nach Hause machte. Nach einer kleinen Pause folgte Blanche ihr auf die Straße hinaus. Die abendliche Feuchtigkeit schloss sich um sie und ließ alle ihre Reaktionen erstarren. Als sie den Kopf hob, sah sie an der Bushaltestelle auf der anderen Seite der Straße Mrs. Beamish und Elinor, denen es offensichtlich nun doch noch gelungen war, mit dem Arzt zu sprechen. Mrs. Beamish nickte und lächelte, dann gab sie ihrer Tochter einen leichten Klaps auf die Schulter und zeigte auf Blanche. Nach einer Sekunde des Nachdenkens hob Elinor den Arm und winkte ihr zu.

»Doch«, sagte Blanche später am Telefon zu Barbara. »Ein ganz interessanter Tag. Gar nicht so übel.«

4

Eben als sie die Wohnung verlassen wollte, läutete das Telefon, und Blanche erfuhr, dass Barbara krank war und Grippe hatte. Sie legte ihre Handtasche wieder hin, ging in die Küche, begann dies und das zusammenzusuchen und stellte in Gedanken das Menü zusammen: Spargelsuppe, geschmorte Hühnerbrust und ein Gulasch für Jack. Das alles würde sie für den Rest des Tages beschäftigen. Wie ein Soldat auf den Barrikaden erhielt sie sich entschlossen in einem Zustand eiserner Gesundheit, immer auf der Hut vor dem Risiko, selbst krank zu werden. So hatte sie die leichte Grippewelle überstanden, die ihre Schwägerin erwischt hatte und die übrigens einen vorzeitigen Sommerbeginn anzukündigen schien. Sie war mit dem warmen, noch regnerischen Wetter gekommen: Es tropfte melancholisch von den Blättern der Kastanienbäume, allmorgendlich grüßte der Tag mit beachtlichen Nebelschwaden, und eine kraftlose Sonne schien wie ein verschwommener weißer Fleck am farblosen Himmel. Über dem feinen Dampf ihrer Suppe, die die Küche mit ihrem Duft erfüllte, musste sie an Gewächshäuser denken, an nasses Gras, und sie stellte sich vor, wie die Sonne plötzlich durch die Wolken brach und auf die regennassen Fensterscheiben schien.

Während sie für das Gulasch die Zwiebel in Scheiben schnitt, in heißer Butter bräunte und den Lauch und die Mohrrüben hackte, überlegte sie, wie froh sie doch sein müsste über die gute Gelegenheit, wieder einmal etwas Ordentliches zu kochen, nachdem sie sich – bei weitem zu lange schon – auf ausgesprochene Junggesellengerichte beschränkt hatte. Ihre Einstellung zu ihrem eigenen Wohlbefinden war im Wesentlichen praktisch orientiert: Sich selbst verwöhnte sie nicht und kochte nur einfache Sachen.

»Trotzdem schaffe ich es, recht gesund dabei zu bleiben«, sagte sie an diesem Vormittag zu Barbara. »Es ist nicht nötig, dass du dich dermaßen um mich sorgst, wie du es tust. Denke lieber an dich selbst. Und trinke ein bisschen mehr von diesem Kaffee. Er tut dir so gut, was man auch dagegen sagen mag. Dieser himmlische Duft. Er tut deinem armen Kopf gut und macht Mut, an bessere Tage zu denken.«

»Ich kann überhaupt nichts riechen«, antwortete Barbara. »Stell ihn weg. Aber du bist sehr freundlich, Blanche. Ich hatte beinahe schon vergessen, was für eine liebe Person du bist. Ich glaube, das liegt daran, dass du nicht vorgibst, gut zu sein, wie es so viele Menschen tun. Ist dir das einmal aufgefallen? Man weiß nicht recht, wie man mit solchen Menschen umgehen soll, ich meine die Sorte, die sagt: ›Wenn ich gewusst hätte, dass du krank bist, wäre ich doch gekommen.‹ Du aber würdest es ihnen gar nicht erst sagen, weil du es für taktlos, für eine Belästigung hieltest. Du würdest überhaupt nicht voraussetzen, dass jemand käme.«

»Vielleicht sollte man niemals die anderen für abkömmlich halten«, sagte Blanche, die sich damit beschäftigte, das Geschirr wegzuräumen und die Kissen aufzuschütteln. »Warum sollten sie auch? Aber in puncto Freundlichkeit hast du recht. Freundlichkeit ist tatsächlich recht selten, seltener, als man annehmen sollte. Ich finde, sie müsste eine Kardinaltugend sein, aber man spürt nicht viel davon. Zumindest früher nicht, jedenfalls nicht in der Malerei. Ich habe viel darüber nachgedacht. Du weißt, dass ich ziemlich oft in die National Gallery gehe?«

»Zu oft«, sagte Barbara und schnäuzte sich. »Kein Mensch muss so oft ins Museum gehen. Es ist bei dir zu einer wahren Besessenheit geworden.«

»Mag sein, aber weißt du, ich versuche, den Ausdruck der Gesichter auf den Bildern zu enträtseln. Man stellt sie uns als musterhaft hin, als jeder Bewunderung würdig, und dabei verbinden sich so manche schrecklichen Erfahrungen mit ihnen. Man sieht, dass auch die Heilige Familie nicht viel Zeit übrig hatte für den Rest der Schöpfung. Wir wollen gar nicht von der Kreuzigung reden, wenn du nichts dagegen hast. Und all diese Märtyrergeschichten! Diese armen Heiligen, die ihr Leben wegwerfen, den einzigen Besitz, den sie wirklich ihr eigen nennen können. Und diese grausamen Folterungen, die sie erdulden. Alle so, dass sie uns im Bild gezeigt werden können, dann wieder zum Leben erweckt, in vollkommener Gestalt, mit einem Turm, einem Schlüssel oder einem Rad als feine Anspielung auf ihre Leiden. So, als ob das Reich der Malerei sich ein Beispiel am Himmelreich nähme. Ich mache mir darüber viele Gedanken.«

»Wenn dich diese Bilder aufregen, sieh sie dir doch nicht an.«

»Es kommt ja noch schlimmer, wenn du dir erst die Heiden ansiehst. Sie ruhen auf Wolken, absolut unzugänglich für alles und jeden. Da gibt es keine Güte. Da hilft, bei den alten Göttern, kein Flehen um Gnade. Sie würden dich nur auslachen. Sie gehorchen einem anderen Gesetz, aber es ist unglaublich schwierig, zu erfahren, wie es lautet. Das fasziniert mich. Du darfst nicht sagen, dass ich mich um diese Dinge nicht kümmern sollte. Es ist völlig harmlos und höchst lehrreich. Ich lerne eine Menge dabei. Nur ist es im Augenblick nicht leicht, herauszubekommen, was ich lerne. Darum gehe ich immer wieder hin.«

»Auch heute? Du weißt, du musst nicht hier bleiben. Wahrscheinlich kann ich am Nachmittag schlafen, zumal ich mich jetzt nicht um Jacks Essen kümmern muss.«

»Ich schaue heute Abend noch einmal herein und stelle es in den Backofen. Und du kannst dann auch einen Löffel Suppe essen, wenn du jetzt lieber schlafen willst.«

»Blanche, geh nicht in die National Gallery«, sagte Barbara. »Es ist nicht gut für dich, so allein dort herumzuirren. Könntest du nicht etwas anderes ...«

»Aber nein«, sagte Blanche ein wenig überrascht. »Es ist nichts Unheimliches an meinen Museumsbesuchen. Ich bin nicht geistig verwirrt, weißt du. Ich bin schon immer allein herumgelaufen, auch als ich verheiratet war.« Sie lachte. »Mach dir um mich keine Sorgen. Ich komme heute Abend vorbei. Schone dich!« Sie beugte sich über Barbara und gab ihr einen Kuss. Dann verließ sie das Haus und schloss leise die Tür hinter sich.

Nach der trüben Stimmung im Krankenzimmer kam ihr die Straße erfrischend normal vor. Dankbar atmete sie die milde feuchte Luft ein. Auf der anderen Straßenseite sah sie Mrs. Beamish und ihr Kind an der Bushaltestelle stehen.

Statt sich mit einem Winken zu begnügen, ging sie hinüber, um mit ihnen zu sprechen. Das kleine Mädchen, Elinor, trug heute ein gelbes Kleidungsstück, das ebenso wenig zu seinem ernsten Gesichtsausdruck wie zu dem unfreundlichen Wetter passte. Sie war blass und machte ein unbeteiligtes Gesicht. Dennoch erweckte sie den Eindruck, als ob sie angestrengt über etwas nachdächte. Mrs. Beamish aber, obwohl in ein eng anliegendes graues Wickelkleid aus Baumwolle – teuer und modisch – gekleidet, sah, wie Blanche fand, blasser und noch unzufriedener aus als das Kind. Ihre scharfen Gesichtszüge wirkten schlaff, und ihr Ausdruck war abweisend.

»Hallo, Elinor!«, sagte Blanche. »Wie geht es dir heute?«

»Heute ist sie ein sehr unartiges Kind, nicht wahr?«, sagte die Mutter, indem sie die Hand des kleinen Mädchens losließ. »Sie wollte nicht bei ihrem Babysitter bleiben. Nach all der Mühe, einen für sie zu finden! Jetzt muss ich sie in die Stadt mitnehmen. Und ich hatte mich so sehr auf einen freien Nachmittag gefreut.«

»Es macht ihr bei diesem Wetter bestimmt keinen Spaß«, gab Blanche mit leiser Stimme zu bedenken, während sie das bemüht ausdruckslose Gesicht des Kindes musterte. »Wenn Sie vielleicht bis morgen warten könnten ...«

»Ich kann nicht warten«, erwiderte sie ärgerlich. »Ich bin mit einem alten Freund verabredet, er wollte mich zum Lunch einladen, und jetzt ist alles verdorben.«

Ja, dachte Blanche, das ist dir verleidet worden. Das Kind wollte dich daran hindern, diesen alten Freund wieder zu sehen, weil es die Stellung des Vaters verteidigt. Wieder war sie durch die Willenskraft Elinors in Erstaunen versetzt.

»Wenn Sie wollen«, sagte sie zögernd, »könnte sie zu mir nach Hause mitkommen, während Sie zu Ihrer Verabredung gehen. Ich würde ihr etwas zu essen geben, und Sie könnten sie später wieder abholen. Willst du das?«, fragte sie Elinor und beugte sich zu ihr hinab. Als Antwort legte Elinor ihre Hand in Blanches ausgestreckte rechte Hand und nickte mit dem Kopf. Sie hat ihren Standpunkt klargemacht, dachte Blanche, und jetzt hat sie Hunger. Was könnte natürlicher sein? Sie hat schon begriffen, dass man überleben muss.

»Ja, wenn Sie meinen«, sagte Mrs. Beamish, ohne zu zögern, und sofort erhellte ein strahlendes Lächeln ihr Gesicht. »Hörst du, Nellie, du gehst jetzt mit dieser Dame, und ich komme dann am Nachmittag und hole dich ab. Da kommt ein Taxi. Rasch! Ist ja großartig!«

»Ich wohne auf der anderen Straßenseite, in dem Haus dort an der Ecke«, rief Blanche ihr nach. »Können Sie es sehen? An dem Klingelknopf steht Hubert Vernon.«

»Hubert Vernon«, wiederholte Mrs. Beamish aus dem Taxifenster heraus. »Sei ein braves Mädchen, Nellie. Ich hol dich nachher ab.«

Hand in Hand entfernten sich Blanche und Elinor von der Bushaltestelle. Elinor ging einen Schritt voraus, und Blanche lächelte nach allen Seiten, ein Lächeln für Mrs. Duff, ein Lächeln für den Gemüsehändler und eins für den Briefträger. Ihre Absicht, in die National Gallery zu gehen, gab sie ohne Zögern auf. Mit Vergnügen fühlte sie die Hand des kleinen Mädchens, die an der ihren zerrte. Das Kind schien ganz gefasst zu sein und war keineswegs durch die Wendung der Dinge beunruhigt. Vielmehr schien sie entschlossen, aus jeder Situation, die geeignet schien, ihren eigenen unergründlichen Plan zu fördern, Nutzen zu ziehen, nämlich so schnell wie möglich erwachsen zu werden. In Blanche schien sie eine bestimmte Zuverlässigkeit zu spüren, nicht nur, was den Lunch betraf, sondern auch den Rest des Tagesprogramms, obgleich Blanche selbst noch keine Vorstellung von dem hatte, was zu tun sei. Eine blasse Sonne tauchte aus den Wolken auf, und die Straßen trockneten und rochen nach verdunstender Feuchtigkeit. Blanche kaufte ein kleines Vollkornbrot und ein Pfund Aprikosen.

»Nein, so etwas!«, verwunderte sich Miss Elphinstone. Sie lehnte mit einer Hand, die in einem rosa Gummihandschuh steckte, am Türrahmen der Küchentür. »Wer ist denn das?«

»Ihre Mutter ist eine Freundin aus dem Krankenhaus«, erklärte Blanche und stellte die Aprikosen mit etwas braunem Zucker auf den Herd. »Ich habe ihr einen Lunch versprochen«, fügte sie hinzu, in einem Ton, als handle es sich dabei um eine unwichtige Gefälligkeit.

»Nun lass dich einmal ansehen, mein liebes Kind«, sagte Miss Elphinstone, streifte ihre Gummihandschuhe ab und knöpfte den gelben Regenmantel Elinors auf. »Wie heißt du denn?« Elinor starrte ihr ernst ins Gesicht und schwieg. »Du hast wohl deine Zunge verschluckt? Nun setz dich einmal hin und sei lieb und erzähl mir etwas. – Was wollten Sie ihr eigentlich zu essen geben?«, fragte sie Blanche.

»Ich dachte an Rührei und Butterbrot und dann dieses Aprikosenkompott. Übrigens, wundern Sie sich nicht, wenn sie Ihnen nicht antwortet. Sie spricht nicht«, sagte sie leise, über den Kopf Elinors hinweg.

»Ach so, milieugestört, Anpassungsschwierigkeiten?«, erwiderte Miss Elphinstone mit ihrer gewöhnlichen Stimme. »Eigensinnig kommt mir wahrscheinlicher vor – du wirst dich in diesem Hause ordentlich benehmen, mein kleines Fräulein«, fuhr sie fort. Aber als Blanche ihr den Rücken zuwendete, streckte sie ihre lange, knochige Hand aus und streichelte das Gesicht des Kindes.

Bei Tisch beobachteten beide mit gespannter Aufmerksamkeit, wie Elinor mit langsamen, aber umsichtigen Bewegungen aß. Mehrmals streckte Miss Elphinstone den Arm aus, um das Butterbrot für das Kind in ganz unnötig kleine Stücke zu schneiden.

»Wenn Sie mich fragen, die hat es faustdick hinter den Ohren«, sagte Miss Elphinstone zu Blanche und nahm dankend noch eine Tasse Kaffee an. »Aber sie scheint Sie ja sehr ins Herz geschlossen zu haben.« Die Küche, erwärmt durch diese ungewohnten Aktivitäten, die sich in ihr abspielten, bot ein ganz uncharakteristisches Bild bei Unordnung. »Ich will Ihnen noch bei dem Geschirr ein bisschen zur Hand gehen«, sagte Miss Elphinstone, der es widerstrebte, sich schon zu verabschieden. »Ich nehme an, Sie wollen sie für ein Stündchen ins Bett legen.«

Als Blanche aus dem Schlafzimmer zurückkam, packte Miss Elphinstone gerade ihre Gummihandschuhe in die Tasche und rückte dann vor dem Spiegel umständlich ihren Hut zurecht.

»Wenn Sie wollen, könnte ich Ihnen bei der Kleinen ein bisschen behilflich sein«, sagte sie. »Vor sechs Uhr werde ich in der Kirche nicht gebraucht. Außerdem wird es heute Abend da noch Ärger geben, oder ich will nicht Sylvia Elphinstone heißen.«

Die Regel verlangte, diesem Thema ein gewisses Maß an Diskussion zu widmen, und so war es bereits drei Uhr geworden, als Miss Elphinstone bereit war, sich in den Bus zu setzen, der sie nach Fulham brachte, wo sich ihre Kellerwohnung befand, nur eine Straße von der Doppelhaushälfte Berties entfernt.

Ein Babysitter, dachte Blanche, als sie sich lautlos in ihrem Schlafzimmer bewegte, in dem Elinor rotbäckig in Blanches Bett schlief. Was für eine Frau musste das sein, die ihr Kind einer im Grunde fremden Person anvertraute? Sie kann ja gar nicht wissen, dass ich einen einwandfreien Ruf habe. Und der Vater nie da! Und die Mutter trifft sich mit einem Freund, zu dem sie Elinor nicht mitnehmen will. Ein Leben voller Geheimnisse, dachte sie, entschlossen, mehr darüber in Erfahrung zu bringen. Sie rief im Krankenhaus an und ließ sich die Adresse von Mrs. Beamish geben. Sie wohnte ganz in der Nähe, unten am Fluss, und Blanche entschloss sich, Elinor nach Hause zu bringen, da sie aus einem Grund, den sie sich nicht gern klarmachen wollte, Mrs. Beamish nicht in ihrer eigenen Wohnung empfangen mochte. Außerdem bezweifelte sie, dass Mrs. Beamish sich noch an ihre Adresse erinnerte, die sie, nur besorgt, schnell zu ihrer Verabredung zu kommen, rein mechanisch wiederholt hatte.

Elinor erwachte zufrieden aus ihrem Schlaf, trank ein Glas Milch und ließ sich Hände und Gesicht waschen. Dann machten sich beide an diesem feuchten, doch sonnigen Nachmittag auf den Weg. Die Hand des Kindes zu halten und das Lächeln auf den Gesichtern der Passanten zu sehen, war Blanches geheimer Wunsch gewesen, und dieser

Wunsch war fast so groß wie ihre Neugier. Am Zeitungsstand kaufte sie ein Buch mit Comics, das Elinor nun in der freien Hand trug. Um halb fünf stiegen sie eine Kellertreppe hinunter, die zu Mrs. Beamishs Grotte führte. Das Wort war Blanche unmittelbar eingefallen, als ihr der Gedanke gekommen war, dass die Scheinmutter Elinors eigentlich so etwas wie eine Nymphe sei und deshalb mit jenen Wesen verwandt, deren mythisches Lächeln sie an so manchen Nachmittagen zu enträtseln versucht hatte. Dieser Nachmittag war jedoch so anders als die anderen, die üblicherweise mit einer Rückkehr voller Niedergeschlagenheit in ihr eigenes melancholisches Dasein endeten, wenn sie vergebens Erleuchtung oder doch wenigstens Entrückung suchte mit Hilfe irgendeines Weins, der gerade an jenen Abenden zur Hand war.

Aber die Grotte, in die ihr Einlass gewährt wurde und die sie erst nach einigem Hin und Her und nachdem endlich der Telefonhörer aufgelegt worden war, näher betrachtete, schien staubig. Über der Zuckerschale summten Fliegen, als schließlich der Teewagen hereingerollt wurde. Dass es Mrs. Beamish nicht möglich war, sich Extraausgaben zu leisten, trat aus der Mischung aus Eleganz und Verwahrlosung zutage, dem auffälligsten Merkmal des Raumes. Mrs. Beamish ruhte in halb sitzender, halb liegender Stellung auf einer braunen Chaiselongue viktorianischen Stils. Diese war mit einem groben Stoff überzogen, der Spuren von Katzenpfoten zeigte, während sich im Holz der gitterförmigen Einfassung hier und da kleine Häufchen von Staubflocken niedergelassen hatten. Eine purpurrot und cremefarben karierte gehäkelte Wolldecke war nachlässig über das Ende der Chaiselongue geworfen, unter dem jedes Mal, wenn sich Mrs. Beamish bewegte, ein Bein in seiner Laufrolle zitterte.

Prächtige, nur halb aufgezogene, orangefarbene Samtvorhänge, anscheinend noch ziemlich neu, rahmten die hohen Fenster, deren Scheiben die Flecken von alten, längst getrockneten Regentropfen trugen. Ein ebenso prächtiger dunkelgrüner Teppich war offensichtlich unfachmännisch oder auch nur zu hastig gelegt worden, denn er wölbte sich rund um die Stuhlbeine empor, reichte andererseits aber nicht bis in die Ecken des Zimmers, sodass die nackten Dielen hervorschauten. Ein großes, fast quadratisches Sofa mit vielen Kissen an der Rückenlehne ergänzte die Chaiselongue. Es war mit dem gleichen bräunlichen Stoff bezogen und zeigte die gleichen Abnutzungserscheinungen, wenn auch die Kissen mit teurer geflammter thailändischer Seide bezogen waren. Ein tiefer brauner Samtsessel mit Armlehnen und Beinen aus Holz, ein Möbelstück im Stil der fünfziger Jahre, stand vor dem leeren, mit grünen Kacheln ausgelegten Kamin, der womöglich noch staubiger war als alles andere. Wo eigentlich ein Feuer hätte brennen sollen, stand nun ein Blumentopf mit Veilchen. Es roch muffig, denn das Zimmer war anscheinend feucht. Blanche saß auf einem üppigen viereckigen Lederhocker, der eigentlich zu einem luxuriösen Lehnstuhl gehörte, der aber verschwunden war. Elinor hatte sich auf ihren eigenen kleineren Stuhl aus knarrendem Korbgeflecht gesetzt und blätterte in ihrem Buch.

Das also war das Reich von Mrs. Beamish, denn es war klar, dass sie nachts auf dem Sofa mit den geflammten Seidenkissen schlief, in einem langen, hauchdünnen und dekorativen Gewand sich auf der großen, breiten Fläche ausstreckte und durch die Gitterfenster, die von den orangefarbenen Vorhängen nur unvollkommen bedeckt waren, die Vorübergehenden beobachtete. Wo Elinor schlief, war dagegen nicht ohne Weiteres ersichtlich. Bei all seiner Unvollkommenheit schien dieser Raum doch dazu eingerichtet, Besucher zu empfangen. Ob sie auf der Chaiselongue oder auf dem Sofa ruhte, Mrs. Beamish würde immer so aussehen, als erwarte sie einen Boten, oder als sei sie bereit, Tribut und Huldigung entgegenzunehmen. Sie hatte etwas Königliches und Zugängliches zugleich, und in ihrem Leben musste es irgendjemanden gegeben haben, der nicht ganz arm war. Denn die Teetassen hatten zwar ein paar hauchdünne Risse, waren aber aus feinem Porzellan und standen auf Untertassen, die einen stark geschwungenen Rand und ein Muster aus dem neunzehnten Jahrhundert hatten. Die elegante ovale Teekanne auf dem wackligen Servierwagen war aus Silber, angefertigt nach modernem dänischen Design, wie übrigens auch die Teelöffel. Auf einer gläsernen Tortenplatte, wie man sie vor dem Krieg bei Woolworth kaufen konnte, lagen auf einer zerknitterten Tüte die Reste einer Schokoladentorte. Die Milch war aber noch in der Flasche.

Die vollendete äußere Erscheinung Mrs. Beamishs – die karottenrote Frisur, die halbgesenkten Lider über den schrägstehenden Augen, die kleinen braunen Füße, die aus dem komplizierten, schlauchartigen Gebilde aus lavendelgrauer Baumwolle, ihrem Kleid, hervorlugten – diese Erscheinung stand im krassen Widerspruch zu der behelfsmäßig zusammengestellten Einrichtung des Raums und ließ ihn als einen nur provisorisch gedachten Hintergrund erscheinen, gegen den sie sich vollkommen gleichgültig verhielt. Es war klar, dass sie auch ihre Mutterrolle mit der gleichen Vorläufigkeit übernommen hatte, denn nirgends fand sich ein Spielzeug oder sonst ein Gegenstand zum Zeitvertreib eines Kindes. Dabei war das Zimmer so unordentlich, dass selbst für derlei Dinge noch Platz gewesen wäre. Aber Mrs. Beamishs mythologischer Status erlaubte ihr wohl eine gleichgültigere Einstellung gegenüber Kindern: Nymphen sind nicht gerade für mütterliche Gefühle bekannt, auch wenn sie sich für jeweils kurze Zeit zu dem Geschäft der Erziehung hergeben mögen. Der abwesende Ehemann, der, wie Blanche überzeugt war, im Gefängnis saß, hatte diese junge Frau gewiss nicht geheiratet, um seinem Kind eine zweite Mutter zu schenken – was nicht ausschloss, dass er den unbestimmten Wunsch gehabt hatte, es möge sich so ergeben. Er hatte sie wegen ihres langen, schlanken Körpers geheiratet, wegen ihres unzufriedenen, grüblerischen Gesichtsausdrucks und wegen ihres illusionslosen Blicks unter den halbgeschlossenen Lidern. Aber was für Enttäuschungen sie auch immer gehabt haben mochte, sie sah aus, als schritte sie leichtfüßig durchs Leben, so, als hinterließen ihre Schritte kaum eine Spur. Sie könnte, dachte Blanche, furchtbar sein, und wahrscheinlich war sie es auch.

»Wohnen Sie hier schon lange?«, fragte Blanche. Der sich abkühlende durchsichtige Tee ließ im Innern der Tasse einen Fleck von früherer Benutzung erkennen.

»Ungefähr seit einem Jahr. Der Mietvertrag über unsere alte Wohnung war abgelaufen, und wir mussten schnell etwas finden, bevor mein Mann ins Ausland ging. Sonst hätten wir diese Wohnung nie in Betracht gezogen. Kein Platz zum Spielen für Nellie und schrecklich feucht. Aber einer unserer Freunde, ein Maler, ging für ein Jahr in die USA und überließ uns diese Wohnung umsonst. Da konnten wir einfach nicht nein sagen.«

Natürlich, dachte Blanche, die Sache klang plausibel. Es musste ein Maler sein. Immer wohnen Maler inmitten einer solchen Verwahrlosung – der Tatsache geschuldet, dass sich ihre Ideen auf einer höheren Ebene bewegen – der der Kunst selbstverständlich. Die Kunst allerdings war aristokratisch und subversiv zugleich, doch auf eine bedeutendere Art subversiv als diese Unordnung hier. Mit einem verstohlenen Seitenblick sah sie wieder Mrs. Beamishs Lächeln einer archaischen Göttin und fühlte es einen Augenblick in der Luft schweben, bevor es verschwand.

»Und Ihr Mann?«, fragte sie nach einigem Zögern. »Wird er lange fortbleiben? Ich kann mir denken, dass ihm seine kleine Tochter sehr fehlt.«

»Ach, Paul«, antwortete die junge Frau mit einem Lachen der Entrüstung. »Er arbeitet für einen Amerikaner, ein Scheusal! Ich hasse ihn. Er ist furchtbar reich und hat überall in der Welt Häuser, und er ist schrecklich schwierig und ungeduldig, und darum braucht er Paul. Er benutzt ihn als sein verdammtes Mädchen für alles, als Faktotum, wenn Sie mir das Fremdwort nachsehen wollen. Apropos Fremdwort, sie sind jetzt in Frankreich, wo genau, weiß ich nicht. Wahrscheinlich, um noch ein Haus zu kaufen.«

»Aber wenn er Amerikaner ist, warum kann er es dann nicht auch allein tun?«, fragte Blanche. Sie hatte die irritierende Vorstellung eines primitiven Millionärs mit einem kultivierten Intellektuellen in seinem Gefolge, einer Art

Tanzlehrer wie im achtzehnten Jahrhundert, der die feinen Sitten lehrt.

»Weil er ein komischer Typ ist, einer der zu Geld gekommen ist und das Know-how und die Sprachkenntnisse meines Mannes braucht. Paul ist klug und gewandt, er könnte überall leben. Als wir jung verheiratet waren, haben wir im Ausland gelebt. Wir lernten diesen Amerikaner in Paris kennen, und er engagierte Paul von der Stelle weg. Paul bestand dann darauf, dass ich nach Hause reiste und mich um das Kind kümmerte, wenn auch die Kleine, soweit ich das beurteilen kann, weit besser bei Pauls Mutter aufgehoben wäre. Soweit es sie betrifft, hätte ich nie zu kommen brauchen. – Komisches kleines Ding«, fügte sie teilnahmslos hinzu.

Das klingt alles so abenteuerlich«, sagte Blanche, die ihre Neugier aufs Angenehmste befriedigt fand. »Ich will nur hoffen, dass dieser Amerikaner Ihren Mann gut bezahlt. Sie verdienen beide eine bessere Wohnung als diese hier.«

»Wer, Demuth? Dass ich nicht lache! Er hat Paul einen Vertrag unterschreiben lassen – ich war strikt dagegen –, nach dem er, wenn er bei ihm bleibt, am Ende des Jahres eine riesige Pauschalsumme erhält, die auf verschiedene Konten eingezahlt wird. In der Zwischenzeit lebt er wie ein Mitglied der Familie. Und das sehr gut. Das üppige Leben gefällt ihm gut, meinem Paul.«

»Aber inzwischen müssen Sie nun so leben«, bemerkte Blanche nachdenklich. »Selbstverständlich ist es nur vorübergehend«, fügte sie hinzu, denn sie hatte im Ausdruck der jungen Frau einen Anflug von Arroganz bemerkt. »Aber wie Sie selbst sagen, für Elinor ist nicht einmal ein Platz zum Spielen da.«

»Ja, es ist schlimm. Aber, wie gesagt, es kostet nichts, und am Ende des Jahres müssten wir fein heraus sein. Und das wird gut sein«, sagte sie mit einem Lachen, »allerdings – im Augenblick ist die Situation ein wenig schwierig. Sie müssen wissen, keiner von uns beiden ist je arm gewesen. All unsere Sachen mussten wir einlagern, und deshalb muss ich jetzt immer neue Kleidung kaufen. Nellie braucht natürlich ständig etwas Neues zum Anziehen. Glücklicherweise konnte ich ein paar von meinen Sachen aus Paris mitbringen, und Paul soll den Rest schicken. Aber wie Sie sagen – oder vielleicht auch nicht sagten, vielleicht lese ich es nur in Ihrem Gesicht – hier ist es scheußlich. Nein, ich lasse doch nicht meinen Rotfuchspelz hier vermodern, besten Dank! Ich lasse ihn lieber von Mrs. Demuth für mich aufbewahren, kostenfrei in ihrer Garderobe. Und noch ein paar andere Dinge dazu.« Sie lachte.

»Ich finde es einfach bezaubernd«, sagte Blanche.

»Sie dachten doch, dass Paul im Kittchen sitzt, nicht wahr?«, fragte die junge Frau mit schlauem Blick. »Das denken die meisten. Also, er sitzt nicht.« Sie zündete sich eine Zigarette an und sah aus dem Fenster. »Schon wieder Regen«, sagte sie.

»Wenn ich Ihnen bei Elinor etwas helfen kann«, sagte Blanche versuchsweise, bestrebt, Mrs. Beamish nicht zu kränken.

»Danke, ich werde daran denken: Mrs. Hubert Vernon. Was macht Ihr Mann?«

»Was immer er tun mag, es hat mit mir nichts mehr zu tun«, erwiderte Blanche mit einem etwas unpassenden Lachen. »Wir sind geschieden. Ich habe ein bisschen eigenes

Vermögen.« Und sofort wünschte sie, diese Bemerkung nicht gemacht zu haben. Aber warum nur?, überlegte sie. Ich bin schon viel zu lange zu vorsichtig gewesen. Außerdem wollte ich es gern wissen. Und jetzt weiß ich es. Nun muss ich mich wahrscheinlich darauf gefasst machen, für mein Vergnügen zu zahlen Dieser Gedanke gefiel ihr nicht, aber es gelang ihr, ihn fürs Erste zu unterdrücken.

Wenn sie sich so zwischen ihrer inneren und der Außenwelt bewegte – was, wie Blanche glaubte, die meisten Menschen taten –, kam sie unweigerlich zu dem Schluss, dass ihr Leben bisher in jeder Hinsicht unzulänglich gewesen sei. Bei ihren schüchternen Versuchen, sich der Wirklichkeit zu nähern, hatte sie nicht richtig eingeschätzt, wie dicht besetzt der Raum der Realität war. Sie, die immer nur wartete, dass etwas geschähe, war ständig überrascht, wenn tatsächlich etwas geschah. Wenn sie sich dann mit der Realität eines fremden Lebens konfrontiert sah, fühlte sie sich schlecht darauf vorbereitet und war nur umso begieriger, diese Realität zu begreifen. Dass sie, eine seriöse Dame mittleren Alters, die noch am Vormittag dieses Tages die ehrwürdige Rolle der respektablen, nicht mehr ganz jungen Frau gespielt hatte, indem sie ihre kranke Schwägerin mit geschmorten Hühnerbrüsten versorgte, jetzt in einem Zustand unterdrückter Erregung in dieser Künstlerwohnung saß, in der es feucht und modrig roch und die Fliegen um sie summten – all das wäre ihr völlig unverständlich gewesen, wenn man es ihr in knappen Worten beschrieben oder wenn es ihr überhaupt ein anderer geschildert hätte. Sie erkannte plötzlich sehr deutlich, was ihr früher nur vage bewusst war: dass nämlich die Welt der

Frauen durch eine gewaltige Kluft in zwei Teile geteilt war. Auf der einen Seite waren Barbara mit ihren Bridgeabenden und dem gichtkranken Ehemann, auch Mrs. Duff mit ihrer jungmädchenhaften Ehrbarkeit und sie selbst mit all ihrer Ungewandtheit. Auf der anderen Seite standen Mousie und ihresgleichen und Sally Beamish, die Beweger und Erschütterer, leichtsinnig und anarchisch, in einer Kleidung, die zugleich unpraktisch und improvisiert war – und in ihrem Gefolge Männer, die bereit waren, ihnen zuliebe ihre Ehe zu zerrütten und Frau samt Kindern zu verlassen. Auf der einen Seite die evangelische Welt – auch Miss Elphinstone hatte hier ihren Platz – und auf der anderen Seite die heidnische Welt. Den »anständigen« Frauen, dachte Blanche, zeigten die Männer ihr »besseres« Ich und sparten damit ihre primitiven, halbbewussten Energien für die anderen auf. Und sie selbst? Sie hatte den Irrtum begangen, sich der »anständigen« Hälfte anzupassen, indem sie die geduldige, nachgiebige Haltung der biblischen Frau einnahm, obwohl die wahre Antwort doch immer in der anarchischen, herausfordernden Haltung der idealen Geliebten bestand.

Dass Sally Beamish zu dieser Kategorie gehörte, stand für Blanche außer Zweifel. Denn war es nicht sie, Blanche, die sich gerade anbot, Elinor zu Bett zu bringen, während Sally, den mysteriösen Abenteuern dieses Tages nachsinnend, sich eine Zigarette anzündete und nach wie vor aus dem schmutzigen Fenster blickte? »Aber sie ist noch nicht müde«, sagte Sally mit einem zerstreuten Blick auf Elinor, die die ganze Zeit über still und ohne sich zu rühren in ihrem Buch geblättert hatte. »Die Frage ist vielmehr, was essen wir zu Abend? Ich hatte nicht die Zeit, irgendetwas einzukaufen.« Das Problem kannst du selber lösen, dachte Blanche mit einem Rückfall in ihre alte Schroffheit, obwohl sie bereits automatisch das Teegeschirr auf den Servierwagen gestellt hatte und ihn in die Küche schob, weniger aus Höflichkeit als aus einem bösen Verlangen, das Schlimmste zu erfahren.

Die Küche entsprach in der Tat ihren Erwartungen, übertraf sie sogar noch. Im schwachen Schein einer Hängelampe summten ein paar Fliegen über einem alten Klapptisch, der seinen Glanz längst verloren hatte und dessen graue Platte ringförmige ausgewaschene Spuren aufwies. Das schmierige Fenster ging auf einen kleinen, mit bemoosten Steinplatten ausgelegten Hof hinaus; an der Ecke lief das Regenwasser glucksend durch das verstopfte Rohr. Auf dem Abtropfbrett neben dem Spülbecken stand ein Stapel von gespültem Geschirr: Becher, Teller, Messer und Gabeln minderer Qualität. Da es allem Anschein nach keinen Küchenschrank gab, lag alles, was in die Küche gehörte, verteilt auf dem Tisch: auf dem Brotschneidebrett ein halbes Brot, von Krümeln umrahmt, ein geöffnetes Päckchen Earl-Grey-Tee, zwei Dosen Spaghettisauce, zwei grüne Äpfel, eine Flasche Milch, ein Liter Orangensaft, eine teure Le-Creuset-Kasserolle, ein nicht minder teurer geblümter Emaillekochtopf, etwas in einer braunen Papiertüte, Küchenfolie, eine braune Teekanne aus Ton mit einer angestoßenen Tülle. Als Blanche den Deckel abnahm, stellte sie fest, dass die Kanne mit kaltem Tee gefüllt war. Sie konnte dem Impuls nicht widerstehen, den Tee auszugießen und die Kanne auszuspülen. Danach fand sie es nur natürlich, auch das abgewaschene Geschirr vom Abtropfständer fortzuräumen. Aber nach einigem Überlegen spülte sie es stattdessen noch einmal und ließ es dann, ordentlich gestapelt, dort, wo sie es vorgefunden hatte. Das Brot bedeckte sie mit einem Stück Folie, wobei sie eine Fliege aufstörte. Den Kuchen packte sie wieder zurück in die Tüte. Als plötzlich Sally Beamish und das Kind hinter ihr in der Tür standen, fuhr sie wie schuldbewusst zusammen, so als habe man sie soeben bei einer verbotenen und zudem noch erfolglosen Handlung überrascht.

»Sie ist auf einmal müde«, sagte Mrs. Beamish, die Elinor auf dem Arm trug. Das Kind hatte mit unergründlicher Miene sein Ärmchen um den Hals der Mutter gelegt. »Sie will zu Bett gehen.«

»Hat sie das gesagt?«, fragte Blanche gespannt.

»O nein, sie spricht nie. Aber wir verstehen uns trotzdem, nicht wahr, Nellie?«

Sie lächelte dem Kind in aufrichtiger Freundschaft zu, und Nellie schlang den Arm enger um ihren Hals. Eine Sekunde lang neigten sich ihre Köpfe zueinander und berührten sich. So sieht das also aus, dachte Blanche: von gleicher Art zu sein. Die Gleichheit heidnischer Unschuld. Um den Ausdruck sehnsüchtigen Verlangens, der jetzt, wie sie überzeugt war, auf ihrem Gesicht lag, zu verbergen, wandte sie sich ab, sagte aber gleichzeitig: »Soll ich Ihnen dabei helfen?«

Ich bin schon wie Miss Elphinstone, dachte sie, deren christliches Verhalten ein primitives Verlangen tarnt. Ihre Hand streckte sich wie von selbst aus, um das Gesicht des Kindes zu streicheln. Aber Elinor wandte sich ab, ihre Stimmung hatte gewechselt: Jetzt war sie mit ihrer lachenden

Mutter einig, und dieser Mutter missfiel, wie Blanche bemerkte, die abweisende Geste des Kindes durchaus nicht.

Niedergeschlagen folgte Blanche den beiden in das kleine dunkle Zimmer, in dem Elinors Bett und eine Kommode mit einem großen schneeweißen Teddybären standen – wohl ein Geschenk aus Paris, vermutete Blanche. In der schmuddeligen Düsterkeit wurde ein Nachtlicht angezündet und neben das Bett gestellt. Als Sally sich über die Flamme beugte, war ihr Gesicht wunderschön angeleuchtet und hatte einen Ausdruck von Frieden und Weisheit. Nichts schien sie zu überraschen, nicht, wie ihr Tag sich gestaltet hatte, und ebenso wenig die ständige Anwesenheit Blanches. In dieser Beziehung waren sich Mutter und Kind gleich.

Sie verließen das Kind, das mit einem anderen, älteren und schmutzigeren Bären im Arm schon halb eingeschlafen war, und gingen ins Wohnzimmer zurück. Blanche verspürte plötzlich Sehnsucht nach ihrem eigenen streng in Grau und Blau gehaltenen Wohnzimmer, nach einem warmen Bad und dem ersten Glas Wein. Sie würde dann auf Bertie warten, auch wenn es so gut wie sicher war, dass er nicht kommen würde. Sie verspürte sogar ein Heimweh nach diesen ereignislosen Abenden, nur ausgefüllt mit Vorbereitungen und Warten. Sie fühlte sich gereizt, aus dem Gleichgewicht gebracht durch die Ereignisse des Tages und verstimmt von allzu vielen Vermutungen. Die Erinnerung an die Hand des kleinen Mädchens in der ihren erschien ihr jetzt als gefährlich, als eine Erinnerung, die sie nicht hegen und über die sie nicht nachdenken, sondern die sie leicht nehmen sollte. Ja, den ganzen Zwischenfall sollte sie leicht nehmen, wie es Sally selbst tat. Unwillkürlich bewegte sie sich auf die Tür zu, dachte an Aufbruch und Rückkehr zu dem Leben, das sie zu Hause erwartete.

»Wenn Sie uns also für den Augenblick aushelfen könnten«, hörte sie Sally sagen.

»Selbstverständlich.« Ihre Einwilligung hatte keine Bedeutung. Das Ganze ging sie nichts an. Sie reichte ihr fünf Zehn-Pfund-Noten und lächelte unbestimmt in Erwiderung auf die erfreute, wenn auch keineswegs überraschte Reaktion der jungen Frau.

»Sicher würde Nellie Sie gern wieder einmal besuchen«, sagte Sally. »Es scheint ihr großartig bei Ihnen gefallen zu haben. Und sie freut sich so über ihr Buch.«

Aber Blanche war jetzt ganz mit sich selbst beschäftigt und wollte nur noch, dass die junge Frau sich um ihre eigenen Angelegenheiten kümmerte. Das Telefon läutete. Sally machte keine Anstalten, den Hörer abzunehmen.

»Das Telefon«, sagte Blanche, während sie die Tür öffnete.

»Keine Sorge«, sagte Sally und folgte ihr. »Die können wieder anrufen.«

Der Mann im Restaurant, dachte Blanche. Der, der sie zum Lunch eingeladen hat. Der, den sie unbedingt sprechen wollte. Sie drehte sich lächelnd noch einmal um, dann fand sie sich im Hof wieder. Der lautlose Regen sickerte durch die von Feuchtigkeit gesättigte Luft und fiel ihr warm aufs Gesicht.

Als sie sich am Ende der Straße umsah, erkannte sie Sally oben auf der Treppe. Das seltsame gewickelte Kleid klebte durch die Luftfeuchtigkeit an ihrem Körper. Sie beobachtete, wie Sally die Straße nach der anderen Richtung, von ihr weg, hinuntersah. Dann wandte sie sich um, erkannte Blanche und hob den Arm zu einer signalhaft winkenden Gebärde. So standen sie im Regen, in einiger Entfernung voneinander und winkten sich zu.

5 Blanche träumte, dass sie in einem kleinen Boot zur Isle of Wight rudere. Der Fahrgast im Boot war ihre Mutter, in einem beigefarbenen Chiffonkleid und mit einem großen Strohhut auf dem Kopf. Sie hatte Blanche gebeten, sie vom Festland fortzurudern, da sie eine Einladung zum Tee habe, aber nicht imstande sei, sich aus eigener Kraft dorthin zu begeben. Sie war eine attraktive, etwas frivole Dame, gewohnt, ihre Wünsche energisch zu äußern, sodass sich eine Weigerung von selbst verbot. Am Ufer des Festlandes stand Bertie und sah dem Boot nach, und Blanche begriff, dass er zwar nicht wünschte, dass sie fortführe, aber auch keineswegs beabsichtigte, sie daran zu hindern. Blanche war sich bewusst, dass sie, als sie einwilligte, ihre Mutter zu begleiten und damit gewissermaßen ihre töchterlichen Pflichten zu erfüllen, etwas Unheilvolles getan hatte. Wie zum Beweis dafür bemerkte sie, dass in ihrem ungekämmten Haar plötzlich vier weiße Federn steckten. An der entfernten Küste, auf die sie zusteuerte, stand, lächelnd und winkend, Mrs. Duff, die dem kindlichen Gehorsam Blanches Beifall zollte. Mit Herzklopfen und einem Gefühl von Panik erwachte sie aus ihrem Traum.

Aber ich bin doch von ihr weggekommen, beruhigte sie

sich selbst. Obwohl sie es mir so schwer gemacht hat und mir versicherte, dass ein Mann wie Bertie es unmöglich ernst meinen könne mit einer Frau wie mir, bin ich weggekommen, auch wenn Bertie meine Mutter nicht leiden konnte und von einem bestimmten Augenblick an nur allzu bereit war, sich geschlagen zu geben. Ich bin davongekommen, weg von all den Pflichten, die man mir auferlegt hatte, von denen die meisten sowieso nur vorgetäuscht waren. Und alles, was ich von meiner berechnenden Mutter gelernt habe, war, dass ich das Gegenteil von ihr und überhaupt nicht berechnend geworden bin. So begann ich mein wirkliches Leben im Zustand schrecklicher Unschuld; ich suchte nach weiteren Pflichten, die ich bereit war zu erfüllen, denn ich hielt mich für immer dem zu Dank verpflichtet, der mich aus dieser Mutter-Tochter-Falle befreit hatte. Ich vergaß in all meiner Unterwürfigkeit, wie er sich langweilen musste. Ständig war mir bewusst, dass sich meine Mutter – sie hatte sich raffinierterweise eine Krankheit zugelegt, um damit meinen Abfall zu brandmarken – im Recht glaubte. Auf meiner Hochzeit hatte sie die allgemeine Aufmerksamkeit auf sich zu lenken gewusst, indem sie in verschiedenen wichtigen Augenblicken einen Schwächeanfall erlitt und um einen Stuhl bat. Bertie nahm natürlich keine Notiz von ihr, aber eine überraschend große Anzahl befreundeter Damen scharte sich um sie und richtete vorwurfsvolle Blicke auf mich. Sie schienen mir – und nur mir allein – ein Leben der Geduld und Umsicht, der seelischen Kraft und der Demut verordnet zu haben, kurz gesagt, ein Leben mit allen christlichen Tugenden. Sie hielten mich für so unprofiliert, so wenigversprechend, dass ich es leicht würde über mich bringen können, keine Wünsche zu haben. Sie rühmten oft meine Güte, womit sie meine Fügsamkeit meinten, meine töchterliche Untertänigkeit. Für meine Mutter war mein Erfolg so gut wie eine Beleidigung. Gleich nach der Trauung trat sie, wie ich mich erinnere, eine Weltreise an und wusste mehrere Witwer für sich einzunehmen. Einer von ihnen blieb bis zu ihrem Tode vor zehn Jahren bei ihr, um all die Pflichten zu erfüllen, für die sie mich vorgesehen hatte.

Aber was bedeutete Mrs. Duff in diesem Traum? War es einfach so, dass sie ein Symbol für alle guten evangelischen Frauen war, die einen bestimmten Standard der Tugendhaftigkeit hochhalten, einen Standard, der nicht in Frage zu stellen ist? Wenn ich sie auf der Straße treffe und ihre freundliche Einladung immer wieder ablehne, ist dann nicht in ihrem Blick der gleiche Ausdruck wehmütigen Vorwurfs, so, als ob sie sagen wolle, dass das, was ich in meinem gegenwärtigen Dilemma wirklich brauchte, ihre Gesellschaft und das Zusammensein mit ehrbaren Frauen sei? So als ob ich, gefährlich verletzt im Kampf der Geschlechter, es für einzig richtig halten solle, mich zurückzuziehen, mich zu bescheiden und dankbar zu sein für ein friedliches Leben? Als müsse ich für mein Abenteuer zahlen und dürfe nicht allein zu Hause sitzen und trinken oder mich mit verwahrlosten Kindern einlassen? Einmal, als wir uns beim Friseur trafen, hat sie mir erzählt, dass sie ihren Mann kennenlernte, als sie sechzehn war. Aber damals war sie noch zu jung, um ihre Mutter zu verlassen, und so ließ sie ihn fünf Jahre warten. Und dieser fromme, wenn auch vielleicht unnatürliche Entschluss gehörte irgendwie ganz und gar zu ihrem Benehmen beim Fleischer, wo ich ihr unglücklicherweise auch begegnete und hörte, wie sie dem jungen Mann scharfe Vorwürfe machte, dass er ihr Kalbsschnitzel verkaufen wollte, die bereits geschnitten waren und bleich in einer Schüssel auf der Hackbank lagen.

»Also, Brian«, sagte sie in gouvernantenhaftem Ton. »Sie wissen genau, dass mein Mann so etwas nicht isst.« Oder sie sagte: »Sie wissen doch, dass ich vorhin telefoniert habe. Wenn Sie das Rinderfilet noch nicht geschnitten haben, werde ich meinen Mann schicken, dass er es später abholt.«

Blanche begriff, dass Mrs. Duff im Gefühl eines sicheren Eheglücks ihre Fähigkeit genoss, ihren Mann zu kommandieren, diesen Zahnarzt, der fünf Jahre auf sie gewartet hatte. Da sie eine bescheidene Frau war, zeigte sie ihre Macht nur auf diese harmlos-selbstgerechte Weise. Sie bedauerte Blanche, dass sie nicht dasselbe tun konnte, und aus ihren Augen sprach Mitgefühl, wenn Blanche nur ein einziges Kalbskotelett kaufte. Zweifellos war sie auch gut zu ihrer Mutter und hatte Mann und Mutter zu ihrer Zufriedenheit in ihr Leben eingeordnet. So hatte sie das Unvereinbare mit sich selber ausgesöhnt, ohne je zu argwöhnen, dass es im Grunde unvereinbar war.

Blanche, die mit ihrem Verlangen, anderen von Nutzen zu sein, so gut wie nie Erfolg gehabt hatte, wünschte sich dennoch nach wie vor, anderen helfen zu können, denn sie hatte unter ihrem ersten Verstoß gegen ihre Pflichten mehr gelitten, als sie wusste. Zwar hatte Bertie ihre Bemühungen um ihn akzeptiert, aber er hatte sie nicht wirklich wichtig genommen. Er hatte sie nicht von ihr gefordert, und Blanche wusste, dass er sie, Blanche, sehr viel höher geschätzt hätte, wenn sich auch andere Männer um sie bemüht hätten, wenn sie eitel statt belesen gewesen wäre und wenn sie auch etwas von der Ungerechtigkeit und Frivolität ihrer Mutter gehabt hätte. So hatte sie sich selbst am Ende zu einer rätselhaften Frau stilisiert, mit einem Ausdruck von Indifferenz, den er zu würdigen wusste und den sie sich nun auf Dauer zuzulegen versuchte, wohl wissend, dass sie bei zwei Versuchen gescheitert war – dem, vollkommen gut, und dem, vollkommen schlecht zu sein.

Die Frau, zu der Blanche geworden war, wollte mit allen Mrs. Duffs dieser Welt nichts zu tun haben, weil sie in ihnen nur die desinfizierte Version ihres früheren Ichs sah, damals, als sie noch verträumt ihrer Mutter gefolgt war, die Einkäufe für sie getragen und sie zu ihren zahllosen gesellschaftlichen Verpflichtungen begleitet hatte – immer mit dem Wunsch nach Freiheit im Herzen. Die Frau, die sie damals gewesen war, trachtete danach, eine andere zu werden, und hatte sich deshalb angezogen gefühlt von allen Formen des Ungehorsams, von Spott und Zurückweisung, Unbeugsamkeit und Hohn oder von jener extremen Art von Gleichgültigkeit, der wahren Gleichgültigkeit gegenüber dem Wohl des anderen. Sie erkannte, dass diese Eigenschaften auf eine rätselhafte Weise beschützten, während Pflichteifer und Gehorsam, ob kindlicher oder ehelicher, einen in den Augen des anderen nur uninteressant machten. Aber sie begriff auch, dass ihre ursprünglichen Missverständnisse durch die Geburt eines Kindes zu beheben gewesen wären, eines Kindes, das nicht nur ein ständiger Anlass zur Versöhnung gewesen wäre, sondern auch der Empfänger ihrer eigenen Kindlichkeit, die letzte Hoffnung auf Erfolg in einer Welt, die von falschen Erwartungen entstellt war.

Ihre Besuche bei Sally Beamish waren nicht ganz uneigennützig. In dem Kind, in Elinor, sah sie den noch unentwickelten, im Entstehen begriffenen Erwachsenen, der vielleicht, nach einem sehr schwierigen Beginn, noch für ein Leben zu retten wäre, das sowohl vernünftig als auch lohnend war. In der Mutter sah sie den schlauen, verstohlenen Kommentar zu den von ihr, Blanche, aufgebrachten Energien, sah in ihr auch die Kristallisation all jener weiblichen Eigenschaften, von denen sie wusste, dass sie ihr selbst fehlten. Ein ganzes Erziehungsprogramm schien auf Blanche in diesem staubigen und scheußlichen Raum zu warten, in dem sie doch, perverserweise, Reize fand, die ihr zu Hause fehlten. Diese Erziehung versprach ihr den Fortgang ihrer eigenen unvollendeten Geschichte mit all ihren enttäuschten Hoffnungen und ihren nicht genutzten und nicht belohnten Fähigkeiten. Sie hätte gern etwas Entscheidendes getan, um die schreckliche Standhaftigkeit des Kindes, seine stumme Zurückweisung einer unbekümmerten Lebensweise als Alternative zum wirklichen Ernst des Lebens zu mildern. Sie hätte, in aller Bescheidenheit, sich gern als gute Freundin erwiesen, obwohl es ihr ziemlich schleierhaft blieb, wer davon den größeren Nutzen haben würde. Sie empfand sich selbst nämlich als ungewöhnlich neugierig auf sämtliche Aspekte dieser Geschichte. Es war, als sei sie wieder einmal eine eifrige Schülerin in der Kunst des wirklichen Lebens – des Lebens, wie es ihrer Vorstellung nach zu sein hätte, da sie nie etwas anderes gekannt hatte als das, was sie sich vorstellte. Diese Gedanken beschäftigten sie, als sie im Begriff war, in Sallys Kellerwohnung hinunterzusteigen. Aber sie hatte sich selbst das Versprechen gegeben, nur einmal »hereinzuschauen«, da sie Sally seit ihrer ersten Begegnung im Krankenhaus nicht mehr gesehen hatte.

An dem Abend eines solchen Tages fand Bertie sie erregt und aufgewühlt vor, und es war offensichtlich, dass sie ihn nicht erwartet hatte. Er glaubte, dass sie einen Liebhaber hätte. Diese Vorstellung belustigte und reizte ihn zugleich. Blanche besann sich schließlich auf sich selbst und sagte ihm, dass er im Kühlschrank eine Flasche Muscadet finden würde. Während er sie holte, sah sie kurz in den Spiegel und bedauerte ein wenig, dass er gekommen war, noch bevor sie Zeit gefunden hatte, ein Bad zu nehmen und sich umzuziehen.

»Du siehst gut aus«, sagte er an einem dieser Abende, als er von Neuem ihren schönen Kopf und ihren Ausdruck von Zurückhaltung bewunderte. »Gehst du viel aus?«

»Ja«, antwortete sie in aller Arglosigkeit, »ich habe eine neue Freundin gefunden.«

»Mousie würde sich sehr freuen, wenn du einmal abends bei uns essen würdest. Du weißt, wir verreisen demnächst, und ich werde dich dann für längere Zeit nicht sehen.«

»Nein, ich glaube nicht«, sagte Blanche. »Ich bin nicht so souverän, dass ich ein solches Höflichkeitsabkommen einhalten könnte. Ich würde vielleicht eine unüberlegte Bemerkung machen oder plötzlich anfangen, von Henry James zu schwärmen.«

»Von Henry James haben wir auch schon gehört, weißt du? Aber ich verlasse mich natürlich auf deine gute Erziehung und hoffe, dass du Mousie nicht in Verlegenheit bringst.«

»Es wäre sehr unklug von dir, dich auf meine gute Erziehung zu verlassen«, sagte Blanche. »Ich tue gerade alles, um sie loszuwerden. Ich habe mir vorgenommen, gefährlich und subversiv zu werden. Sieh nur keine Millie Theale in mir. Ich habe sie immer für ein albernes Mädchen gehalten. Sie hätte sich ihren fiesen Kerl einfach kaufen sollen. Wozu sonst ist Geld gut?«

»Und wen gedenkst du so einfach zu kaufen?«, fragte Bertie, der sein Interesse für sie neu erwachen fühlte.

»Ach, jemand, den du nicht kennst«, antwortete sie wahrheitsgemäß.

In diesen Tagen ließ sie immer ein paar Zehn-Pfund-Noten unter der angeschlagenen Teekanne in Sallys düsterer Küche zurück. Weder Blanche noch Sally erwähnten je diesen Austausch.

Doch ihr unangebrachter missionarischer Eifer war nie überflüssiger, als wenn Elinor nicht zu Hause war, sondern bei ihrer Großmutter, der Mutter Pauls, die im vornehmeren Stadtteil Surrey wohnte. Blanche wunderte sich über die Gegensätze und Bündnisse, die Elinors Abwesenheit oder Anwesenheit bedeuteten. Sie fragte sich auch, wie ihr Vater sein mochte. Sie hatte ein Foto von ihm gesehen. Es zeigte einen lächelnden jungen Mann, der auf eine weichlich-romantische Art gut aussah, der Typ, der auf schüchterne Frauen verführerisch wirkt: mit üppigem schwarzem Haar, leuchtenden Augen, aus denen jungenhafte Freundlichkeit strahlt, und einem schwellenden, fast weiblichen Mund. Er sah aus wie der Lieblingssohn einer jeden Mutter, und trotz seiner ganz offensichtlichen Schönheit vermutete Blanche, dass er ein Langweiler war. Er musste entweder ziemlich dumm oder aber sehr schlau sein, denn offenbar befand er sich in völliger Abhängigkeit von diesem geheimnisvollen Mr. Demuth, diesem amerikanischen Rätsel, und schien für ihn als Vertrauensmann zu fungieren, eine Stellung, die gewisse Demütigungen familiärer Art mit sich bringen konnte. Andererseits konnte er, wenn er diese einjährige Lehrzeit durchhielt, auf einen hübschen Geldbetrag rechnen und im Triumph zu seiner Frau heimkehren, mit ihrem Rotfuchs und vielleicht noch ein paar unnützen Spielsachen für Elinor. Und dann? Würden sie von hier fortziehen und wie eine Familie ein ordentliches Heim gründen? Blanche bezweifelte es. Sally war eine Frau, die angenehm unterhalten zu werden wünschte, die erwartete, ihre Mahlzeiten zumeist in einem guten Restaurant einnehmen zu können, und die überdies eine stattliche Belohnung für das Jahr mit Elinor beanspruchen würde. Während alldem würde Elinor immer mehr Zeit bei ihrer Großmutter verbringen müssen und so lange stumm bleiben, wie ihr Vater ihrem Leben fernblieb, so lange, wie er sich wie der Liebhaber ihrer Stiefmutter benahm. Und das, meinte Blanche, musste er weiter tun, denn es war sein Schicksal, einer solchen Frau verfallen zu sein, von ihr beherrscht und enttäuscht zu werden. Dabei würde er sich noch glücklich schätzen, eine so gewagte Rolle spielen zu dürfen.

Insgeheim war sich Blanche bewusst, dass die Freundschaft, die sie für Sally Beamish empfand, keine echte Freundschaft war, dass sie vielmehr aus ihren eigenen Bedürfnissen entstanden war. Bei der zweiten Gelegenheit – es war zugleich die letzte –, wo sie es einzurichten verstand, Elinor zum Frühstück mitzubringen, fiel ihr Miss Elphinstones etwas kritischere Einstellung auf.

»Die ist aber anhänglich geworden«, hatte Miss Elphinstone von der Tür her bemerkt, bevor Blanche sie aufforderte, sich zu ihnen zu setzen. »Aber Sie werden sich doch ihretwegen keine Arbeit machen. Sie hat ja schließlich ein eigenes Zuhause.«

»Ja«, erwiderte Blanche, »aber es lässt sehr viel zu wünschen übrig. Ich glaube nicht, dass es Ihnen gefallen würde.«

»Ob es mir gefällt oder nicht, darauf kommt es nicht an. Aber sie gehört dahin. Sie ist noch nicht alt genug, um Besuche ohne ihre Mutter zu machen.«

Dabei musterte sie Elinor streng, als sähe sie in ihr einen Deserteur, und sprach nicht mit ihr. Vielleicht hatte Elinor die Missbilligung gespürt, denn sie schob ihr Spiegelei zur Seite und weigerte sich auch, das Apfelkompott zu essen. Obwohl Blanche sie noch nie hatte weinen sehen, beobachtete sie nun, wie sich die Miene Elinors verdüsterte, und hielt es für gut, auf Elinors Schläfchen nach Tisch zu verzichten und stattdessen mit ihr in den Park zu gehen. Nachdenklich saß sie auf einer Parkbank und sah zu, wie Elinor mit dem Dreirad eines anderen Kindes spielte. Sie sagte sich, dass sie verrückt sei, dass dies unmöglich sei, dass es für sie keine Form der Mutterschaft gebe, wenn auch ihre Phantasie einmal dahin tendiert hatte. Sie begriff auch, dass Elinor kein Kind aus der viktorianischen Zeit war, geschaffen, die Harmonie ihrer eigenen kleinen Familie zu erhalten, den Blick emporgewandt und himmlische Stimmen vernehmend. Denn andererseits war sie zäh, sie besaß die Zähigkeit eines Menschen, der die Kunst des Überlebens zu ergründen versucht und es sich zur Aufgabe macht, die Regeln zu lernen. Am Abend dieses Tages nahm Blanche ein Bad, zog sich um und setzte sich dann mit einer Flasche Wein ins Wohnzimmer. Sie dachte, dass sie sich gerade rechtzeitig wieder gefangen hatte. Sie war wieder einmal im Begriff gewesen, sich lächerlich zu machen. Aber jetzt würde sie einfach das tun, was eine einigermaßen tatkräftige Frau aus der Mittelschicht für Sally und ihr Kind tun konnte, und sie dann in Ruhe lassen. Allerdings hatte die Vorstellung von ihrer wiederhergestellten Unabhängigkeit nichts besonders Verlockendes für sie. Immer wieder fühlte sie sich als Gefangene ihres Schicksals, ohne zu resignieren, doch ohnmächtig gegenüber dem, was andere für sie bestimmt hatten.

Blanche war keine Närrin, was sie allerdings nicht hinderte, Torheiten anderer mit lebhaftem Interesse zu beobachten, in der Hoffnung, von ihrer heiteren Unbeschwertheit zu lernen. Ihre milden Gaben für Sally, jene unter der Teekanne versteckten Beträge, waren für Blanche zu Recht ohne moralischen Wert, weil ihre Motive unrein waren. So begegnete sie bei ihrem nächsten Besuch der zerstreuten und trägen Gastlichkeit Sallys mit einer von Selbstkritik geschärften Nachdenklichkeit und entschloss sich, diese seltsame Beziehung nun auf eine realistischere Basis zu stellen, wozu es nur passte, dass sie wieder ihre alte, spöttisch-reservierte Haltung einnahm und sich verbot, im Leben dieser Menschen noch länger eine Rolle zu spielen.

Dies war freilich gar nicht so leicht. Sally hatte sich daran gewöhnt, sich auf Blanche zu verlassen. Sie tat dies zwar in einer etwas resignierten Art und Weise, so als sähe sie in Blanche nur einen kümmerlichen Ersatz – kümmerlich, aber immerhin doch zu ihrer Verfügung – für eine aktivere Unterstützung. Soweit Blanche feststellen konnte, lag Sally an den

Tagen, an denen Elinor nicht da war, lässig auf der Chaiselongue, rauchte und wartete darauf, dass irgendjemand bei ihr auftauchte. Blanche vermutete, dass es insgeheim einen Mann oder auch mehrere Männer gab und dass Elinors Aufenthalte bei ihrer Großmutter damit zusammenhingen. Sally hatte das sorglose Lächeln und die naive Unbekümmertheit, wie sie Frauen haben, die an einen ununterbrochenen Strom von Gunstbeweisen gewöhnt sind. Ihre Anspielungen auf ihr Leben, bevor sie in dieser Kellerwohnung gestrandet war, waren zahlreich. Aber es waren immer nur Erinnerungen an Partys, Ferienreisen und phantastische Orgien, die bis zum Morgengrauen des nächsten Tages dauerten, an einen raschen Trip, das Frühstück in Marokko, das Abendessen in Venedig. Blanches Rolle bei diesen Ausflügen in die Vergangenheit war die der bloßen Zuhörerin, die sich fragte, woher Sally nur das Geld für dieses Luxusleben gehabt hatte, da es ihr doch jetzt so offensichtlich fehlte. Die Antwort war, soweit sie die Lage übersah, die Abwesenheit Pauls. Er hatte anscheinend alles, was er besaß, für sie ausgegeben, und nachdem das Geld verbraucht war, hatte er diese merkwürdige Stellung bei dem Amerikaner, Mr. Demuth, annehmen müssen.

»Wann kommt er zurück?«, fragte Blanche in einem möglichst unbeteiligt klingenden Ton.

Sally zuckte die Achseln. »Das weiß ich so wenig wie Sie«, sagte sie.

Sie saßen wie gewöhnlich in der Kellerwohnung. Blanche nahm an, dass die Situation ernst war, denn Sally hatte sie angerufen und gebeten zu kommen. Nun aber schien sie so wenig zu sagen zu haben wie sonst auch. Immerhin raffte sie sich dazu auf, ihr mitzuteilen, dass Elinor für einige Zeit bei ihrer Großmutter bleiben würde, jedenfalls so lange, »bis wir eine Lösung gefunden haben«. Ihre Worte hatten wie immer etwas Unbestimmtes, Gekünsteltes: Sie erklärten nichts. Blanche hatte auf dem Weg zu ihr einige Einkäufe gemacht, da sie vermutete, dass Sallys Anruf wohl ein Notanruf gewesen sei. Unter dem Vorwand, etwas in die Küche zu tragen, hatte sie fünfzig Pfund unter die Teekanne gelegt. Sie wusste nicht, ob das zu viel oder zu wenig war. Wenn sie nach ihren eigenen Bedürfnissen urteilte, war es genug. Zwar war sie einigermaßen wohlhabend, aber sie war genügsam und besonnen und äußerst bescheiden in ihren Bedürfnissen. Sally dagegen stellte, wie sie sah, höhere Ansprüche. Denn auf Blanches erste Geschenke, ein paar Kleidchen für Elinor, hatte sie nur mit einem »Wie lieb von Ihnen, aber das sollten Sie doch nicht tun«, und einem ausgesprochen enttäuschten Lächeln reagiert.

Die Aufgabe, die Blanche jetzt vor sich sah, nämlich Sally aufzumuntern, machte gewisse Schwierigkeiten. Die ursprüngliche Lebhaftigkeit, die Sally in der Poliklinik gezeigt hatte, kehrte immer nur dann zurück, wenn von Ereignissen der Vergangenheit die Rede war. Die Reisen, die Partys, die Dinners waren, wie Sally durchblicken ließ, von solchem Glanz, dass man von ihr nicht erwarten durfte, sich mit Geringerem abzufinden, sodass es nicht unnatürlich sei, wenn sie in diesen lustlosen Stunden nur auf die Wiederkehr des einstigen Vergnügens wartete. Anscheinend fehlte ihr die Fähigkeit und auch die Neigung, sich im Leben anders als rein empfangend zu verhalten. Ihre Passivität schien nur eine Pause in ihren Erwartungen zu markieren und mochte ihr daher als durchaus angemessen erscheinen. Wo Blanche in gespannte Erwartung eindeutiger Neuigkeiten geraten wäre, schien sich Sally, ganz im Gegensatz dazu, aller Bewusstseinsinhalte zu entledigen, außer der Erinnerung an das, was sie früher einmal unternommen hatte. Sobald das Gespräch darauf kam – und das geschah in zunehmendem Maße – gewann sie ihre verlorene Munterkeit zurück, ihre Züge strafften sich, ihre Augen leuchteten, und sie lachte, in Gedanken verloren, als sei der eigentliche Witz dieser Begebenheiten nicht zu vermitteln, sondern nur wie ein Code von ähnlich privilegierten Wesen wie sie zu entschlüsseln. Blanche spürte, wie unendlich gelangweilt Sally von ihrer gegenwärtigen Situation war, und dass auch sie darin eingeschlossen war. Was Blanche allerdings beunruhigte, war nicht allein Sallys zunehmende Introvertiertheit, ihre Flucht vor dem Dilemma der Gegenwart, sondern dass diese Erinnerungen, wie es schien, völlig losgelöst waren, nicht verankert in der wirklichen Zeit und vor allem ohne Beziehung zu ihrem Mann. In Sallys Vergangenheit – es war ihr einziger Gesprächsgegenstand – wimmelte es von Leuten, die sie nur mit Vornamen kannte. Wer sie waren, was sie taten und wo sie lebten, wenn sie gerade nicht in einem Hotel oder einer Villa logierten –, das alles lag außerhalb ihres Interesses. Sie waren, wie es schien, ihre Gefährten in einer mythischen Zeit gewesen, als sie alle sich wie schwerelos von einer Party zur andern, von einem Badeort zum nächsten bewegt hatten. Es war gewissermaßen eine hedonistische Diät, bei der die Ballaststoffe des wirklichen Lebens entfernt worden waren.

Am Beispiel Sallys sah Blanche, wie ein Leben des Vergnügens zur Gleichgültigkeit gegen alles führte, was weniger an Lust bot, wie ein beständiger Zustrom von Reizen nur das Verlangen nach mehr zur Folge hatte, und wie der Genuss sie in ihrer Verachtung eines Lebens ohne Festlichkeiten bestärkt hatte. Die Partys vergangener Tage hatten sie auf nichts anderes vorbereitet als auf die nächste Party: Das Leben hatte sich als Amüsement, als festliche Erhöhung, als Glanz gezeigt, und sie sah nicht ein, warum sie jetzt mehr tun sollte, als sich vorübergehend mit der veränderten Lage abzufinden. Darum schien sie sich in eine Art Winterschlaf zurückgezogen zu haben. Sie hatte buchstäblich den Rhythmus ihres Körpers verändert und ihre Energien so weit gedrosselt, dass sie ganze Tage einsam auf ihrer Chaiselongue verbringen konnte, nur damit beschäftigt, zu rauchen und gedankenverloren aus dem Fenster zu schauen. Hin und wieder kaute sie mit ihren kräftigen weißen Zähnen eine Scheibe Toast oder einen Apfel, denn, anders als Blanche, fand sie es deprimierend, eine richtige Mahlzeit ohne angemessene Gesellschaft und ohne die dazugehörige Bedienung zu sich zu nehmen. Sie trug weiterhin ihre ausgefallenen, schicken Kleider. Aber sie war noch weniger mitteilsam geworden und benutzte abgedroschene Phrasen, die ihr wohl wegen ihrer leichten Verfügbarkeit gefielen, um dann wieder für längere Zeit in nachdenkliches Schweigen zu verfallen.

Soweit Blanche erkennen konnte, war Sally weder krank noch depressiv, war weder unterernährt noch litt sie an einem Trauma. Vielmehr zeigte sie die ungeheure Lethargie eines gesunden Tieres, dessen Bedürfnisse unbefriedigt bleiben. Sallys Grundbedürfnis war es offenbar, am Rand der Erschöpfung zu leben, aufgeputscht durch Wein, Lärm,

Gelächter, Gesellschaft und die Aussicht auf eine endlose Party. Blanche erkannte, dass Sallys Leben vor ihrer Heirat und vielleicht auch eine kurze Zeit danach eine Reihe von Saturnalien gewesen war, dass die ausgelassenen Feste von Gläubigern gestört worden waren und dass das Resultat dieser Störung ihre Verbannung in diese Kellerwohnung war, während ihr Mann arbeitete, um wieder an Geld zu kommen. Blanche war zugleich entsetzt und entzückt von solcher Leichtfertigkeit und konnte nicht umhin, sie mit ihrer eigenen Vorsicht und ihren eigenen bescheidenen Ansprüchen zu vergleichen. Mit fast schlechtem Gewissen dachte sie zurück an die erste Zeit ihrer Ehe, an ihre bescheidenen Spaziergänge in den Parks der eleganten Orte, an denen ihr Mann sie ungeduldig verlassen hatte, um seine Freunde zu besuchen. Sie dachte an ihre Traumbilder von sonnigen Gärten, von heißen Tagen und südlichen Märkten, einst gekannt, doch nur wie im Vorübergehen und nun längst vergangen – wie schwunglos und schwach erschien ihr das jetzt alles! Ja, sie dachte sogar, und das nicht zum ersten Mal, dass gerade ihre als Schroffheit getarnte, schüchterne Anständigkeit schuld daran gewesen sei, dass sie Bertie verloren hatte. Und der Vergleich mit Sally, die sich ihren vagen Träumereien hingab, fiel durchaus zu Blanches Ungunsten aus. Denn Sally wusste, so wie es Mousie und die spöttisch lächelnden Nymphen in der National Gallery mit ihrer uralten Weisheit wussten, dass die Welt das Raubtier im Mann respektiert, dass der charmante Frauenheld sie amüsiert, dass ihm das Interesse gilt und er ihrer Nachsicht sicher ist. In diesem Augenblick erkannte Blanche, dass sie selbst zu den Benachteiligten gehörte, dazu verdammt, zu dienen, treu und ehrbar und vom Leben ausgeschlossen zu sein. Sie sah diese Welt der Benachteiligten vor sich, trübsinnig in ihrer Rechtschaffenheit, ungetröstet in ihrer Verzweiflung, in ständiger Erwartung lebend, so wie sie lange Stunden in ihrer Wohnung hoffnungsvoll gewartet hatte auf etwas, das nicht wiederkommen wollte.

In ihre anfängliche Sorge um das stumme Kind mischte sich inzwischen ein tiefer Kummer um die zunehmend verstummende Mutter, und sie hatte das Gefühl, dass sie, wenn sie nicht zu ihrer alten resoluten Gefasstheit zurückfände, bald mit den beiden gemeinsam schweigen würde. Eine lange und uninteressante Aussicht auf erneute kulturelle Aktivitäten stand ihr vor Augen, als sie wieder einmal im Begriff war, ihrer Pflicht nachzukommen und sich der fragwürdigen, aber anziehenden Gesellschaft Sally Beamishs zu entziehen. Einen Augenblick empfand sie, als sie an das kleine Mädchen dachte, einen großen Schmerz – und einen noch heftigeren, als sie über ihre törichten Wünsche nachdachte – doch welche? Sie zu adoptieren? Nein, nichts so Definitives. Aber sich ihrer anzunehmen, sich über sie Gedanken machen. Passiv, wie sie immer in ihrer Liebe gewesen war, hatte sie nur gewünscht, Elinor möglichst oft zu sehen, und nun war sie beschämt, als sie ihre Notlage so sah, wie sie war.

»Wir müssen einmal offen miteinander reden, Sally«, sagte sie endlich, mit einer Entschlossenheit, die sie nicht wirklich empfand. »Ich kann mir denken, dass das Geld knapp ist. Wie steht es mit Fürsorgeunterstützung, Sozialversicherung und so weiter? Haben Sie tatsächlich alles in Anspruch genommen, was Ihnen zusteht?«

Sally warf ihr einen gleichgültigen Blick zu. »Das habe ich alles schon versucht. Mir steht gar nichts zu. Ich habe keine Marken auf meiner Karte oder was man da braucht, und ich kann keine Kinderzulage beanspruchen, weil Paul im Ausland arbeitet. Außerdem hat er auch keine Marken geklebt.«

»Aber das ist ja ungeheuerlich«, sagte Blanche. »Wollen Sie damit sagen, dass überhaupt kein Geld reinkommt?«

»Ich dachte, Sie hätten das begriffen«, sagte Sally. »Ich habe nur das, was mir Pauls Mutter schicken kann.« Aus irgendeinem Grund erwähnte keine der beiden das unter der Teekanne versteckte Geld. Blanche fühlte sich erröten und fuhr eilig fort: »Und Sie wissen noch immer nicht, wann Paul zurückkommt? Haben Sie von ihm gehört?«

»O ja, ich habe von ihm gehört. Anscheinend gibt es da einige Komplikationen.« Sie zog die schmalen Augenbrauen zusammen und zündete sich eine Zigarette an. Auf Schwierigkeiten reagierte sie instinktiv, indem sie sich ablenkte, ihr Bewusstsein leerte und ihren Abstand zu dem unangenehmen Gesprächsthema vergrößerte. Als sie sich jetzt diesen geheimnisvollen Komplikationen gegenübersah, die aus ebendiesem Grunde auch nicht erklärt werden konnten, wich aus ihrem Gesicht jeder Ausdruck. Sie schien wie weit weg zu sein und legte Blanche schon allein durch die Regungslosigkeit ihres Körpers eine Zurückhaltung auf, die jeden möglichen Widerspruch von vornherein blockierte. Eine kurze Stille folgte.

»Also gut«, sagte Blanche mit freundlicher Entschlossenheit, als sie mit dem rechten Arm in den Ärmel ihres Regenmantels fuhr. Sie blickte durch das schmutzige Fenster und sah, dass eine schwache Sonne den Regen vertrieben und die langen Tage sich endgültig durchgesetzt hatten. Es würde bis zehn Uhr hell bleiben. »Gibt es niemanden sonst, der Ihnen helfen könnte?«

»Ich glaube nicht«, antwortete Sally scheinbar gleichgültig. »Soweit ich sehe, sind wir völlig auf den Hund gekommen. Natürlich muss Nellie«, sagte sie mit einem verstohlenen Seitenblick auf Blanche, »bei Pauls Mutter bleiben, bis wir hier wieder klare Verhältnisse haben. Ich kann sie nicht zurückholen, wenn kein Geld da ist.«

Blanche erhob sich. Sie hatte wohl verstanden, was unausgesprochen in Sallys letzter Bemerkung mitklang. »Ich halte es für das Beste«, sagte sie, bemüht, im gleichen Ton weiterzusprechen, »wenn ich mich um alles, was mit Unterstützungszahlungen zusammenhängt, kümmere. Haben Sie eine Ahnung, wo das für Sie zuständige Büro ist oder die Dienststelle oder wie es sonst heißt?« Sie machte sich an ihrem leeren Einkaufskorb zu schaffen, indem sie ganz unnötigerweise den Inhalt neu ordnete und so versuchte, ihr Herzklopfen zu unterdrücken.

Sallys Reaktion auf Blanches Fauxpas war nur ein noch höherer Grad von Gleichgültigkeit. Es verstand sich von selbst, dass Not und Missgeschick jeder Art etwas Uneleganteš hatten und deshalb auch keine besonders vornehmen Manieren verdienten. »Ach, bemühen Sie sich nicht weiter«, sagte sie. »Wenn Sie uns nur aushelfen würden! Mein Mann wird alles in Ordnung bringen, wenn er zurückkommt.«

Ach ja, dachte Blanche. Jetzt ist er »mein Mann«. Natürlich abwesend, aber trotzdem vor dem Gesetz »mein Mann«. Und irgendwann wird er nach Hause kommen.

»Lassen Sie mich überlegen, was ich tun kann«, sagte sie.

»Bertie hat einen Freund im Innenministerium. Sie waren in Cambridge zusammen. Ein netter Mensch. Ich rufe ihn heute Abend an und werde sehen, ob er ein bisschen Einfluss ausüben kann.« Behandle die Angelegenheit einfach als einen Notfall, sagte sie sich, nicht als eine Verpflichtung oder eine enttäuschte Hoffnung. Eine Angelegenheit der Gerechtigkeit oder der Wohltätigkeit. Aber kein persönliches Beteiligtsein. Nichts dergleichen mehr.

Sallys Ausdruck, ihre herabgezogenen Mundwinkel und die halbgeschlossenen Augen, verrieten Blanche, dass ihre Bemühungen alles andere als willkommen sein würden. Sie würde es lieber sehen, wenn man ihr »aushelfen« würde, wie sie es nannte, dachte Blanche. Vermutlich halfen sich die Leute in ihren Kreisen ständig aus. Dieser Typ ist meist gekennzeichnet durch Verschwendungssucht und Schulden, die nicht bezahlt werden können, was beides für amüsant gehalten wird. Wie grausam ich geworden bin, dachte sie traurig. Als ob ich nie jung gewesen wäre. Ich habe in meinem Leben noch nie Schulden gemacht, und ich bin jetzt nicht einmal stolz darauf. Vielleicht hätte mich ein bisschen mehr Verschwendung gerettet. Aber ich war vorsichtig und stolz. »Die beste Rache ist, es sich wohl sein zu lassen.« Was für eine alberne Bemerkung. Aber in dem eisigen Ton ihrer Mutter gesagt, nahm sie den Zauber einer bedeutenden Maxime an. Und hierher hat sie mich gebracht. Es ist weit besser, wie Sally zu sein und seine Jugend vergeudet zu haben, auch wenn man später dafür zu zahlen hat. Dafür zu zahlen, das allerdings war genau das Problem.

Sie tauchte aus dem Keller empor in ein blendend weißes Licht. Die Sonne drang durch Schichten feuchtigkeitsgesättigter Atmosphäre. Es duftete intensiv und süß nach blühendem Holunder. Jetzt war es also Sommer geworden, die Jahreszeit, über die sie sich so viele falsche oder nicht mehr zutreffende Gedanken gemacht hatte. Sie fühlte ein leises Zittern der Angst, wenn sie an die unvermeidliche Abwesenheit all derer dachte, die jetzt in die Ferien fuhren: Bertie nach Griechenland, Barbara und Jack in ihr Landhaus, selbst Miss Elphinstone fuhr mit dem Reisebus davon. Es würde ihr zweiter einsamer Sommer werden. Sie erstand beim Weinhändler eine teure Flasche Pinot und beschloss, da sie sich in ihren dicken Sachen uninteressant und reizlos fand, zunächst ein Bad zu nehmen und sich umzuziehen, bevor sie Patrick Fox anrief. Nachdem sie den Fall in seine Hände gelegt hatte, würde sie ihn sozusagen abgegeben haben. Sie kam sich ein gut Stück älter geworden vor, als sie diesen Lauf der Dinge betrachtete.

6

Als Blanche sich die Ereignisse des Nachmittags noch einmal vergegenwärtigte, vergoss sie ein paar Tränen über ihre eigene Torheit. Dann nahm sie ein Bad, kleidete sich um und schenkte sich ein Glas Wein ein, um sich in Ruhe zu überlegen, wie sie die Sache mit Patrick Fox am besten anpackte.

Auf den ersten Blick schien dieser Anruf eine ganz einfache Angelegenheit zu sein. Sie brauchte ihn nur an ihre Existenz zu erinnern und ihm sagen, dass sie seiner Hilfe bedürfe. Damit würde sie den Vorschlag verbinden, er möge auf ein Glas bei ihr vorbeikommen. Aber unter der glatten Oberfläche gab es doch gewisse, nicht recht greifbare Schwierigkeiten. Patrick war vor ihrer Heirat in sie verliebt gewesen, auf eine moderate Weise und sehr zur Belustigung Berties. Zu einem bestimmten Zeitpunkt hatte sie gefürchtet, die Ankündigung ihrer Verlobung mit Bertie würde ihm einen tödlichen Schlag versetzen. Aber als es so weit war, hatte er einfach wieder angefangen, alte Cembali instand zu setzen, was seine wahre Leidenschaft war, und als sie ihn zum Essen einluden, hatte er sich recht ordentlich benommen, so ordentlich, dass sie sich fragte, ob sie sich das Ganze nicht nur eingebildet hätte. Es war schwer zu sagen, was Patrick wirklich empfand, und da lag das Problem. Er hatte den Kopf eines alten Römers mit vor der Zeit ergrautem Haar, und unter dem Druck heftiger Gemütsbewegungen schürzte er ein wenig die Lippen, was den Eindruck seiner Unerschütterlichkeit leicht milderte. Aber im Übrigen änderte sich nichts.

»Ich könnte ja verstehen, wenn er sich dazu äußern würde«, hatte sie bekümmert zu Bertie gesagt. »Aber wie es nun einmal ist, weiß ich nicht, ob ich ihm eine tödliche Beleidigung zufüge, wenn ich ihn zum Essen einlade, oder ob er es gemein findet, wenn er nicht eingeladen wird und es durch Barbara und Jack zufällig erfährt.«

»Wenn er nicht kommen will«, meinte Bertie, »kann er immer nein sagen. Auf mich macht er übrigens nicht den Eindruck, als ob er an gebrochenem Herzen stürbe. Natürlich kann man das nie so genau wissen. Mich hat es eher überrascht, dass er überhaupt so viel Courage hatte, bei dir einen Annäherungsversuch zu machen.«

»Ihr Männer seid wirklich primitiv«, sagte Blanche. »Wie willst du wissen, ob er in mir nicht etwas Außergewöhnliches gesehen hat? Ich bin nicht eingebildet, Bertie, das weißt du. Aber ich habe gewisse ... sagen wir, Eigenschaften, die gerade ein schüchterner Mann wie Patrick vielleicht anziehend findet. Ich kann zum Beispiel gut zuhören. Ich interessiere mich für die Arbeit eines Mannes; zugegeben, das muss man, wohl oder übel, immer. Man hört schließlich genug darüber. Also niemand braucht sich meiner in der Öffentlichkeit zu schämen. Ich plaudere keine skandalösen Geheimnisse aus wie so viele Frauen, die ich kenne. Du wärst überrascht, Bertie, wenn du wüsstest, wie obszön sich

Frauen untereinander unterhalten, du würdest dich über ihre Illoyalität, über ihr gackerndes Lachen, selbst beim Friseur, wundern. Beim geringsten Anlass wären sie bereit, ihren Mann zu hintergehen. Wie sie sich gegenseitig anstacheln und dabei jede Kontrolle verlieren! Nein, ein solches Betragen hat von mir niemand zu befürchten. Aber was sagte ich gerade?«

»Du sprichst zu viel, Blanche«, sagte Bertie. »Komm!«

So hatte sie Patrick auch weiterhin eingeladen und jeweils Wert darauf gelegt, ihn – mit einem um Versöhnung werbenden Lächeln – neben die hübscheste Frau unter den Gästen zu setzen. Ihn schienen weder das Lächeln noch seine Tischdame in Verwirrung zu stürzen, vielmehr aß er sich verständnisvoll durch die Mahlzeit hindurch, um im späteren Verlauf des Abends ein paar geistreiche Bemerkungen zu machen, wobei er das Cognacglas mit einem leichten Druck der langen, schlanken Finger umfasste. Stets bot er seiner Tischdame an, sie nach Hause zu bringen. Aber dies tat er mit einer derartigen Zurschaustellung von guten Manieren, dass es sich kaum übersehen ließ, wie ungern er es tat. Die Frauen fühlten sich von ihm beleidigt. Am nächsten Morgen pflegten sie Blanche anzurufen, ratlos und unnötig kritisch, und versuchten, etwas mehr über ihn in Erfahrung zu bringen, denn er war eine so ungemein gute Partie, dass sie nicht einfach ihrem Instinkt trauen mochten und ihn laufen ließen.

»Ich weiß nichts von ihm«, pflegte Blanche zu antworten, was mehr oder weniger der Wahrheit entsprach. »Ich glaube, er hat einen ziemlich hohen Posten im Staatsdienst, und er liebt Musik.« Sie hielt das für ausreichend, um sich ein Bild zu machen.

»Hast du eine Telefonnummer, unter der er zu erreichen ist? Ich gebe nämlich nächste Woche eine kleine Gesellschaft. Übrigens, ich hoffe doch, dass ihr noch frei seid. Vielleicht würde es ihm Spaß machen, auch zu kommen. Er kam mir ein bisschen einsam vor.«

Ja, er verstand es gut, diesen Eindruck hervorzurufen, dachte Blanche und fand, sie müsse ihre Meinung über Patrick revidieren. Immer noch hielt sie ihn abwechselnd für einen Mann von verborgener Leidenschaftlichkeit oder für einen kalten Fisch. Und dann kam dieser schicksalsträchtige Abend, zu dem Bertie angeregt und gemeint hatte, es wäre nur freundlich, wenn sie einmal seine neue Sekretärin, die natürlich Mousie war, einlüden, weil sie auch so einsam sei. Woher denn Bertie das wisse, hatte Blanche gefragt. Nun, er habe sie eines Tages weinend angetroffen und trösten müssen. Ich verstehe, hatte Blanche gesagt. Wenn es so ist, werde ich Patrick einladen, dann können sie sich einer an der Schulter des anderen ausweinen und sich von ihrer schlimmen Kindheit erzählen. Nicht etwa, dass Patrick je eine so indiskrete Information über sich gegeben hätte. Aber wer konnte wissen, wie tief seine Selbstenthüllung gehen mochte, wenn nur der rechte Anreiz dazu gegeben war?

Blanche erinnerte sich sehr genau an diesen Abend. Es gab eine Gemüseterrine, Brathuhn, Salat, Käse und eine frische Ananas mit Himbeersauce. Es war nicht gerade eins ihrer besten Menüs gewesen, wie sie sich betrübt erinnerte. Aber schließlich hatte der ganze Abend einen schlechten Start gehabt. Mousie war nämlich eine halbe Stunde zu früh gekommen und musste mit Bertie als Gesellschaft ins Wohnzimmer geschickt werden, bis die übrigen Gäste erschienen.

Blanche konnte ihre lauten Beteuerungen hören: »Aber du weißt genau, dass du es mir so gesagt hast, Bertie. Es ist mir so wahnsinnig peinlich. Glaubst du, dass es mir deine Frau jemals verzeihen wird?« Miss Elphinstone, die bei Gelegenheiten dieser Art gern blieb, um den Tisch zu decken, hatte bei diesen Ausbrüchen die Augenbrauen hochgezogen. Sie wechselte einen kurzen Blick mit Blanche, und dann hatte Blanche gesagt: »Ich weiß nicht, ob ich nicht doch eine Ananas mehr hätte kaufen sollen.«

»Zwei Scheiben pro Kopf wären bei mir das Maximum«, hatte Miss Elphinstone mit Entschiedenheit erklärt. »Ananas kann sehr schwer im Magen liegen, müssen Sie wissen.« Worauf sie ihren marineblauen Seidenmantel anzog, den Blanche im Schlussverkauf bei Saint-Laurent erworben und bald danach nicht mehr getragen hatte, nach ihrer Handtasche griff und, mit einer leichten Röte auf den asketisch schmalen Wangen, gute Nacht sagte. Sie war eine vorzügliche Frau und, ungeachtet ihres Sinns für Schicklichkeit, kam sie manchmal zu Schlussfolgerungen, die für Blanche einem gar nicht so schwachen Verdacht nahe kamen. Im Augenblick allerdings wog Blanche den Reis ab.

Dieser Abend hätte Blanche Gelegenheit geboten, eine ziemlich raffinierte Frau bei der Arbeit zu beobachten, aber sie verpasste diese Gelegenheit wie so manche andere. Sie fand Mousie sehr langweilig und verstand nicht, warum sie immer wieder auf ihren Irrtum, zu früh gekommen zu sein, zurückkam. Blanche fragte sich, warum Bertie Mousie immer wieder versichern musste, dass es gar nichts ausmache, und warum Mousie, die Hände an ihre Wangen gepresst, sagen musste, dass er sie in Verlegenheit bringe und warum selbst die strengen römischen Züge Patricks sich durch ein leises Lächeln entspannten? Blanche hatte die Tatsache registriert, dass man Mousie offenbar nur in ungenügendem Maße ihre zweifelhaften Manieren, die die Aufmerksamkeit auf ihre Person lenken sollten, abgewöhnt hatte – Manieren, die in ihrer Jugend gewiss sehr wirkungsvoll gewesen waren, heute aber ebenso gewiss überflüssig waren. Der weitere Verlauf des Abends wurde durch ausgelassene Spielchen bestimmt. Die übrigen Gästen waren Barbara und Jack, die sie verlässlich vertraten, wenn sie einmal das Zimmer verlassen musste. Aber nichts an diesem Abend wollte glücken. Einmal war sie, nachdem der Kaffee serviert worden war, in ihr Schlafzimmer gegangen, um ein bisschen Frieden und Ruhe zu haben: Sie hatte den Kopf aus dem Fenster gestreckt und ein paar tiefe Atemzüge getan. Sie konnte sich nicht erklären, warum sie sich so müde und unbehaglich fühlte. Bertie hatte sie gesucht und machte ihr nun Vorwürfe, ihre Abwesenheit habe Mousie in Unruhe versetzt, und sie sei endgültig überzeugt, dass sie Blanche durch ihr zu frühes Kommen ganz aus der Fassung gebracht habe.

»Ich bin keine fünf Minuten fort gewesen«, sagte Blanche müde. »Ich hatte ja nicht vor, zu Bett zu gehen«, obwohl plötzlich der Gedanke an ihr Bett den Glanz einer himmlischen Vision annahm, und sie fragte sich, wie sie wohl durchhalten sollte, bis alle Gäste gegangen wären.

Zurück im Salon, hörte sie, wie Mousie, noch hübscher mit ihren geröteten Wangen, behauptete, Bertie habe ihr zu viel zu trinken gegeben. Sie bemerkte auch, dass Bertie mit einem merkwürdigen Ausdruck zu Jack hinübersah, der Mousie überreden wollte, noch etwas Cognac zu trinken.

Patrick genoss, wie seine jetzt ein wenig entspannte Patriziermiene zeigte, offenbar das Schauspiel. Mousie hatte ihm den ganzen Abend über keine Aufmerksamkeit geschenkt. Außerdem hatte er diesmal darauf verzichtet, von seinen Cembali zu erzählen – dem Thema, von dem man wusste, dass es dazu diente, jedes zu lebhafte Interesse an seinem Privatleben abzuwehren. Als er mit demonstrativer Zurschaustellung höflicher Bereitwilligkeit Mousie anbot, sie nach Hause zu bringen, bemerkte Bertie: »Es ist von hier aus ein bisschen schwierig zu finden und liegt etwas abseits von Ihrem Heimweg. Vielleicht sollte lieber ich ...« Blanche, die sich gerade gegen ihre Gewohnheit eine Zigarette angezündet hatte, blickte überrascht zu ihm auf. Patrick, der nun mit einem Ausdruck innerer Genugtuung über das ganze Gesicht lächelte, gab Blanche einen Gutenachtkuss und bot Mousie seinen Arm. Bertie schien ein wenig verstimmt. Später wollte er Blanche einen Vorwurf daraus machen, dass sie Mousie gefragt hatte, wie sie sich amüsiere, wenn sie allein sei.

»Aber ich wollte sie nur fragen, was sie an den Wochenenden unternimmt«, erklärte Blanche. »Du hast mir doch erzählt, wie einsam sie ist. Warum also dieses ganze Theater? Auf mich macht sie durchaus den Eindruck, als wäre sie imstande, für sich selbst zu sorgen. Außerdem ist sie sehr hübsch.«

»Aber vielleicht hast du sie mit deinen Worten gekränkt«, gab Bertie mit ernster Miene zu bedenken.

»Bertie«, sagte Blanche, »ich gehe zu Bett, und ich gebe dir den entschiedenen Rat, dasselbe zu tun. Wenn sie morgen früh anruft und sich entschuldigt, weil sie zu früh gekommen ist, ist es nicht ausgeschlossen, dass ich einen Lachkrampf bekomme.« Aber am Morgen kam kein Anruf von Mousie. Blanche zuckte die Achseln und vergaß die ganze Geschichte.

All dies stand dem geplanten Anruf bei Patrick im Wege. Und nicht nur das. Denn Blanche war sich sicher, dass jener Abend sozusagen das Ende ihrer Unschuld markiert hatte und sie seitdem ein vorsichtiger, argwöhnischer Mensch geworden war, immer auf der Hut – und doch nie genug, um Überraschungen, meistens unangenehmer Natur, abzuwehren. Sie hatte sich zu einem Menschen von so großer Umsicht, Vorsicht und Beherrschung erzogen, dass niemand bei ihr die lähmende Angst vermutet hätte, die sie in den folgenden Monaten so oft überkam. So schicksalsergeben hatte sie sich benommen, so überzeugt war sie, dass das Schlimmste auf sie zukommen würde, und so entschlossen, nichts davon zu verraten, dass man meinen konnte, sie habe mit sich selbst eine Wette abgeschlossen: Wenn sich das Schicksal als freundlich erwies und ihr zeigte, dass sie sich geirrt hatte, dann brauchten ihre schlimmsten Vermutungen niemals bekannt zu werden, und ihre düsteren Vorstellungen konnten im verborgensten Winkel ihres Gedächtnisses begraben bleiben. Und als das Schlimmste dann eintrat, schüttelte sie es einfach mit einem so amüsierten Lachen ab, wie sie es nur aufbringen konnte, fest entschlossen, sich so weit zu vervollkommnen, dass ihr nichts mehr Kummer bereiten konnte. Unwürdig, wie sie sei, so dachte sie – und auch das war ein Irrtum –, habe sie dies alles über sich gebracht, und wenn sie nur vollkommener würde, werde ihr der Lohn dafür sicher sein. Worin dieser Lohn bestehen sollte, war ihr freilich noch unklar. Die Bilder, die vor ihrem inneren Auge erschienen, als wollten sie ihr Schutz geben, ihr zugleich aber auch die schlimmste Qual bereiteten, waren der Anblick Berties im Garten seiner Mutter oder das leuchtende Meer vor südlichen Städten oder die Märkte, auf denen sie das Obst in seiner verschwenderischen Fülle gesehen und seinen Duft eingeatmet hatte. Und wie um sich daran zu erinnern, dass dies alles noch existierte, dass die Phantasiebilder einer höheren Ordnung immer auch eine gewisse Realität vermitteln – selbst wenn ihr dazu im Augenblick der unmittelbare Zugang fehlte –, hatte sie damit begonnen, die National Gallery zu besuchen. Dort stieß sie allerdings nur auf die strengen Bilder der Heiligen, auf das schmerzliche Leben heiliger Jungfrauen und Märtyrer und, höchst eigentümlich, auf das wissende, undurchdringliche Lächeln jener Nymphen, die, wie sie eben zu erkennen begann, mehr Entsprechung im Leben gewisser Frauen hatten, als sie je vermutet hätte.

Und wenn ich bei dieser Lebensweise bliebe?, überlegte sie, während sie sich noch ein Glas Wein einschenkte. Wenn ich mich weiter diesen endlosen Träumereien hingäbe, wäre ich auch nichts Besseres als Sally Beamish in ihrer Kellerwohnung, die sich an alle Partys und Reisen ihres Lebens erinnert und dabei in einen Zustand gerät, aus dem andere sie dann befreien müssen. Nur die Realität kann jetzt meine einzige Heilung sein, dachte sie, die Kunst des Möglichen. Und als wollte eine vorüberziehende Wolke zu Blanches Entschluss ihren Kommentar geben, ließ sie einen Regenschauer herabprasseln.

»Patrick?«, fragte sie in den Apparat hinein, in einem lebhaften, jedoch neutralen Ton. »Blanche, Blanche Vernon. Ja, es ist eine ganze Zeit vergangen, nicht wahr? Ich wollte fragen, ob Sie vielleicht an einem Abend dieser Woche auf ein Glas herüberkämen. Nein, keine Party«, fügte sie hastig hinzu. »Ich ganz allein, leider. Ich brauche Ihren Rat. Heute Abend ginge es wohl nicht? Oh, wunderbar! In einer halben Stunde?«

Als sie den Hörer auflegte, läutete das Telefon.

»Blanche? Wo bist du den ganzen Tag gewesen? Ich wollte dich für heute Abend zum Essen einladen, und jetzt wirst du natürlich sagen, dass es zu spät ist. Ich weiß nicht, war's deine oder meine Schuld? Natürlich kommst du nicht?«

»Es ist sehr lieb von dir, Barbara, aber in einer halben Stunde habe ich Patrick hier, auf einen Drink. Ihr hättet keine Lust, dazuzukommen? Ach nein, besser heute Abend nicht. Ich sagte ihm gerade, dass ich allein bin. Du weißt, wie sorgfältig er sich für seine Besuche vorbereitet. Vielleicht ein anderes Mal.«

»Patrick!«, sagte Barbara. »Was für eine gute Idee! Ja, wir müssten uns alle einmal wieder sehen. Es wäre wie früher.«

»Ja«, sagte Blanche. »Nur ohne Bertie.«

»Blanche«, begann Barbara nach einem kurzen Zögern. »Du glaubst doch nicht ...?«

»Aber nein, natürlich nicht.« Und nach einer Pause: »Ich rufe dich morgen an und erzähle dir, wie es war.«

Patricks Römerhaupt verband sich inzwischen, wie sie sah, mit einer eher birnenförmigen Gestalt. Diese letzten Monate als Statist bei Abendeinladungen hatten ihren Zoll gefordert. Aber auch ich, dachte sie, werde mich wohl verändert haben, auch wenn ich selbst es nicht sehe. Tatsächlich habe ich mich derart wenig verändert, dass es schon unheimlich ist. Weder bin ich verrückt geworden noch überfüttert, ich sitze nicht schluchzend vor dem Kuchenteller und habe auch meine Haare nicht anders gefärbt. Ich habe nicht mehr Geld für neue Kleider ausgegeben – im Gegenteil, eher weniger –, und meine Figur ist noch immer ganz gut. Ich habe immer gewusst, dass eine allein lebende Frau in alle möglichen Fallen gerät, und deshalb Acht gegeben, sie zu vermeiden. Gewohnheit, Routine ist dafür wichtig. Um die schreckliche Leere des Tages zu überwinden, muss man einfach das Haus zu einer vernünftigen Stunde verlassen und erst dann zurückkommen, wenn man angenehm ermüdet ist. Wahrscheinlich sehe ich genau so aus wie an dem fürchterlichen Abend, als Mousie zum Essen kam und ich Patrick zum letzten Mal sah.

Aber Patrick, der Blanche als eine schöne, unbekümmerte Frau in Erinnerung behalten hatte, fand, dass sie einen ganz veränderten Gesichtsausdruck hatte. War der Blick ihrer Augen früher distanziert und amüsiert gewesen, so sprachen jetzt aus den großen Augen Unschuld und Zweifel. Ihre Bewegungen waren weniger ausgreifend, zögernder geworden. Sonst war sie allerdings noch wieder zu erkennen, stellte er dankbar fest, nicht vor die Hunde gegangen. Damit meinte er etwas Verrufenes, Zigeunerhaftes, Heruntergekommenes. Mehr oder weniger hatte er erwartet, sie in unmöglichen Kleidern herumlaufen zu sehen, weil er in den Sonntagszeitungen gelesen hatte, dass der Verlust des Partners einen hohen Stresswert habe und nicht nur die geistige Gesundheit, sondern selbst das Leben bedrohe. Er hatte tatsächlich damit gerechnet, dass vor der spaltbreit geöffneten Tür eine Sicherheitskette hängen und ein argwöhnischer Blick aus trüben Augen ihn durch den Türspalt mustern würde. Als eingefleischter Junggeselle fürchtete Patrick alle Frauen, es sei denn, dass sie sich untadelig präsentierten und, wenn möglich, kostbar und exotisch geschmückt waren. Den Widerwillen gegen den Naturzustand schrieb er seiner bekannten Liebe zur Kunst zu. Seine Gefühle für Blanche waren beständig und aufrichtig, doch so, als ob sie eine gewisse Verantwortung dafür trüge, dass er sich über sie Gedanken gemacht und sogar einen Wechsel seiner Gewohnheiten in Betracht gezogen hatte. Während der Zeit, als er ihr den Hof machte – dies übrigens in einer so beherrschten Weise, dass sogar Blanche sich fragte, ob sie sich das Ganze nicht nur einbilde –, benahm er sich wie ein Mann, der eben erfahren hat, dass er an einer schweren Krankheit leidet, die ihn nun zwingt, zwar widerstrebend, aber aus Gründen des Anstands, für die nächsten Wochen um Nachsicht zu bitten. Doch war er ein Mann von Ehre und lehnte in keinem Augenblick trotz aller damit verbundenen Unannehmlichkeiten den Gedanken an eine Heirat ab. Er hielt es allerdings seiner Würde für angemessen, zuweilen ein Bedauern darüber zu fühlen: Doch sein Bemühen, dieses Bedauern vor Blanche zu verheimlichen, brachte ihn oft dazu, überhaupt nichts zu sagen. Manchmal war sein vorweggenommenes Bedauern so groß, dass er sich gezwungen sah, ein paar Abende allein zu verbringen. Er ging dann ziellos in seinem großen dunklen Wohnzimmer umher, nahm ein paar kostbare Bände in die Hand, schlug einen einzelnen durchdringenden Ton auf dem Cembalo an und machte sich darüber Gedanken, ob ihn seine Haushälterin wohl verlassen würde, wenn er eine Frau heimbrächte. Ein Gedanke hatte den anderen zur Folge an diesen Abenden der Enthaltsamkeit, und schließlich sagte er sich, dass alles, was er nach einem anstrengenden Arbeitstag im Amt brauchte, eine halbe Stunde mit den »Selbstbetrachtungen« des Marc Aurel und einige der Brandenburgischen Konzerte wären. Alles andere war überflüssig. Aber dann erinnerte er sich an die besondere Mischung aus Lebhaftigkeit und Zartheit, die Blanche charakterisierte, und führte sich vor Augen, dass sie all die Eigenschaften besaß, die er bei einer Frau am höchsten schätzte, und auch, dass sein Freund Bertie dieselben Ansichten hatte wie er. Und ohne zu zögern griff er zum Hörer, um Blanche zu sagen, dass er für morgen Abend zwei Karten für ein Konzert habe und dass er sie um sieben Uhr abholen würde.

Blanches schlechtes Gewissen wegen Patrick rührte nicht daher, dass sie Bertie für einen besseren Mann hielt, sondern dass sie ihn schlechter fand. Da wo Patrick ihren Arm nahm und sie über die Straße führte, als sei sie gehbehindert, pflegte Bertie meistens gedankenverloren voranzugehen und Blanche hinter sich zu lassen, die ihm, nicht unzufrieden und mit sich selbst beschäftigt, in gewissem Abstand folgte. So waren ihre zärtlichsten Erinnerungen aus der Zeit, da Bertie um sie warb: Blanche, wie sie die Straßen entlanglief, ohne an viel zu denken, sich jedoch die Zeit nahm, zu beobachten, wie sich das Laub der Bäume verfärbte oder wo ein Haus neu gestrichen wurde. Und war dabei immer voller Glück, irgendwo vor sich Bertie zu sehen, der sich dann plötzlich umdrehte und rief: »Blanche, nun komm endlich!« Sie vermutete, dass sie an dieser unterwürfigen Position Gefallen gefunden hatte, nicht weil sie sich als Sklavin, aber als Kind fühlen durfte. Bei Patrick musste man sich immer fein machen und eine Meinung haben – etwa über atonale Musik. Merkwürdigerweise fehlte Blanche in den Augen Berties jedes Geheimnis, wohingegen sie für Patrick ein Rätsel war, zusammengesetzt aus ihrer innersten Weiblichkeit und ihren überraschenden Urteilen. Er wusste sie als eine kluge Frau zu schätzen. Bertie schenkte ihr gelegentlich einen nachsichtigen Blick. Doch öfter sagte er ihr, sie rede zu viel.

Ihre Mutter war völlig für Patrick eingenommen, mit all seinen gezierten Allüren und seinen glänzenden Aussichten. Sie war nur zu sehr darauf bedacht, dass ihre Tochter allen Liebschaften rein physischer Natur aus dem Wege ging; sie hätte dergleichen als persönliche Beleidigung empfunden. Wenn schließlich sie, Mrs. Moore, so gut ohne auskam, warum sollte es dann nicht auch ihre Tochter können? Während sie ständig Loblieder auf Patrick sang, in einer Art von Beschwörungsformeln oder Verhaltenstherapie, bemerkte Blanche, wie Bertie sie nachdenklich musterte. Sie hatte den Eindruck, er versuche sich vorzustellen, was sie als Frau zu bieten habe. Bertie war, wie sie zugeben musste, schrecklich direkt, und sie fand, dass diese Eigenschaft bei ihm alle anderen aufhob. In Berties Augen war sie – so konnte man seine Haltung ihr gegenüber umschreiben – einfach eine Neuerwerbung. Er sah auch keine Notwendigkeit, sich deswegen auf irgendwelche Paarungsrituale einzulassen. Er erzählte ihr nicht alles über sich selbst, ebenso wenig verlangte er, alles über sie zu erfahren. Er sorgte nicht für die Entstehung von Erinnerungen in Form von Momentaufnahmen, Gedenktagen oder anderen Marksteinen in der Geschichte ihrer Freundschaft. Er nahm sie einfach überallhin mit, wohin er sowieso ging. Wenn Blanche ihre Freundinnen ausführlich und mit boshaftem Witz über ihre Männer sprechen hörte, fragte sie sich oft, ob sie etwas erfänden oder warum sie die Bestätigung durch andere Frauen brauchten, um sich des eigenen Mannes erst ganz erfreuen zu können. In ihrer Bescheidenheit glaubte sie, dass ihr diese besondere Anziehungskraft abgehe, von der sie überall hörte. »Ich weiß, er findet mich körperlich unwiderstehlich«, hörte sie zum Beispiel eine Freundin der anderen versichern, und sie sah, dass sich beide zublinzelten, als sie sie bemerkten. Nach einigem Nachdenken fand sie es sehr viel leichter und angenehmer, von Bertie in den Wagen gesetzt und an irgendeinen Ort gefahren zu werden, der nicht immer malerisch war, um dann allein auf einem Bauernhof herumzuspazieren. Derweil sprach Bertie mit jemandem, dem sie nur in seltenen Fällen vorgestellt wurde, über sein Geschäft, das ihr übrigens immer schleierhaft blieb. Er war der Chef einer gutgehenden Immobilienagentur. Manchmal unterhielten sie sich auf der Heimfahrt, doch nicht immer. Sie fand das höchst erholsam, wohingegen sie Patrick mit seinem enormen Respekt vor Frauen und seinen moralisch einwandfreien Bemühungen um sie ziemlich anstrengend fand.

Was Blanche an Bertie nicht bemerkt hatte, weil sie keinen Grund hatte anzunehmen, es bezöge sich auch auf sie, war seine Lust am gesellschaftlichen Leben. Sie hielt die Liebe zu seiner Arbeit und sein Interesse an der Wirtschaftswelt für so aktiv, dass sie glaubte, er sehe in ihr einfach einen Menschen, bei dem er sich entspannen konnte – und sie fand daran nichts auszusetzen. Er war abends ständig zum Essen eingeladen, und wenn er sie mitnahm, überraschte es sie, wie viel Leute er kannte und sympathisch fand. Ihre eigene Passivität hinderte ihn anscheinend nicht, sein Vergnügen zu finden. Trotzdem begann sie, daraus Konsequenzen zu ziehen. In den ersten Wochen ihrer Ehe hatte sie ihn abends stürmisch begrüßt und ihm von den belanglosen Ereignissen ihres Tages erzählt; bald aber begann sie, sich selbst sozusagen in einer mondäneren Version darzustellen. Sie stahl sich ihre ruhigen Stunden und nutzte sie, um sich auf das Treffen mit diesen Freunden genau so vorzubereiten, wie er es sich anscheinend wünschte. Sie tat es, als sie eingesehen hatte, dass sie ihren Zoll entrichten musste. Es machte ihr einfach Vergnügen, etwas ihm zuliebe zu tun. Aber unmerklich wurde sie dabei ein bisschen sonderbar und büßte einen guten Teil ihrer Ungezwungenheit ein. Für die anderen hatte das etwas Beunruhigendes an sich, während sie nur darauf aus war, seinen und seiner Freunde Beifall zu finden. Eine Zeit lang gelang ihr das recht gut. Aber dann verlor sie allmählich an Sicherheit und suchte Informationen in Büchern, in Romanen, aus denen sie etwas mehr über das gesellschaftliche Leben erfahren konnte, als sie allein herauszubekommen vermochte. Somit wusste sie sowohl mehr als auch weniger, und nur manchmal hatte sie das Gefühl, vorangekommen zu sein, aber öfter das, zurückgeworfen zu sein. Indem sie sich auf Lehrmeinungen von angeblich unverständlicher Glaubwürdigkeit stützte, bemerkte sie nicht, dass das Leben weitergegangen war oder dass neue Methoden, zu denen sie keinen Zugang hatte, entwickelt worden waren. Sie sah zwar, dass Bertie ein gieriger Partylöwe war, aber nicht, wie weit ihn diese Leidenschaft treiben würde. Daher bedeutete es eine absolute Überraschung für sie, als sie erleben musste, dass Bertie von Mousie bezaubert war, einfach, weil Mousie nicht auf ihrer Rollenliste stand. Männer, die sich in ihre Sekretärinnen verliebten, selbst wenn sie den Anstand oder die Umsicht besaßen, sie in eine andere Stellung zu versetzen, gehörten für Blanche zu einer anderen Kategorie von Romanen: zu der, die sie nicht las. Jetzt vermutete sie, dass diese zweitrangige Literatur genauso wirkungsvoll und allgemein verbreitet war wie die Trivialliteratur, weil, außer ihr, anscheinend jeder sie kannte.

Nach dem bewussten Ereignis machte sie sich betrübt daran, ihre Studien fortzusetzen, da sie offenbar nicht die richtigen Informationen gehabt hatte. Allerdings hatte sie nicht mehr viel Vertrauen zu den Büchern, die bei der Vorbereitung ihrer Aufgabe so versagt hatten, und versuchte es deshalb mit einem anderen Bildungsweg. Die Bilder erzählten eine andere Geschichte. Auch hier gab es eine Moral, aber diese war weitaus beunruhigender. Sie konnte hier, wie nun auch im Leben, den großen Unterschied zwischen Pflicht und Vergnügen erkennen. Auf der einen Seite standen die, die gehorchten, auf der anderen die, die frei waren. Selbst gegen bessere Einsicht beschäftigten sich ihre Gedanken zwanghaft mit dieser scharfen Trennung, die zwischen der christlichen und der heidnischen Welt zu bestehen schien. Denn sie hatte geglaubt, dass die eine lediglich die andere abgelöst habe. So fand sie ständig Parallelen im wirklichen Leben, selbst in der beschränkten Welt, die sie kannte, und sie fragte sich, ob es nicht schon zu spät sei, das Wichtigste von allem zu lernen: Wie sollte man es anstellen, dass am Ende alles gut ausging? Bis jetzt hatte sie noch keine Antwort darauf gefunden.

Als sie mit ihren Überlegungen wieder bei Patrick war, kam ihr der Gedanke, dass sie sicher noch heute mit ihm verheiratet wäre, wenn sie ihn geheiratet hätte. Er hatte zwar die gleichen literarischen Neigungen wie sie, aber sie ahnte, dass die Cembaloabende ihren Zoll gefordert hätten: Patrick war nun ein unbekehrbarer Jungeselle und würde es bleiben, mochte er nun verheiratet sein oder nicht. Sie glaubte nicht, dass er je heiraten oder auch nur den Wunsch dazu haben würde.

»Ich habe Sie geliebt, Blanche«, hatte er kurz bemerkt, als sie ihm ihre bevorstehende Heirat ankündigte. Aber sie bezweifelte, dass seine Gefühle überhaupt mit den praktischen Realitäten einer Ehe in Einklang zu bringen wären, und sie fragte sich, ob er nicht irrigerweise in der Ehe ein Spiegelbild der göttlichen Harmonie sah. Sie selbst hatte das nie so betrachtet. Ihr bedeutete die Ehe eine Form höherer Erziehung von der Art, wie sie andere Frauen auf der Universität erhielten. Und sie glaubte, dass sie an einem ihrer guten Tage ein ganz gutes Examen gemacht hätte. Patrick jedoch würde von ihr an jedem Tag des Jahres eine Eins erwartet haben. Und in dem Bewusstsein ihrer völligen Unwissenheit, das sie jetzt hatte, war sie doppelt erleichtert, dass sie nicht auf die Probe gestellt worden war.

»Wie reizend, Sie wieder zu sehen«, sagte sie. »Sie müssen mir alles von sich erzählen.«

Er ist fort, dachte sie, Bertie ist nicht mehr da. Einen Augenblick war sie tief betrübt, bevor sie ihr schönstes Gesellschaftslächeln zeigte.

Als aufmerksamer Beobachter fand Patrick, dass sich Blanche im Großen und Ganzen nicht sehr geändert hatte, wenn man von einem kaum feststellbaren Verlust an Vitalität absah: die gleiche aufrechte Haltung, der gleiche distanzierte Ausdruck. Er sagte sich, dass er sich hüten müsse, sich wieder mit ihr einzulassen. Sie verfolgte keine unlauteren Absichten, sie war nie eine berechnende Frau gewesen, aber ganz gewiss war sie einsam. Er nahm ein Glas Wein an aus einer bereits über die Hälfte geleerten Flasche und fand es merkwürdig, dass sie ihm nicht ein Glas von dem ausgezeichneten Sherry anbot, den er immer in diesem Hause bekommen hatte. Er bemerkte, dass die Fransen am Kaminvorhang verfilzt waren. Aber sonst war alles in Ordnung.

»Sie sehen fabelhaft aus«, sagte Blanche lebhaft. »Waren Sie verreist?«

»Auf ein paar Tage im Lake District, wie üblich«, antwortete er. »Ein bisschen geklettert.«

Sogar seine Ferien mussten etwas Anstrengendes und Asketisches haben! Vor ihrem geistigen Auge sah Blanche die staubigen Blätter einer Palme in den öffentlichen Anlagen von Nizza und sich selbst auf einer Bank sitzen, das Gesicht selig der Sonne zugewandt. Die Sonne ist Gott, dachte sie, aber laut sagte sie: »Patrick, ich brauche Ihren Rat für eine junge Freundin von mir.« Sie ist also nicht in Schwierigkeiten, dachte er und war bereit, ihr zuzuhören.

Während sie erzählte, erschien ihr Sallys Geschichte ganz unkompliziert zu sein, eine Sache, bei der es sich nur um die Beschaffung der richtigen Papiere handelte. Gewisse Einzelheiten ließ sie aus, wie Elinors Widerstand gegen die häusliche Situation, erwähnte aber, dass das Kind bei seiner Großmutter wohnen musste, weil es zu Hause an Geld fehlte.

»Warum wohnen nicht beide dort?«, fragte Patrick.

Blanche erwiderte, dass das ihrer Meinung nach nicht der springende Punkt sei.

»Man könnte darin aber einen durchaus wesentlichen Faktor sehen«, antwortete Patrick.

Es lief nicht so, wie es sollte. Doch wenn Sally ihre Geschichte mit ihren eigenen Worten erzählte, würde sie vielleicht mehr Erfolg haben. Sie, Blanche, hatte jedenfalls getan, was sie konnte, und sie begann, einen gewissen Widerwillen zu empfinden. Sie würde es lieber sehen, wenn Patrick und Sally die Sache untereinander erledigten. Dann bliebe es ihr überlassen, Sally ab und zu aufzusuchen, aber sie würde nicht zu einer fast täglichen Anwesenheit verpflichtet sein. Es ist alles ziemlich traurig verlaufen, dachte sie. Und das, weil ich geglaubt hatte, dem kleinen Mädchen helfen zu können. Oder vielleicht, dass es mir helfen könnte.

»Wenn Sie nichts dagegen haben, Patrick, rufe ich meine Bekannte jetzt an, da ich so glücklich bin, Ihnen heute Abend ein bisschen von Ihrer Zeit rauben zu können.«

Patrick blickte auf seine Uhr.

»Sagen Sie jetzt bitte nicht, dass Sie gehen müssen. Sie täten mir, ich meine, Sie täten Sally den denkbar größten Gefallen, wenn Sie ihr einen Rat geben würden. Von Angesicht zu Angesicht. Und dann werde ich Sie nie wieder um etwas bitten.«

»Sally«, rief sie in den Hörer. »Ich habe gerade einen Freund hier, der dir vielleicht einen Rat geben kann. Ich glaube, ich erwähnte ihn schon, Patrick Fox. Ob du wohl für ein paar Minuten herüberkommen könntest? Ich glaube, dass es sich lohnen wird. Und dann können wir mit allen Schwierigkeiten aufräumen.«

Sie ärgerte sich über den gouvernantenhaften Klang ihrer Stimme, ärgerte sich über das leise Prickeln von Gereiztheit, das sie beim Auflegen des Hörers empfand, und ärgerte sich bereits über das, was ihr noch bevorstand. Sie hatte das unendlich schwierige Aufgebot all ihrer Überredungskünste vor sich, indem sie zwei so unbegabte Unterhalter wie Patrick Fox und Sally Beamish zusammenbringen musste. Allein die Aussicht, die beiden durch den Abend steuern zu müssen, vermittelte ihr jetzt schon ein Gefühl völliger Erschöpfung. Aber ihre Sorge war unnötig. Nach einer halben Stunde erschien Sally beschwingten Schrittes, in einem feenhaften Kleid aus giftgrünem Leinen, das ihr fast bis zu den Knöcheln reichte und mit Trägern über den Schultern gehalten wurde. Kein Zubehör von der Art, wie es die meisten Frauen mit sich herumtragen, behinderte sie, und obschon sie einen Schlüssel in ihrer Tasche haben musste – oder hatte sie die Tür einfach offen gelassen? –, hatte sie die Hände frei. Lautlos kam sie auf römischen Sandalen herein. Das irgendwie Unwirkliche ihrer Erscheinung wurde noch erhöht durch den Anschein von Schwerelosigkeit und die Selbstverständlichkeit, mit der sie alle Hindernisse in Blanches Wohnzimmer, das sie nie zuvor betreten hatte, umging. Als sich Patrick langsam erhob, übrigens mit einem Ausdruck ungläubigen Staunens, verzog sich Sallys Gesicht zu einem Lächeln. Ungezwungen nahm sie in einem der großen Sessel Platz und wendete ihm, noch immer lächelnd, ihre konzentrierte Aufmerksamkeit zu, so als ob er ihr seinen Fall vorzutragen hätte und nicht umgekehrt sie ihm. Blanche fühlte erste Anzeichen eines leichten Kopfwehs.

Zwei Stunden später, als sie in der Küche für alle Kaffee kochte und Sandwiches machte – denn die Unterhaltung war vom Hundertsten ins Tausendste gegangen, und sie hatte den Eindruck, als ob sie noch für Stunden mit der Anwesenheit der beiden rechnen könne –, fühlte sie verwundert das Ungewöhnliche dieses geselligen Abends und beglückwünschte sich zu dem Erfolg ihres Unternehmens. Aber viel später ging sie unbemerkt in ihr Schlafzimmer, während die beiden weitersprachen. Die Stirn an die kühle Fensterscheibe gelehnt, blickte sie angestrengt in den dunklen Garten hinaus. Ihr schien, es sei etwas Unabdingbares an diesen Nachtstunden, diesen unsichtbaren Träumereien. Es war, als ob das Innerste ihres Wesens, das verlassene Kind in ihr, diese gestohlene Einsamkeit, diese Dunkelheit, alles sei, was ihr geblieben war, dass die Welt des Tages für die anderen, sie selbst aber ein Geschöpf der Nacht sei und dass sie, wenn sie die Vorhänge vor der kalten Reinheit der schlafenden Erde zurückzog, damit ein wesentliches Ritual vollzog oder, besser gesagt, ein wesentlich zu ihr gehöriges Ritual, mit dem sie ihr Schweigen vor dem eigensinnigen Anspruch des endlosen Geplappers der beiden verteidigte.

7 Die zweite Maxime ihrer Mutter hatte gelautet: »Tu es jetzt!« Warum dieser Grundsatz in ihrem ereignislosen Leben eine so große Rolle gespielt hatte, war schwer zu sagen. Aber Blanche, die in noch größerer Untätigkeit lebte, hatte ihn heilsam gefunden. Anders als ihre Mutter, die selten vor halb elf aufstand und sich zweibis dreimal am Tag umzog, war Blanche bereits um Viertel nach neun fertig, mit all ihren Vorhaben für den Tag im Kopf. Um diese Zeit hatte sie schon mit stoischer Gelassenheit die Aufgabe des Aufstehens bewältigt, war vollkommen angekleidet, hatte ihren Haushalt besorgt, die Zeitung überflogen und schon längst die zweite Tasse Kaffee getrunken. Irgendwie befiel sie ein schlechtes Gewissen, wenn sie keine Pläne für den Tag hatte, wie sie, ihrer Meinung nach, andere Frauen haben müssten. Jedenfalls würde sie ein ruhigeres Gewissen haben, wenn sie in einem überfüllten Bus zur Arbeit fahren und auf dem Heimweg ihre Besorgungen für eine Familie machen müsste. Sie beneidete solche Frauen, und manchmal las sie in einem Kochbuch, um sich vorstellen zu können, was sie zu Abend äßen. Sie selbst aß in diesen Tagen ohne Appetit und ohne Interesse, und selbst die Erinnerung an die prächtigen Essen, die sie einmal zuberei-

tet hatte, erschien ihr unwirklich, so als ob die Scheidung sie ausgelöscht hätte oder ihr immer weniger Bedeutung zuerkannte, wie einem verlorenen Ruf. Sie fand das, was sie in diesen Tagen zu sich nahm – ein einzelnes Kotelett, eine einsame Dover-Seezunge –, eher geeignet als Vorlage für ein Stillleben denn zum Verzehr. Sie kaufte gleichgültig, ja widerwillig ein, um dann auf dieselbe zerstreute Weise zu kochen. Sie stellte sich titanische Rinderbraten vor, Hekatomben von Gemüse, Fruchtpuddinge und zitternde Eiscremes. Eine kurze Zeit lang hatte sie überlegt, ob sie nicht, unter dem Vorwand, der Mutter damit zu helfen, Elinor mit sich nach Hause nehmen und für sie einen Lunch kochen solle, wie sie es schon bei zwei Gelegenheiten mit unterschiedlichem Erfolg getan hatte. Aber auch diesen Plan musste sie bald aufgeben. Wenn sie zusammen waren, schienen Sally und Elinor nur von Spaghetti, Toast und grünen Äpfeln zu leben. Ihre Angebote, zu helfen, wurden mit einem Lachen zurückgewiesen.

Anscheinend beurteilte sie ständig die Situation falsch. Wenn die Not Hilfe erforderte, schienen gleichzeitig Wünsche nach Befriedigung zu verlangen, und diese beiden Zustände waren grundverschieden, wenn nicht gar einander entgegengesetzt. Blanche wollte gerne für alles sorgen, wenn nötig, auch für Geld. Sallys Sehnsucht aber galt der Wiederherstellung eines Lebens in Luxus, Unbeschwertheit und Vergnügen. Im Gegensatz zu Blanche, die nur vom Standpunkt der Gegenwart her dachte (»Tu es jetzt!«), lebte Sally ganz in der Vergangenheit, die sie genau so in der Zukunft wieder zu finden wünschte.

Wenn Blanche jetzt mit Patrick in Sallys Kellerwohnung

saß und wieder den Geschichten aus ihrer Vergangenheit zuhörte, die von einem erinnerungsseligen Gelächter begleitet wurden, fragte sie sich, wann Elinor wohl wieder nach Hause käme. Soweit sie sah, war das Geld nicht mehr das Problem, das es einmal gewesen war. Angesichts des Umstands, dass die finanzielle Situation bald geregelt sein würde, hielt Blanche es nur noch für eine Formfrage, Sally aus der momentanen Verlegenheit zu helfen, wie sie beide es gern bezeichneten. Blanche überlegte, ob Patrick das gleiche tat. Als Mann, glaubte sie, hätte er eine großzügigere Einstellung zu diesen Dingen, und er schien in der ganzen Angelegenheit in hohem Maße Verantwortung übernommen zu haben.

»Patrick hat gesagt, er käme vielleicht heute Abend vorbei«, hatte Sally eines Nachmittags in ihrem nachlässigen, verträumten Ton gesagt, und Blanche hatte daraus entnommen, dass ihr Dabeisein nicht erforderlich sei. Doch es schien, dass ihre Anwesenheit für Patricks Anstandsgefühl unentbehrlich war, und so rief er sie zuweilen von seinem Büro aus an und bat sie, ihn bei Sally zu treffen.

Patricks Verhalten in dieser Situation rief bei Blanche höchstes Interesse, aber auch schmerzliche Erinnerungen hervor. Sowohl Patrick als auch Sally veränderten sich, sobald sie zusammen waren, und oft hatte Blanche den Eindruck, dass ihre Anwesenheit der einer Anstandsdame entsprach. So gab sie einer Situation, die neugierigen Augen sonst als ein zweideutiges Rendezvous erschienen wäre, einen ehrbaren Anstrich. In Patricks Gesellschaft – und zwangsläufig auch in Blanches – wurde Sally wieder die Heldin jener längst vergangenen Partys, sprühend vor Charme, wie sie für Blanche allein nie gewesen war, und sie nannte die Namen einer Reihe von Leuten, die auch Patrick zu kennen schien oder von denen er zumindest gehört hatte. Eine Zeit lang hatte sie in Südfrankreich oder Paris gelebt, wo sie auch das meiste ihrer Garderobe erstanden hatte. Patrick ließ starkes Interesse an diesen Gegenden erkennen, obwohl er sonst, soviel Blanche wusste, ein gemäßigteres Klima und strengere Landschaften bevorzugte, wie etwa Norwegen, die Grampian Mountains in Schottland oder die Hebriden. Sally war nun einmal eine Frau von Welt, dachte Blanche, und sie nahm sich das Recht, faszinierend zu sein. In Patricks Gegenwart nahm sie Launen, Meinungen, Vorlieben und Verrücktheiten an. Sie verteidigte auch ihren Anspruch auf gewisse Extravaganzen, die sie stets zu rechtfertigen wusste. Patrick pflichtete allem bei und gab ihm damit eine doppelte Legitimation. Sally war entweder sehr lernbegierig oder ganz natürlich. Blanche war sich keineswegs klar darüber, was von beidem zutraf. Wenn sie jetzt von ihrer Vergangenheit sprach, wurde sie versponnen, ungreifbar. Ihre Erziehung hatte sie so gemacht. Ob sie nun wie Mousie das Objekt väterlicher Verwöhnung war oder ob ihr so geheimnisvoll abwesender Ehemann mit seiner romantischen, aber leicht sentimentalen Schönheit sie von ganzem Herzen bewundert hatte – Sally sah so aus, als habe sie immer das Recht auf ihrer Seite gehabt. In dieser Hinsicht war sie fortgeschrittener als Mousie, doch erkennbar von derselben Art.

Es gab bei Sally eine Bereitschaft zur Freundschaft, aber zu einer Freundschaft, die hauptsächlich auf Vergnügen beruhte. Sie neigte nicht zu altruistischem Handeln und fühlte sich auch nicht dazu berufen. Blanche sah, dass Sallys Gefühl für Elinor auf einer gewissen, sprunghaften Art von Kameradschaftlichkeit beruhte, und darum vertraute ihr das Kind, wenn auch nur in begrenztem Maß. Elinor lehnte Sallys Vergnügungssucht, ihr Verlangen nach Zerstreuung, diese Bereitschaft, die erste beste Einladung anzunehmen, kurz, ihre Verfügbarkeit ab. Blanche sah, dass Sally als Mutter, selbst als Ersatzmutter, gar zu nymphenhaft war. Sie würde zwar dem kleinen Mädchen eine vorübergehende Zuflucht geben und es zu einer gewissen Selbständigkeit erziehen können, aber es wäre sinnlos, auf ihre weitere Fürsorge und Anleitung zu zählen. Von der Siebenjährigen würde Sally Selbstvertrauen erwarten, die Zehnjährige würde sie sexuell aufklären, aber sobald Elinor fünfzehn oder sechzehn Jahre alt wäre, erwartete Sally, dass sie endgültig das Haus verließe. Ihre Weigerung zu sprechen, gründete auf der Vorahnung dieses Schicksals.

Damit wäre der gesamte Generationenkonflikt unterlaufen, denn Sally würde nie ihren Platz räumen. Ihr Platz war, jung zu sein und im Mittelpunkt der Aufmerksamkeit zu stehen. Solche Mütter bewirken, wie Blanche nur zu gut wusste, bei ihren Kindern Verwirrung und ein Gefühl des Verlassenseins. Darum fiel ihr Mrs. Duff ein, die kinderlos geblieben war und von Blanche einmal überrascht worden war, wie sie mit Tränen in den Augen ein Baby bewunderte, das vor dem Postamt auf seine Mutter wartete. Blanche war auf dem Weg ins Krankenhaus gewesen und hatte ihre Nachbarin wie üblich gegrüßt und sie dann besorgt am Arm gefasst. »Mrs. Duff, fehlt Ihnen etwas?« Als Antwort auf diese eher oberflächliche Freundlichkeit hatte Mrs. Duff ein schneeweißes Taschentuch an die Augen geführt.

»Es ist nur, weil ich mir so sehr ein eigenes Kind gewünscht habe«, flüsterte sie. »Und jetzt ist es zu spät.« Ja, dachte Blanche, du wärst eine gute Mutter gewesen, immer besorgt und immer glücklich. Es ging in der Welt, so fand sie, wahllos und aufs Geratewohl zu. Die Grausamkeit des Schicksals, das den falschen Müttern Kinder zuteilte, machte sie einen Augenblick lang traurig, eine Trauer, die sich allem anderen Kummer hinzugesellte.

Doch Sally Beamish hielt sie für eine glückliche Frau, und auch Patrick war dieser Meinung. Sie sahen, dass Blanches Lebensunterhalt gesichert und dass sie nicht auf fremde Unterstützung angewiesen war. Aber Blanche empfand, dass ihre Scheu, sich zu beklagen, obwohl sie sich zu Klagen durchaus berechtigt fühlte, zur Folge hatte, dass man sie für stumpf oder unempfindlich hielt. Sie hatte nie über ihren Mann gesprochen, und deshalb meinte man, sie sei gefühlskalt. Sie behielt ihre Erinnerungen, die immer schwächer wurden, für sich, und deshalb hielt man sie für verschlossen. Sofern sie überhaupt in den Gesprächen anderer eine Rolle spielte, werde sie als Person nur vage und verschwommen wahrgenommen, so dachte sie, und immer nur in Verbindung mit ihrem Geld gesehen. Entweder betrachtete man sie als diejenige, die Geld besaß (was jegliche Besorgtheit um sie überflüssig machte) oder als diejenige, die es ausgab (was sie ebenso lästig wie unentbehrlich machte). Jede Halsstarrigkeit in ihrem Verhalten würde ihr als Geiz ausgelegt werden, während sie tatsächlich nur die Summe verschiedener Vorsätze war, von denen einige asketisch streng waren.

Und Patrick, der Blanche einst angebetet hatte – jedenfalls hatte sie diesen Eindruck gehabt –, zeigte ihr gegenüber jetzt eher Gleichgültigkeit. Dagegen legte er einen an Albernheit grenzenden Eifer an den Tag, um in diesem abgenutzten braunen Sessel im Stil der fünfziger Jahre Sally zu beobachten, wie sie es sich in ganzer Länge auf der Chaiselongue bequem machte. Er glaubte ihre Situation nur dadurch richtig abschätzen zu können, wenn er neugierig all ihren Berichten aus der Vergangenheit lauschte. Blanche nahm an, dass er nicht viele Frauen von der Art Sallys kannte, und dass ihn bei ihr gerade das Nichtvorhandensein all jener Eigenschaften reizte, die er selbst besaß. Sie bot ihm damit, bildlich gesprochen, ein ungewöhnliches Ferienabenteuer, so luxuriös, wie er es sich selbst nie hätte vorstellen können. Blanche sah wohl, dass es bei alledem zu keiner Unschicklichkeit gekommen war, dass dennoch eine solche in der Luft lag, dass sie die wahre Essenz dieser Begegnung war. Mit geübter Nonchalance, mit gleichsam angeborener Erfahrung neckte Sally Patrick mit seinem geordneten Leben, seiner sitzenden Lebensweise, und Patrick ging mit Vergnügen auf ihre Neckereien ein. Bald tauschten sie fast gewohnheitsmäßig solch alberne und belanglose Bemerkungen aus, dass Blanche sich abwandte, aus dem Fenster sah und nur der Wunsch, Elinor wieder zu sehen, sie davon abhielt, die beiden sich selbst zu überlassen und für immer aus dieser Kellerwohnung zu verschwinden.

So hatte es sich bei den zwei Gelegenheiten abgespielt, seitdem Blanche Patrick und Sally miteinander bekannt gemacht hatte: Zwei Abende hatte sie damit verbracht, diesem Flirt in Dialogform zuzuhören, der auf Sallys Seite eine Erprobung ihrer alten Künste war, eine Wiederbeschwörung von Konversationsformen, die sich in der Vergangenheit als nützlich erwiesen hatten. Auf Patricks Seite dagegen war es eine reizvolle, wenn auch behutsame Übernahme dieser für ihn neuen Gesprächsform. Beim dritten Mal, als Sally sie anrief und bat, gleichzeitig mit Patrick zu ihr zu kommen, und sie sich schon auf einen verlorenen Abend gefasst machte, hatte sich die Situation allem Anschein nach geändert. Blanche, die als Erste nach dem Anruf erschienen war, fand, dass Sally, ganz anders als sonst, niedergeschlagen wirkte, dass sie in ihre frühere traurige Gleichgültigkeit zurückgefallen war. Etwas war geschehen, und es war der Gegenwart wieder einmal gelungen, die Vergangenheit auszusperren und ihre gewöhnliche Last an Verdruss und Enttäuschung in den Vordergrund zu stellen. Sally war wortkarg und unbestimmt in ihren Äußerungen, ihre schlaffen Gesichtszüge zeigten nur Gleichgültigkeit. Als Patrick kam, mit einer Flasche Wein, wie Blanche dankbar bemerkte, nahm Sally alle Kraft zusammen, um ein bisschen Lebensfreude auszustrahlen, verfiel aber bald in eine bei ihr ungewohnte Nachdenklichkeit. Sie sah gelegentlich aus dem Fenster, fasste ihr Haar im Nacken zusammen und fuhr mit der Hand darüber, so wie es Blanche einmal im Krankenhaus bei ihr beobachtet hatte. Nach ein paar Minuten wurde die nervöse Spannung unerträglich, und Blanche sah, dass Patrick nicht wusste, wie er damit fertig werden sollte.

»Sally«, fragte sie, »ist irgendetwas nicht in Ordnung?«

Mit einem Seufzer erklärte Sally: »Paul kommt zurück. Nächste Woche.«

»Aber das ist doch großartig«, meinte Blanche.

»Finden Sie? Aber diesmal anscheinend nicht.«

»Aber warum nicht?«, fragte Blanche. »Wo ist das Problem?«

»Das Problem ...« Sally steckte sich eine neue Zigarette an. »Das Problem ist, dass er kein Geld hat. Das Problem ist«, und hier zog sie kräftig an ihrer Zigarette, »dass der reizende Mr. Demuth ihn nicht bezahlen will.«

»Das verstehe ich nicht«, sagte Blanche. »Warum nicht?«

»Er sagt, weil Paul ihm Geld schuldig ist.«

Jetzt war Patrick an der Reihe zu sagen: »Das verstehe ich nicht.«

»Also Paul hat selbstverständlich Ausgaben gehabt. Er kann nicht von der Luft leben. Niemand kann das. Vielleicht hat er auf Demuths Konto zurückgegriffen. Das wäre nicht weiter schlimm gewesen – er hätte es ja zurückgezahlt. Aber jetzt sagt Demuth, dass Paul Geld von ihm unterschlagen habe. Diese Frechheit! Anscheinend kommen sie jetzt alle drei herüber, und Demuth droht damit, Paul zu verklagen. Ich weiß nicht, was noch geschehen wird.«

Sie seufzte wieder, offenbar vor Langeweile. Es herrschte Schweigen, während Blanche und Patrick, jeder auf seine Weise, bemüht waren, diese Information zu verarbeiten. Blanche war zu ihrer eigenen Überraschung nicht erschüttert. Sie hatte vom ersten Augenblick an den Verdacht gehabt, dass hier etwas nicht eben Übliches im Gange war und dass der oberflächlichen Unordnung in Sallys Leben eine grundsätzliche Unordnung zugrundelag. Patrick schien tiefer erschüttert zu sein, und zwar nicht so sehr wegen Pauls offenbarem Vergehen, wenn es denn ein Vergehen war, sondern wegen der Auswirkungen, die es auf Sally zu haben schien.

»Mein liebes, armes Kind!«, sagte er. Aber bald zeigte sich Besorgnis in seinen Gesichtszügen, als er sich zu fragen begann, ob und wie er in diese Situation verwickelt werden würde und um welchen Preis er wieder aus der Sache herausfände.

»Ich sehe nicht, wie jemand von uns helfen könnte«, sagte Blanche, womit sie eine Niederlage eingestand, die sie nicht vorhergesehen hatte.

»Dürfte ich den Brief einmal sehen?« Die Stimme Patricks klang bereits gezwungener, förmlicher.

Sally reichte ihm mit ihren kleinen braunen Fingern, die für alle praktischen Zwecke untauglich schienen, einen Brief mit dem Briefkopf des Hotels Ritz, bedeckt mit schrägen Schriftzeichen, so eigenwillig geschrieben und so hastig hingeworfen, dass sie so gut wie unlesbar waren. Patrick sah mit Erleichterung, dass er diesen Brief kaum würde entziffern können, und gab ihn darum dankbar an Blanche weiter. Ihr gelang es, eine Zeile zu lesen »... und will nicht deinen Mantel hergeben, denn er sagt, dass er rechtmäßig ...«, und dann nur noch einzelne Worte wie »Scheusal«, »Beleidigung«, »mein armer Engel«. Die Unterschrift war ohne Schwung, dafür aber dick unterstrichen: »Dein Paul.« Blanche legte den Brief behutsam auf den Teewagen und sagte: »Entschuldigen Sie mich einen Augenblick.« Sie ging in die Küche und steckte drei Zehn-Pfund-Noten unter die Teekanne – eine sinnlose und selbstquälerische Geste. Aber für sie war es die einzige Möglichkeit, ihr Gewissen zu beruhigen, ein Gewissen, das sich nicht länger verpflichten lassen wollte. Ihr war klar, dass Paul Geld nach Hause geschickt hatte, das nicht ihm gehörte, und dass sein Arbeitgeber dahintergekommen war. Vielleicht waren auch noch andere Extravaganzen im Spiel gewesen, von denen sie hier nichts erfahren hatten. Sally hatte immer gesagt, dass Paul einen Hang zum eleganten Leben habe, und sein romantisches Äußeres ließ obendrein auf Unzuverlässigkeit schließen. Aber diesen Eindruck hat man so oft bei romantisch aussehenden jungen Leuten, warf sie sich vor. Das ist so, weil sie eben romantisch sind. Und was Paul betraf, so konnte man auch sehr gute Argumente zu seinen Gunsten vorbringen. Angenommen, dieser Demuth war zu misstrauisch? Angenommen, Paul hatte genau Buch geführt, und am Ende hätten sie alles abgerechnet und gesehen, was Paul schuldete und was nicht? Angenommen, Paul war der Typ, der darauf besteht, seiner Frau auch gegen ihren Willen Luxusartikel zu kaufen? Angenommen, er schickte ihr das, was er für sein Gehalt ansah? Nur dass er kein Gehalt empfing, sondern eine Spesenvergütung. Das würde dann auch erklären, warum sie ihn kurz hielten und mit gutem Grund auf ihn aufpassten.

Aber welche Rolle spielte bei alledem Mrs. Demuth? Gewiss würde sich doch eine Frau in reiferen Jahren für einen jungen Mann mit Pauls Aussehen und Charme einsetzen? Es sei denn, dass ... Doch sie musste ihrer ausschweifenden Phantasie eine Grenze setzen, auch wenn es für deren eindeutige Vorstellungen Vorbilder aus der klassischen Antike und aus der biblischen Zeit gab. Sally, die wieder ganz in ihr missvergnügtes, sich hinschleppendes Schweigen zurückgefallen war, vermochte nichts davon aufzuklären. Die Sätze, zu denen sie bisweilen ansetzte, ließ sie unbeendet, wie sie es früher in Gegenwart Blanches zu tun pflegte. Das Lächeln

Patricks war dahingewelkt, er hatte fürs Erste alle Flirtversuche eingestellt. Blanche sah plötzlich, dass er ein nicht mehr junger Mann war, der Fett angesetzt und überhaupt in seiner äußeren Erscheinung aufgehört hatte, der begehrenswerte Junggeselle zu sein, der er einmal gewesen war. Und sie sah auch, dass er der Situation nicht gewachsen war. Blanche war der ganzen Sache überdrüssig und empfand einen entschiedenen Widerwillen, nicht gegen Patrick, nicht einmal gegen Sally, sondern gegen sich selbst. Sie hatte geglaubt, etwas Gutes tun zu können, für sich und für diese kleine Familie, und doch hatte sie nicht einmal das Notwendige getan. Sie hatte geglaubt, nützlich sein zu können, zum Wohl der armen Sünder, und dabei war sie – wie eine geheime Beobachterin – die ganze Zeit nur von der Freiheit all derer fasziniert gewesen, die an keine Regeln gebunden sind. Blanches Beiträge waren, obwohl von Nutzen, doch in jeder Hinsicht ungenügend gewesen. Und in dieser ganzen Verwicklung hatte sie keine Würde gezeigt. Das war es, was sie beschämte und kränkte. Ihre von Mitleid beseelten Absichten hatten sie kopflos gemacht. Sie erkannte, dass sie sich durch das archaische Lächeln hatte verleiten lassen, ihre wahre Natur zu verraten. Sie war entschlossen, Schluss zu machen.

»Ich muss jetzt gehen«, sagte sie, vielleicht ein wenig zu abrupt. Überrascht blickte Patrick auf.

»Blanche war immer ein feiner Kerl«, sagte Sally mit einem nachdenklichen Blick auf sie. »Machen Sie sich keine Sorgen um uns. Patrick wird sich etwas ausdenken. Es war nur so, dass ich mich heute Abend ein bisschen bedrückt fühlte.« Nach einer kleinen Pause fuhr sie fort: »Besonders, weil Nellie übermorgen zurückkommt.«

Ach ja, dachte Blanche und hielt einen winzigen Moment inne auf ihrem Weg zur Tür. Natürlich. Es findet sich immer wieder ein Mittel, das noch nicht eingesetzt wurde. Aber sie sagte gute Nacht und ging.

Die Nacht war feucht und schwül. Irgendwo braute sich ein Gewitter zusammen. Sie ging die paar Straßen bis zu ihrem Haus, gequält von wirren Gedanken. Es kam ihr zu Bewusstsein, dass sie eigentlich nie enttäuscht worden war, sondern nur überrascht. Immer wieder überrascht von den Wünschen und Forderungen der anderen und auch von der Mühe, die diese machen. Und sie war einmal so naiv gewesen, darin Selbstsucht zu sehen. Dabei war es doch nur das Leben selbst mit all seinen brutalen Trieben und Eingebungen. Das war die Lektion, die sie nie gelernt hatte. Sie war zu Nächstenliebe erzogen worden und von der Hoffnung erfüllt, eines Tages für ihre gewissenhafte Pflichterfüllung belohnt zu werden. Doch die fordernden Wünsche der andern blieben ihr dabei immer und in steigendem Maße bewusst und schienen ihr jetzt so nahe wie der in der Ferne grollende Donner und das Gewitter, das irgendwann, aber unausweichlich hereinbrechen würde.

In ihrem Schlafzimmer schaltete sie eine einzige Lampe an. Sie zog sich aus, trat ans Fenster und blickte in den Garten hinaus. Sie zwang sich zur Ruhe. Irgendwie, so gestand sie sich ein, endete alles, was sie anpackte, traurig. Darum vermochte sie auch nie zu beurteilen, ob ihre Bemühungen richtig oder falsch gewesen waren. Sie glaubte, dass ihre Melancholie eine Frage ihres Temperaments sei oder, besser gesagt, ein Geburtsfehler, als ob in einer gigantischen Lotterie bestimmt worden wäre, dass sie keinen freien Willen haben solle. Und die Ironie war, dass sie dies erst bemerkte, als sie ihre Jugend bereits hinter sich hatte. Als Kind hatte sie wie alle Kinder geglaubt, die Welt gehöre ihr so gut wie allen anderen, und selbst noch als erwachsene Frau hatte sie keinen Grund gehabt, an ihrem Glück zu zweifeln. Erst kürzlich war ihr die Wahrheit zu Bewusstsein gekommen, als träte sie eben erst in ihr Gesichtsfeld. Jetzt sah sie die überlegene Freiheit der anderen. Das Unbehagen, damals in der National Gallery, das merkwürdige Schwächegefühl, das sie beim Anblick des archaischen Lächelns der Kuroi im Museum von Athen überkommen hatte, erschien ihr jetzt wie ein aufschlussreicher Kommentar zu ihren eigenen Unzulänglichkeiten. Ich hätte mir mein eigenes Leben bewahren können, dachte sie, aber ich war zu schwach, gefesselt von der falschen Mythologie.

Sie nahm aus dem Bücherregal ein Wörterbuch der Antike, das ihrem Großvater gehört hatte, und schlug den Abschnitt über Herakles auf. Dieser brutale Kerl und Raufbold hatte Taten vollbracht, die in der antiken Welt als Wunder angesehen worden waren. Seine Taten waren als die »zwölf Arbeiten« bekannt, aber Blanche stellte fest, dass es mehr als zwölf waren, so als ob sie sich auf seinem Weg vermehrt hätten. In der Wiege hatte er zwei Schlangen die Köpfe zerdrückt, die von Hera geschickt worden waren, um ihn zu erwürgen. Als junger Mann schwängerte er die fünfzig Töchter des Thespius in einer einzigen Nacht »und es wurden ihm fünfzig Söhne geschenkt«. Er erlegte die Lernäische Hydra und fing und tötete die windschnelle Kerynitische Hirschkuh. Im Nemeïschen Wald tötete er einen Löwen, der weder durch Eisen noch durch Holz oder Stein zu verwunden war. Er besiegte Diomedes, den König von Thrakien, und warf ihn dessen eigenen Pferden zum Fraße vor. Er tötete den Eber vom Berg Erymanthos und schoss die Vögel vom See Stymphalos ab, und er bändigte den wilden Stier von Kreta. Er besiegte seinen Rivalen Acheloos im Kampf um seine Gattin Deianeira, und er erschlug Busiris, den König von Ägypten. Er erwürgte im Ringkampf den Riesen Antaios, und in einer glanzvollen Aktion holte er die goldenen Äpfel der Hesperiden. Er unterwarf Geryoneus und erbeutete seine Viehherden. Er schlug Cacus den Schädel ein, der wie sein Vater Vulkan Flammen spie. Er erschlug Lacinius und errichtete an der Stelle seines Triumphes einen Tempel zu Ehren Heras, den Tempel der Juno Lacinia. Er zähmte die Kentauren. Er reinigte die Ställe des Augias. Er rettete Hesione vor einem Meeresungeheuer, und er unterwarf die Amazonenkönigin Hippolyte. Er stieg hinab in die Unterwelt und brachte den Hund Kerberos an einer dreifachen Kette zurück. Mit seinem Pfeil erlegte er den Adler, der täglich an der immer wieder nachwachsenden Leber des Prometheus fraß. Er tötete Kygnos in einem auf Pferderücken geführten Zweikampf, und er erschlug die geflügelten Söhne des Boreas. Er durchquerte die heiße Zone und den brennenden Wüstensand Libyens, und er watete durch den Treibsand der Syrten. Er erschlug Eurytos, den König von Oichalia, und raubte die Prinzessin Joie. Das jedoch wurde ihm zum Verhängnis, denn sobald Deianeira davon erfuhr, sandte sie ihm ein vergiftetes Gewand, das ihn verbrannte. Dann, so las Blanche weiter: »Nach seinem Tode wurde er als ein Gott verehrt, und man glaubte, er sei dasselbe wie die Sonne.« Also ist die Sonne Gott, dachte Blanche.

Die ganze dunkle Nacht hindurch musste sie daran und an so manches andere denken. Am Morgen kleidete sie sich sorgfältig und ging wie gewöhnlich ins Krankenhaus. Es war einer ihrer Arbeitstage dort, und sie sah keinen Grund, daran etwas zu ändern. Sie tat gewissenhaft ihre Arbeit und trat am späten Nachmittag ihren Heimweg an. Unterwegs kaufte sie eine Flasche Meursault, um sie später zu Hause zu trinken.

Sie nahm ein Bad und zog sich um. Dann setzte sie sich hin und wartete auf Bertie, obwohl er sich nicht angemeldet hatte. Dennoch erwartete sie ihn. Sie wusste, dass seine Abreise nach Griechenland bevorstand, und sie nahm an, dass er vorbeikommen würde, um ihr Lebewohl zu sagen. Sie überlegte, dass diese Besuche, von seinem Standpunkt aus, nicht eigentlich notwendig waren. Die Scheidung lag jetzt ein Jahr zurück, und da sie nie die Fassung verloren hatte, gab es für ihn streng genommen keine Notwendigkeit mehr, diese recht behutsame Form der Kontrolle noch aufrechtzuerhalten. Da sie ihn nie mit Vorwürfen überschüttet hatte – wenn sie sich auch nie Mühe gegeben hatte, ihre Abneigung gegen Mousie zu verheimlichen –, vermutete sie, dass er sie aus Fürsorglichkeit besuchte, um zu sehen, wie es ihr ging. Sie hielt sich selbst im Augenblick für keine sehr anregende Gesprächspartnerin, sie glaubte, dass die Melancholie ihrem Witz den Glanz genommen hätte. Deshalb gab sie sich Mühe, wenigstens nett auszusehen und für ein paar Erfrischungen zu sorgen.

»Du bist der einzige Mensch, den ich kenne«, sagte er, »der meint, dass sich Wein und Kuchen vertragen.« Er griff zu. »Dieser ist sehr gut. Zitrone?«

»Er neutralisiert die Säure«, sagte Blanche. »Und du kannst viel mehr trinken, wenn etwas da ist, was den Alkohol auffängt. Wein ist meiner Meinung nach bei einer richtigen Mahlzeit reine Verschwendung.«

»Und was hast du sonst so alles gemacht?«, fragte Bertie, während er sich bequem zurücklehnte und mit der Hand die Krümel von seinem Hemd fegte.

»Bertie«, sagte Blanche, »du siehst fürchterlich aus. Du musst dir die Haare schneiden lassen. Und dieses Hemd würde man selbst bei einem Jugendlichen zu auffallend finden. Du hast keinen Grund, dich gehen zu lassen. Für einen Mann in mittleren Jahren gehört es sich, dass er sich so vorteilhaft wie möglich zeigt.«

»Ja, das gehört sich für mich, nicht wahr? Lass dir sagen, Blanche, dass ich heute mehr als genug zu tun habe, auch ohne mich alle fünf Minuten im Spiegel zu begutachten.«

»Aber daran bin ich nicht schuld, nicht wahr? Übrigens, was hast du eigentlich so Anstrengendes zu tun? Was hast du zum Beispiel heute in Fulham getan, abgesehen davon, dass du dieses lächerliche Hemd angezogen hast und in dein Büro gefahren bist? Bist du in die Unterwelt hinabgestiegen und hast den Kerberos an einer dreifachen Kette heraufgeholt? Hast du die Stymphalischen Vögel abgeschossen? Hast du Hesione vor dem Meeresungeheuer gerettet? Hast du die fünfzig Töchter des Thespius geschwängert?«

»Bestimmt nicht«, sagte Bertie. »Hast du noch eine Flasche von diesem Wein?«

»Sofort. Ich dachte nur, Bertie, dass dein Leben, verglichen mit dem des Herakles, doch ziemlich leicht ist.«

»Aber warum sollte ich mein Leben mit dem des Herakles vergleichen?«

»Weil es beweist, dass man ungestraft morden kann und dafür noch bewundert wird.«

»Und du meinst, dass ich ungestraft einen Mord begangen habe?«, fragte Bertie und dachte: Das ist es. Das habe ich ungestraft getan, und vielleicht bin ich deshalb zurückgekommen. Auf eine solche Konfrontation hatte er sich lange vorbereitet, aber als sie nun da war, so spät am Abend, hatte er ganz vergessen, was er ihr hatte antworten wollen. All seine sorgfältig gewählten Argumente, die Mousie um viele vermehrt hatte, waren ihm einfach entfallen.

»Ich glaube, du hast nur getan, was die meisten Männer tun wollen und was viele Männer tatsächlich tun. Und ich gebe zu, dass dazu eine Portion Mut gehört. Du, Bertie, bist ein konventioneller Mann, und jeder Wirbel ist dir zuwider.«

Bertie, der mehr Wirbel erlebt hatte, als ihm lieb war, seufzte.

»Ich sehe ein«, bekannte Blanche mit geröteten Wangen, »dass ich als Frau meine Grenzen habe. Oder anders gesagt, ich bin eine Frau mit begrenzter Ausstrahlung. Ich glaube, ich habe mich sehr unter Kontrolle, und du hast mich einmal würdevoll genannt. Ich bin keine dieser herumalbernden, kichernden Frauen, die anscheinend so großen Eindruck auf Männer machen. Nur hatte ich geglaubt, du wärest zu intelligent, um so etwas aushalten zu können. Ich habe mich geirrt. Es war das, was du dir wünschtest. Vielleicht hast du mich überhaupt nie wirklich haben wollen.«

»Doch«, sagte Bertie. »Ich habe dich wirklich haben wollen.«

»Aber du hast mich verlassen.«

Bertie seufzte. »Ich wollte einen neuen Anfang. Das war alles. Ich wollte alles noch einmal erleben. Die Aufregung, die Ängste, auch den Aufruhr. Es war zum Lachen. Aber um die Wahrheit zu sagen, da wir schon einmal dabei sind, ich hatte nicht damit gerechnet, dich verlassen zu *müssen*. Es war Mousie, die …«

»Ach ja? Und du hattest nicht damit gerechnet? In deiner Hochstimmung?«

»Ich glaubte eigentlich, dass du dafür Verständnis haben würdest. Du hast mich doch immer verstanden.«

»Ich habe dir gerade erklärt, wie gut ich dich verstehe. Und vielleicht würde ich dir verziehen haben, wenn ich mich nicht so blamiert gefühlt hätte. Deine fürchterlichen Freunde, die das alles für einen großartigen Jux hielten und euch beide zusammen zum Dinner einluden! Von *denen* habe ich mich genauso scheiden lassen wie von dir. Ich fand, dass ich besser ohne diese Erinnerungen zurechtkäme.«

»Und war es so? Ich meine, kommst du so besser zurecht?«

»Nein«, sagte sie. »Nein, es stimmt nicht. Ich glaube, ich komme überhaupt nicht zurecht. Ich glaube, seitdem du mich verlassen hast, bin ich nur törichter geworden. Meine einzige Gesellschaft besteht aus tugendhaften Frauen oder irgendwelchen Versagern, die mir über den Weg laufen. Aus mir ist jemand geworden, von dem man ganz selbstverständlich annimmt, dass er sich damit beschäftigt, gute Werke zu tun. Nicht, dass ich etwas dagegen hätte. Aber manchmal habe ich das Gefühl, dass auch ein anderer sie tun könnte, wenn ich es nicht täte. Außerdem ist es so schrecklich, in eine leere Wohnung heimzukommen. Ich kann dir gar nicht sagen, wie schrecklich es ist. Natürlich gibt es alles Mögliche an Ablenkung und Unterhaltungen, die man mir ständig anpreist. Das ist immer die National Gallery«, sagte sie und putzte sich die Nase. »Irgendwie erwartet man von mir, dass ich allein zurechtkomme. Ich weiß nicht, woran das liegt. Von mir wird einfach erwartet, dass ich auch ohne Ferienreise oder Geburtstage oder Weihnachtsfeiern und all diese Dinge auskomme, die zu richtigen, dreidimensionalen Menschen gehören. Ja, man erwartet von mir, dass ich sie gar nicht erwarte.«

»Du könntest dich wieder verheiraten«, sagte er und beobachtete sie dabei scharf. »Wie ich von Barbara hörte, siehst du ab und zu Patrick Fox.«

»Patrick? Willst du mir sagen, ich sollte Patrick heiraten?«

»Er hat dich immer sehr bewundert.«

»Patrick? Wie kann ich Patrick heiraten, wenn ich noch immer dich liebe?«

Verblüfft sahen sie sich an.

»Bertie«, sagte Blanche. »Komm nicht wieder her. Es ist zu leicht für dich, bei mir hereinzuschauen und dann zu dem Schluss zu kommen, es ginge mir gut. Und für mich ist es leichter, wenn ich weiß, ich kann dich wieder sehen. Aber ich glaube nicht, dass du wiederkommen kannst, nicht nach heute Abend. Ich werde den Mut aufbringen müssen, nichts mehr von dir zu hören.«

»Und ich von dir?«

»Ich kann es nicht ändern«, sagte sie. »Wir müssen uns an die Vereinbarung halten. Wir brauchen nur ein bisschen Kraft.«

»Aber du hast mir gerade gesagt, dass ich nicht Herakles bin.«

»Du möchtest seinen Ruf gewiss nicht haben. Denke an dein zartes Gewissen.«

»Ich kann dir nicht Lebewohl sagen, Blanche.«

»Doch, du kannst es. Du hast es schon einmal getan.« Aber, dachte sie, erst das zweite Mal ist es tödlich.

Endlich schloss sie die Tür hinter ihm. Einen Augenblick stand sie da und blickte auf den zerkrümelten Kuchen, der ihm so gut geschmeckt hatte. Und ich habe vergessen, die zweite Flasche aufzumachen, dachte sie und setzte sich hin und weinte.

8

»Also, als sie mir sagte, dass sie mit ihrer Schwester nach Cornwall reisen wollte, habe ich keine Einwände gemacht.« Miss Elphinstone sprach von der Wohnzimmertür aus. In einer Hand hielt sie das Staubtuch, in der anderen einen silbernen Leuchter. »Ich hatte nicht die Absicht, mich mit ihr zu streiten. Ich gab ihr nur zu verstehen, dass sie von mir keinen Kommentar erwarten könne. Wenn ich etwas nicht richtig beurteilen kann, äußere ich mich nicht dazu.«

Blanche hörte halbherzig zu, obwohl sie so tat, als ob sie Miss Elphinstone ihre volle Aufmerksamkeit schenken würde. Wenn überhaupt jemals, dann war jetzt die Zeit gekommen, all ihre berühmten Kraftreserven aufzubieten. Der Sommer kam und enthüllte seine enttäuschende Seite all denen, die zu Hause geblieben waren. Jeden Morgen stieg die Sonne, in weißen Dunst gehüllt, über dem Garten auf und schwebte für den Rest des Tages irgendwo, bis sie plötzlich, etwa um fünf Uhr nachmittags, intensiv zu strahlen begann, sodass man es wagen konnte, an beständiges Wetter zu denken. Doch es blieb unbeständig, mit ungewöhnlich starkem Regen, den Blanche im Morgengrauen auf die Blätter im Garten prasseln hörte. Benommen vor

Müdigkeit und unfähig, einen Gedanken zu fassen, stand sie auf, bereit, einem neuen Tag entgegenzutreten, dessen Anforderungen nur zu wachsen schienen, statt dass sie mit der Gewohnheit verschwanden. Es kamen Postkarten von Freunden, die verreist waren. Barbara und Jack, die in ihr Sommerhaus ziehen wollten, gaben ihr telefonisch Anweisungen, wie sie während ihrer Abwesenheit die Katzen zu versorgen hätte. Von Bertie nahm sie an, dass er in Griechenland sei.

»Und was werden Sie in der Zeit, in der ich nicht da bin, machen, Blanche?«, fragte Miss Elphinstone. »Wohlgemerkt, es ist nur eine Woche. Gerade genug, um Ihnen Zeit zu lassen, mich zu vermissen. Habe ich recht?« Und sie bedachte Blanche mit einem gütig strahlenden Lächeln, bevor sie ihre lederne Reisetasche packte, das Urlaubsgeld sorgfältig in die Gummihandschuhe einwickelte und einen frisch gebackenen Kirschkuchen, Blanches Abschiedsgeschenk, oben auf die Tasche legte.

Es würde ein langweiliger Tag werden. Blanche meinte, sie müsse heute Sally anrufen, aber merkwürdigerweise hatte sie einen Widerwillen dagegen. Dieses kleine Abenteuer hatte seinen Lauf genommen, und vielleicht war Patrick am besten geeignet, es zu irgendeinem Abschluss zu bringen. Sie fühlte eine flüchtige Traurigkeit angesichts ihrer eigenen Unfähigkeit, behielt aber genügend gesunden Menschenverstand, um einzusehen, dass in dieser besonderen Situation die Komplikationen immer mehr werden würden. Sie glaubte, dass in Sallys Umgebung niemand rücksichtslos genug wäre, sie ernstlich mit den Problemen der Gegenwart zu konfrontieren. Übrigens war es jetzt nicht so wichtig, alle Aufmerksamkeit auf Sally zu richten, als vielmehr auf ihren mysteriösen Ehemann, nur dass Blanche durchaus nicht wünschte, ihn kennenzulernen. In Wirklichkeit habe ich nur Elinor kennenlernen wollen, dachte sie, ihre Eltern waren nur die unentbehrlichen Fußnoten, während Elinor die Hauptsache war. Jetzt glaube ich nicht mehr, dass ich sie wieder sehen werde. Voller Kummer dachte sie an das Kind.

Es war früher Nachmittag, als Miss Elphinstone sie verließ. Im Haus wie auch draußen auf der Straße herrschte Stille. Dann läutete das Telefon. »Hallo, Blanche«, sagte Sally herzlich, »wie geht es Ihnen?« Blanche murmelte, es gehe ihr gut. »Wir dachten gerade, ich meine Nellie und ich, ob Sie heute nicht zum Tee kommen wollen? Nellie hat solche Sehnsucht, Sie wieder zu sehen«, sagte Sally. In ihrer Stimme klang eine trügerische Fröhlichkeit, wie Blanche, unabhängig von den Worten der Einladung, heraushörte. Es war, als ob Sally irgendwie beunruhigt sei und diese Beunruhigung in diejenige Gemütsverfassung einfließen ließ, deren Ausdruck ihr am leichtesten fiel: Munterkeit. Gleichzeitig erkannte Blanche diese Munterkeit mit einer gewissen Angst. Das wohl bekannte Gefühl von Furcht stieg wieder in ihr auf. Sie hatte ihre Beziehung zu Sally als Verlust ihrer eigenen Kompetenz erfahren. Denn hinter dieser Munterkeit pflegten Anforderungen zu lauern, denen sie nachkommen sollte, bevor sie wusste, worin sie eigentlich bestanden. Obwohl Sally Blanche für ihre Zwecke als unzulänglich abgetan hatte, musste sie doch notgedrungen von ihren Diensten Gebrauch machen. Das war Blanche klar. Zum Teil rührte ihre Furcht von dem Gefühl her, unbarmherzig verfolgt zu werden, zum Teil aber auch von einem älteren Gefühl. Für einen Augenblick erlebte sie noch einmal den Traum, den sie kürzlich gehabt hatte und in dem sie, mit weißen Federn im Haar, in einem Ruderboot saß und sich in die Riemen legte, während ihre Mutter, im beigefarbenen Chiffonkleid, ihr amüsiert zusah. Das ist doch lächerlich, sagte sie sich; niemand verfolgt mich. Es ist sogar denkbar, dass ich mich selbst dazu hergebe, so wie ich mich für die kleinen Manöver meiner Mutter hergegeben habe – und das könnten die weißen Federn bedeuten. Aber sie wusste sehr wohl, dass sie diesen Traum gehabt hatte und dass er ihr jetzt einfiel, weil sie das Gefühl hatte, errettet werden zu müssen und nur durch die Gleichgültigkeit der anderen zum Rudersklaven verurteilt worden war.

Sie wusste, dass sie Sally ziemlich gleichgültig war. Denn sie war weder amüsant noch indiskret und auch nicht reich genug, als dass sie ernstlich eine Vertraute für Sally hätte werden können. Sally sah in ihr nur einen, allerdings weit vorgeschobenen, Vorposten der öffentlichen Fürsorge, und ganz zweifellos hatte sich diese Überzeugung in ihr festgesetzt, weil sie Blanche im Krankenhaus kennengelernt hatte. Wahrscheinlich hielt Sally auch die unter der Teekanne deponierten Spenden für eine Art amtliche Beihilfe angesichts ihrer misslichen Lage, ohne dass ihr je, nicht einmal im Traum, irgendwelche Zweifel daran gekommen wären. Sie hielt die seltsamen Brüche in ihrem Leben für Unfälle, für die der Einfluss des Saturn oder eines anderen Sternbildes verantwortlich war. Ihr ganzes Sinnen trachtete danach, diese Situation durchzustehen, ohne sich mit Verpflichtungen zu belasten, um eines Tages glatt und mit so wenig Schwierigkeiten wie möglich in eine glücklichere Epoche einzutreten. Blanche konnte schon jetzt sehen, dass Sally, wenn für sie einmal der Zeitpunkt gekommen wäre weiterzugehen, keine Spuren hinterlassen würde, so als wären ihre Fußstapfen in der Tat so schwerelos wie die der Nymphen oder Dryaden, denen sie so ähnlich war.

Mit dem Kind war das etwas anderes. Das Kind war erdgebunden. Schon beim ersten Mal, als sie sah, wie die Kleine ihren Kuchen auf dem Teller mit dem blanken Krankenhauslöffel herumschob, wusste Blanche, dass dieses Kind bereits Mühe und Leid erfahren hatte. Die Munterkeit der Mutter hatte den Ernst des kleinen Mädchens nur noch verstärkt. Blanche sah jetzt, dass der ärgerlichste Charakterzug bei Sally das Fehlen jeglichen Ernstes war, obwohl sie sich um ihre eigenen Aussichten natürlich durchaus sorgte. Elinor dagegen schien überhaupt keine Zukunftserwartungen zu haben, so als sei schon das bloße Heranwachsen zu schwer für sie und als habe man ihr mit ihren drei Jahren – oder etwas mehr – schwerere Lasten aufgebürdet, als ihre Mutter je würde tragen können. Und dieser Unterschied im Charakter, der zweifellos auf die Erbanlagen ihrer wirklichen Mutter zurückging, die aufgegeben hatte und gestorben war, brachte das Kind nun in einen unauflöslichen Widerspruch zu Sally, mit ihrer irreführenden Gewandtheit einer Frau, die alles Mögliche erreichen kann, der aber jede Innigkeit fehlt – jener Zug, der die Frau verrät, die Kinder liebt.

Den abwesenden Paul hatte Blanche längst als unbedeutend abgetan, als unbedeutender denn seine Frau. Sein jugendlich hübsches Aussehen, an das sie sich von seinem

Foto her erinnerte, hatte sich in ihrer Vorstellung zu einem Ausdruck des Bittens und eines verlegenen Zögerns verwandelt. Aus der Distanz konnte sie begreifen, was den Mann glaubhaft erscheinen ließ. Sie sah in den feucht glänzenden Augen den schönen jungen Romantiker, der sich in Sally verliebt, sie mit Geschenken überschüttet und mit einem luxuriösen Lebensstil hingerissen hatte, der aber auch allen Schwierigkeiten aus dem Weg gegangen war, indem er sein Töchterchen der Obhut seiner Mutter überlassen hatte. So hatte er sozusagen das Leben eines Staatenlosen geführt, ohne alle Verpflichtungen, bis er, vom Bankrott bedroht und gleichsam das Ganze als einen Scherz ansehend, eine Stellung bei diesem lächerlichen Amerikaner annahm, dem er ein Jahr lang seine Dienste zur Verfügung stellen wollte, bis er genügend Geld verdient hatte, um mit Sally wieder verschwinden zu können und ein ganz dem Vergnügen gewidmetes Leben zu führen. Dass dieses Vergnügen unsichtbar und unbestimmt blieb, sich in fremden Ländern und mit einer allgegenwärtigen Clique abspielen sollte, machte es nur noch unwirklicher, aber zugleich legendärer. Blanche hielt den Mann für nicht sehr interessant, seiner Frau unterlegen und zu immer verwegeneren oder ans Kriminelle grenzenden Unternehmungen bereit, um sich ihre Aufmerksamkeit zu sichern. Vielleicht hatte er auch bemerkt, dass sie ihre Aufmerksamkeit auch in eine andere Richtung schweifen ließ, und wahrscheinlich war er, unter der Maske jugendlichen Überschwangs, zutiefst verängstigt.

Blanche verließ das Haus und trat in den diesigen Sonnenschein, der sie wie ein funkelnder Schleier umgab und aus Sträuchern und Büschen, die bereits das dunklere Grün des Hochsommers annahmen, erdige Dämpfe aufsteigen ließ. Sie stellte sich vor, wie damals, während sie bescheiden auf einer Parkbank im Schatten einer staubigen Palme gesessen hatte, vielleicht Sally und ihre Clique gerade am späten Vormittag nach einer Party, die zweifellos bis zum Morgengrauen angedauert hatte, im Carlton oder Negresco oder Martinez oder wie das gerade bevorzugte Hotel des im Augenblick bevorzugten Kurorts hieß, erwachten. Meine Vergnügungen waren immer zu bescheiden, dachte Blanche, denn nur Unbescheidenheit und Anmaßung setzten sich durch. Da saß ich nun in diesen öffentlichen Anlagen, hielt das Gesicht in die Sonne und wusste, dass ich in einer Stunde ins Hotel zurückgehen und Bertie wiedersehen würde, und diesen Augenblick hielt ich für eine mehr als angemessene Entschädigung für den anstrengenden geselligen Abend, den ich im Restaurant mit seinen Freunden notgedrungen über mich ergehen lassen würde, immer bemüht, witzig zu sein. Und zweifellos bereiteten sich zur selben Stunde in einem ähnlichen Restaurant Sally und ihre Freunde auf eine weitere schlaflose Nacht vor. Nur empfanden sie, da sie jünger waren, die abendliche Vorstellung nicht als eine Anstrengung. Und wenn ich früh aufstand und über den noch unberührten Strand lief, verweilte ich vielleicht an jenem Platz, wo sich später Sally und ihre Freunde seufzend niederlassen würden. Sie ist der Typ von Frau, den die Männer bewundern. Was sie an Unterhaltung zu bieten hat, entspricht eher dem Geschmack der Männer als meine dürftigen Beiträge zum Zeitvertreib. Darum habe ich mit ihr niemals über meine Ferien im Süden gesprochen und gehe Betrachtungen aus dem Wege, bei denen sich mein Mitteilungsbedürfnis regen würde. Ich ziehe es vor, den Vergleich zu meiden.

Doch es war Blanche wohl bewusst, dass sie den Vergleich zwischen Sally und Mousie und zwischen Elinor und sich selbst bereits gezogen hatte. Sie betrachtete es weniger als einen Kampf zwischen Laster und Tugend – denn sie wies sich selbst bei alledem die geringere Rolle zu – als zwischen Effektivität und Nutzlosigkeit oder auch zwischen Vitalität und Trägheit. Und irgendwo in der Mitte zwischen diesen widerstreitenden Prinzipien sah sie den Mann, innerlich unbeteiligt, dabei leicht zu täuschen, flatterhaft und leichtsinnig. Sie begriff aber auch, dass ihre Besuche in der National Gallery, die sie vor schädlichem Selbstmitleid hatten bewahren sollen, diese Prinzipien erst in ihr Gesichtsfeld gerückt und zueinander in Gegensatz gebracht hatten. Einerseits hatte sie die Schöpfung nach dem Sündenfall gesehen mit ihren düsteren Abbildern – den bleichen Jungfrauen, den heiligen oder den unerwünschten Märtyrern –, andererseits die sorglosen mythologischen Exzesse derer, die nichts von jenem Brauchtum wussten oder zu wissen brauchten. Jetzt schien ihr, dass diese spöttisch lächelnden Gesichter sie an diesen Punkt ihres Lebens gebracht hatten und dass, nachdem sie Bertie noch einmal Lebewohl gesagt hatte, sie sich selbst derjenigen Ordnung überantwortet hatte, die sie ständig in Frage stellte. Gerade jetzt, in dem Augenblick, in dem sie diese kleine Straße hinunterging, die, so still in ihrem nachmittäglichen Frieden, wieder den vorstädtischen Charakter anzunehmen schien, den sie früher gehabt hatte, huldigte Bertie vielleicht dem Sonnengott, auf dieser Insel, wo ihn gewiss eine aufs Festefeiern eingestellte Clique erwartete. Blanche sah ein paar Schritte vor sich Mrs. Duff, diese Verkörperung himmlischer Tugenden wie Pflichterfüllung und Gehorsam, die stolz auf ihre legitimen hausfraulichen Pflichten war, von keinem subversiven Gedanken heimgesucht, eingesponnen ins eheliche Glück.

Ihre Begegnungen mit den Heiden (so nannte Blanche sie für sich, obwohl sie sehr wohl wusste, dass diese Bezeichnung eine Verzerrung war) hatten sie ihre jetzige Bescheidenheit gelehrt. Vorsichtig schritt sie die mit Baumreihen gesäumte Straße entlang, in grauen Sandalen, wieder mit einem Kuchen in ihrer Einkaufstasche. Sie war mit ihren Gedanken so weit weg, dass sie an ihrer Nachbarin mit einem zerstreuten Lächeln vorbeiging, und im Nachhinein sah sie, wie die zum Gruß bereiten Worte auf den Lippen von Mrs. Duff dahinwelkten. Als sie die Treppe zu Sallys Kellerwohnung hinabstieg, atmete sie noch einmal tief die staubige, vom Fluss feuchte Luft ein, bevor sie an der Tür läutete. Diese wurde auf der Stelle von Sally geöffnet, die ein langes, ärmelloses gelblich orangefarbenes Kleid trug, lose über den Hüften mit einem Gürtel zusammengehalten. Elinor, die neben ihr stand, zog sich, nachdem sie Blanche gesehen hatte, sofort in das Dunkel des Wohnzimmers zurück.

»Nellie!«, rief Sally lachend. »Komm sofort her! Du erinnerst dich doch an Mrs. Vernon, nicht wahr? Sie hat dir dieses hübsche Buch über die Eisenbahn geschenkt.«

Elinor blieb in der Mitte des Zimmers stehen und überlegte sich die Sache. Sie wirkte älter, größer und ein wenig verändert. Der Aufenthalt bei der Großmutter schien ihr bis dahin unerschütterliches Selbstvertrauen ins Wanken gebracht zu haben. Nach kurzem Zögern trat sie auf Sally zu und nahm deren Hand.

»Ich weiß nicht«, sagte Sally, noch immer lachend, »ich glaube, sie hat alles vergessen, was uns betrifft. Sie weiß nicht, wo sie ist. Sie kommt mir immer nach, und das hat sie früher nie getan.« Sie beugte sich zu dem Kind hinab und zwickte es sanft ins Kinn. »Ich glaube, sie hat Angst, ich könnte sie wieder wegschicken. Nicht, dass viel Hoffnung besteht, sie hier zu behalten«, fügte sie leise für Blanche hinzu. »Nicht bei dem, was uns im Augenblick bevorsteht.«

»Mein liebes Kind«, sagte Blanche, die sich ebenfalls zu dem Kind hinabgebeugt hatte und nun seinem zögernden, teilnahmslosen Blick begegnete, »ist es dir inzwischen gutgegangen?« Natürlich kam keine Antwort; hierin hatte sich nichts geändert. »Ist es schön, wieder daheim bei Sally zu sein?« Elinor wandte den Kopf ab, taub für dieses Stichwort. Als ihr Blick auf Blanches Einkaufstasche fiel, lief sie hinüber und schaute hinein. Sie entdeckte den Kuchen und richtete einen fragenden Blick auf Blanche. Auf ihr zustimmendes Kopfnicken hob sie den Kuchen vorsichtig heraus, legte ihn auf einen Stuhl und begann, das Wachspapier, in das er eingewickelt war, auseinanderzufalten. Ich habe vergessen, ihr ein Geschenk mitzubringen, dachte Blanche voller Bedauern. Offensichtlich hatte Elinor denselben Gedanken gehabt, denn kaum hatte sie den Kuchen ausgepackt, als sie ihn wegschob und aus dem Zimmer rannte.

»Elinor«, rief Blanche ihr nach und sagte dann, über die Abscheulichkeit ihrer eigenen Bemerkung errötend: »Irgendwo in meiner Geldbörse muss sich ein Goldstück versteckt haben. Ob du es wohl findest? Du kannst dir davon ein Geschenk kaufen, wenn Sally dich morgen zum Einkaufen mitnimmt.«

Langsam kam Elinor ins Zimmer zurück, nahm Blanches Handtasche, stülpte sie um, schob Brieftasche, Taschenkalender und ein Taschentuch beiseite und fand so die kleine Geldbörse, die Bertie vor langer Zeit in einem Antiquitätenladen für Blanche gekauft hatte. Sie untersuchte den Inhalt, und es dauerte nicht lange, da hatte sie sorgfältig fünf Goldmünzen auf eine Seite gelegt. Sally, die gerade mit der silbernen dänischen Teekanne hereinkam, bemerkte lachend: »Ganz wie ihr Vater.« Und sie fügte hinzu: »Sie ist schrecklich aufgeregt, weil Paul nach Hause kommt, nicht wahr? Wann werden wir Daddy sehen?«, fragte sie. Elinor ging zu dem Foto des Vaters und küsste es. Das Kind ist korrumpiert worden, dachte Blanche und schämte sich sogleich dieses unfreundlichen Gedankens.

Sie setzten sich und tranken dünnen Tee aus den mit Blumen gemusterten Teetassen. Elinor saß in ihrem kleinen Sessel, während der von Blanche mitgebrachte Kuchen, vergessen in seinem Papier, auf dem Sitz eines anderen Sessels lag.

»Haben Sie ihn schon gesehen?«, fragte Blanche.

»Nein.« Kein Schatten schien Sallys gute Stimmung zu trüben.

»Er ist noch immer im Dorchester-Hotel in Klausur mit den Demuths. Aber natürlich hat er angerufen.«

»Können Sie ihn nicht im Dorchester besuchen?«

»Ich kann doch Nellie nicht allein lassen. Und ich kann sie nicht mitnehmen, weil die Dinge, die wir zu besprechen haben, entschieden nicht für ihre Ohren bestimmt sind.« Sie lachte.

»Ich könnte mich um sie kümmern, wenn Sie wollen ...«

»Das ist reizend von Ihnen, aber das ist im Augenblick nicht das Problem. Was wir jetzt brauchen, das wäre jemand, der zu den Demuths geht und mit ihnen spricht. Der ihnen sagt, was für ein prächtiger junge Paul ist und dass er nie wieder unartig sein wird.«

Vorsichtig stellte Blanche ihre Teetasse auf die Untertasse.

»Und wer könnte das tun?«, fragte sie.

»Nun, Sie zum Beispiel, Blanche.«

»Das ist doch wohl nicht Ihr Ernst, Sally! Ich kenne Ihren Mann ja gar nicht.«

»Aber Sie kennen uns. Und Sie sind eine angesehene Dame. Nein, Nellie, du kannst dir nicht einfach den Kuchen nehmen. Er gehört Blanche.«

»Aber Sally, wie könnte ich denn mit den Demuths sprechen, die ich ebenso wenig kenne, und ihnen erklären, dass Paul ein Prachtjunge ist, wenn er, nach allem, was ich so höre, und um mit Ihren Worten zu sprechen, unartig war?«

»Schon gut«, sagte Sally leichthin, »es war nur so ein Gedanke. Reden wir nicht mehr davon. Wir müssen uns etwas ausdenken.« Während sie das Kind auf ihre Knie setzte, sagte sie: »Habe ich Ihnen schon einmal von der Zeit erzählt, als uns in Cannes das Geld ausging? Was für ein Drama das war!« Und nun kam sie wieder, die unerschöpfliche Geschichte von Sallys Erlebnissen in Südfrankreich, vervollständigt und abgerundet mit erinnerungsseligem Gelächter und nur unterbrochen durch Küsse für Elinor, die entspannt in den Armen der Mutter ruhte, den Blick gleichgültig auf Blanche gerichtet und ein Händchen auf Sallys gelblich orangefarben umhülltem Knie. »Nur waren damals Freunde da, die für uns bürgten. Sonst säßen wir noch heute dort. Nicht wahr?«, fragte sie Elinor, und wider Erwarten lächelte das Kind.

Das ist Folter, dachte Blanche, Folter durch unendliche Wiederholung. Sie wird mir jetzt alles über ihre Reisen und Partys erzählen und wie viel Spaß sie gehabt hat vor dem Missgeschick, hierher verschlagen worden zu sein – so lange, bis ich sie um Gnade bitte. Sie wird das fortsetzen, bis ich einwillige, diese Demuths aufzusuchen. Sie hält das für eine Belanglosigkeit, für eine Besorgung von der Art, für die langweilige Leute wie ich gut zu benutzen sind. Bis ich mich endlich dazu bereit erkläre, wird sie mich weiter mit diesem so geschickt als Konversation getarnten Selbstgespräch bearbeiten. Vielleicht ist sie wirklich sehr unglücklich, und all dieses Geschwätz ist eine Art geistigen Orientierungsverlusts, eine pathologische Flucht aus der Gegenwart. Doch als sie Sally, mit frischem Gesicht und entspannt in ihrem modischen Gewand, ansah, fiel es ihr schwer, an eine solche Möglichkeit zu glauben. Weit Besorgnis erregender als Sally, deren zur Schau gestellte Sorglosigkeit am Ende sogar erschreckenderweise echt war, weit beunruhigender war die Trägheit des Kindes, dieser neue Gehorsam, diese Ermattung. Auch jetzt fielen ihr die Augen vor Müdigkeit zu. Hier war eine Reaktion, die sie verstehen konnte, dachte Blanche, diese fürchterliche Schläfrigkeit, die mit dem Kummer kommt, der tiefe Schlaf, der einen ganz plötzlich übermannt und aus dem man mit trockenem Mund und wie zerschlagen aufwacht und sich fragt, was für ein Tag heute sei. Aber Sally war gegenüber den Schwierigkeiten dieser Situation völlig gleichgültig, ja, sie schien aus ihnen sogar neue Kräfte gezogen zu haben, wohl in Erinnerung an so manche frühere, glücklich überstandene Gefahr. Dank welcher Mittel konnte Blanche natürlich nicht wissen – Sally war vielleicht dieser selten vorkommende Fall einer kriminellen Persönlichkeit. Sie mochte in diesen aufregenden Situationen aufblühen, in denen man noch einmal davongekommen, auf unrechte Weise zu Geld gekommen, die Flucht in die Freiheit geglückt war und alle möglichen Abenteuer des Entkommens bestanden waren. Schwerelos wie die Figuren der Mythologie. Und wie diese ohne Skrupel.

»Sally«, sagte sie. »Sie sehen doch ein, nicht wahr, dass ich unmöglich mit den Demuths sprechen kann. Wie schon gesagt, ich kenne sie nicht, so wenig wie ich Paul kenne, und ich habe nach allem den Eindruck, dass er sich ein bisschen töricht benommen hat. Und das ist, meine ich, etwas, was er selbst wieder in Ordnung bringen muss.«

Sally zuckte die Achseln. »Ich dachte nur, das wäre etwas, was Sie gut können. Schließlich war Ihr Mann doch Diplomat?«

Blanche blickte sie erstaunt an. »Wie sind Sie nur auf diese Idee gekommen? Mein Mann ist Grundstücksmakler.«

»Warum haben Sie das nie gesagt?«

»Ich hielt es nicht für wichtig«, sagte Blanche bescheiden.

Sally lachte schallend und weckte damit Elinor aus ihrem Halbschlaf auf.

»Und ich hatte mir immer eingebildet, Sie wären etwas furchtbar Feines«, sagte sie.

Blanche sagte sich, dass diese junge Frau einfach taktlos sei. Aber sie war wirklich gekränkt – nicht wegen des Missverständnisses, sondern wegen Sallys völligem Mangel an Neugier. Wie konnte Sally so etwas glauben, wenn sie nicht einmal wusste, ob es wahr war? Wie konnte sie einen Umstand gegebenenfalls als für sich nützlich veranschlagen, wenn er sich auf nichts weiter stützte als auf einen vagen Eindruck? Etwas furchtbar Feines! Nicht, dass sie das wirklich angenommen hatte. Was sie zu sehen glaubte, war die Macht des Geldes. Sie hatte gedacht, dass nicht allein das Geld helfen könne, sondern ebenso gut die Macht. Aber all das waren Hirngespinste.

»Trotzdem«, fuhr Sally fort, »bin ich überzeugt, dass Sie für die Demuths fein genug sind. Sie kennen die Unterschiede nicht so genau.«

»Aber ich«, sagte Blanche mit geröteten Wangen. »Ich glaube nicht, dass die Demuths mein Problem sind. Wenn Paul etwas angerichtet hat, dann meine ich, dass es an ihm ist, das wieder gutzumachen.«

»Es sähe nur besser aus, wenn jemand für ihn spräche. Ich hatte immer den Eindruck, dass Sie uns recht gern mögen, das ist alles. Ich glaubte, Sie kämen gern her.«

Blanche sah sich in dem Zimmer um, sah ihren unerwünschten Kuchen auf einem Stuhl, sah Elinors schläfrigen Blick und ihre Hand, die auf Sallys Knie ruhte, und sie sah ihre Gleichgültigkeit.

»Sie wissen, dass ich Sie beide gern habe«, sagte sie. »Aber was für ein Argument könnte ich bei den Demuths zugunsten von Paul anführen? Sie kennen ihn schließlich, und nicht ich. Es wäre unehrlich ...«

»Unehrlich!«, sagte Sally. »Ich dachte, Sie täten es vielleicht für Nellie.«

»Warum tun Sie es nicht für sie?«, fragte Blanche.

»Auf jemand wie Sie würden die Demuths mehr hören«, sagte Sally. »Jemand, der älter ist«, fügte sie hinzu.

Ein kurzes Schweigen folgte. Tu es jetzt, dachte Blanche. »Ich glaube nicht, dass ich Ihnen helfen kann«, sagte sie entschieden. »Wenn Sie den Rat eines Älteren brauchen, sollten Sie eher daran denken, Patrick zu fragen. Obwohl ich, wie ich ihn kenne, überzeugt bin, dass er sagen wird, das sei Pauls Sache.«

»Was Patrick anbelangt, so besteht die Schwierigkeit darin, dass er nicht hineingezogen werden will. Ich meine das natürlich ganz allgemein. Wegen dieser Angelegenheit habe ich ihn nicht gefragt. Aber so viel sehe ich, dass er zu diesen verängstigten, gehemmten Männern gehört, die einen sexuellen Komplex haben.«

»Hier handelt es sich nicht um Sex«, bemerkte Blanche.

»Nein, ich spreche nur ganz allgemein. Er ist vom Sex fasziniert, und er läuft eine Meile weit weg, wenn er ihn kommen sieht. Nein, Patrick hat selbst seine Probleme. Übrigens sagte er, dass er vielleicht heute Abend hereinschauen würde.«

Sallys Gesicht zog sich wieder in die Länge, was ihr einen Ausdruck von Widerwillen und Erschöpfung gab. Elinor schlief fest. Blanche schien es, als ob die beiden in dieser selbstvergessenen Pose verharren könnten, bis sie erlöst würden. Auf dem Kuchen hatte sich eine Fliege niedergelassen.

»Vielleicht können Sie dann mit ihm über die Angelegenheit sprechen«, sagte sie und erhob sich.

Eine Atmosphäre von Verlassenheit senkte sich über den Raum, der dem Schloss Dornröschens zu ähneln begann. Sally und Elinor, unbeweglich in ihren Posen, schienen Blanche für immer zu ignorieren. Gebrauchtes Geschirr, Elinors kleiner Stapel von Münzen, der verschmähte Kuchen – alles sprach stumm von der Vergeblichkeit aller kleinen Listen und Tricks. Von der Tür aus blickte Blanche noch einmal zurück. Sally legte das schlafende Kind in ihren Schoß und hob den freien Arm, um ihr müde einen Abschiedsgruß zuzuwinken.

»Es geht nicht«, sagte sich Blanche, als sie grimmig auf dem Straßenpflaster dahinschritt, auf dem der Staub durch den regelmäßig um fünf Uhr einsetzenden Sonnenschein sichtbar wurde. Sie fügte für sich hinzu: Es muss etwas geschehen. Ich kann nicht einfach im Dorchester-Hotel auftauchen und vor diesen Fremden eine feurige Verteidigungsrede zugunsten der Witwen und Waisen im Stil des neunzehnten Jahrhunderts halten. Patrick wird es tun müssen, und vielleicht wird ihm das helfen, seine Hemmungen zu überwinden. Vielleicht ist das das Rezept für sein Leiden. Wo sind nur all die Sozialarbeiter, jetzt, wo sie gebraucht werden? Es kann doch nicht möglich sein, dass ich der einzige Mensch auf der Welt bin, der fähig ist, diese Tat zu vollbringen, eine Tat, die übrigens ebenso unaufrichtig wie fragwürdig ist, was ihren Erfolg angeht. Ausgerechnet im Dorchester. An einen Mann appellieren, der so unnahbar ist, dass er jemanden anstellen muss, der für ihn das Reden erledigt. Was ungefähr dasselbe ist, was Sally mit mir getan hat. Ferner Mrs. Demuth bitten, den beschlagnahmten Rotfuchs herauszurücken. Mich lächerlich machen, um einer anderen Frau zu ihrem Pelzmantel zu verhelfen! Aber ich bin selbst schuld. Habe ich wirklich geglaubt, sie wäre mit mir nur wegen meiner langweiligen Gesellschaft zusammen? War ich wirklich ganz unschuldig, wenn ich ihre Gesellschaft suchte? Aber ich muss leider annehmen, dass ich sie tatsächlich bewundere. Auf ihre Art ist sie bewunderungswürdig. Sie ist nicht einmal eine schlechte Mutter – wenn man sieht, wie Elinor heute an ihr hing. All mein absurdes Sinnieren, diese Einteilung der Menschen in zwei Kategorien und mein Verlangen, mehr über diejenige Kategorie zu erfahren, von der ich ausgeschlossen bin, haben mich beinahe verrückt gemacht. Und Elinors Hände waren schmutzig. Aber sie ist ein kleines Mädchen, das von alledem nichts versteht und das trotzdem Bescheid weiß.

»Patrick«, sagte sie in den Apparat, »wie ich höre, gehen Sie heute Abend auf einen Sprung zu Sally. Ob Sie wohl hinterher bei mir vorbeikommen könnten? Ich kann Ihnen ein Omelett machen. Wir müssen uns zusammensetzen. Es muss etwas geschehen.«

Und sie hat geglaubt, mein Mann wäre Diplomat und ich wäre an irgendwelche huldvollen Zeremonien an seiner Seite zur Beschwichtigung der Eingeborenen gewöhnt. Als ob ich das nicht auch selbständig tun könnte, dachte sie, während sie die Wasserhähne für ihr Bad aufdrehte.

Abgesehen von allem anderen, dachte sie, habe ich mich für sie interessiert. Sie haben eine große Faszination auf mich ausgeübt. Es war eine Art Anschauungsunterricht. Und was hätte ich sonst mit meiner freien Zeit angefangen? Ich habe sie studiert wie einen Lehrstoff, der mir aufgegeben ist. Nachdem ich sie bereits so ausführlich erforscht habe, kann ich jetzt nicht gut aufgeben, kann ich nicht die Geschichte aus den Augen verlieren, bevor sie zu Ende ist. Aber ich meine schon, Patrick sollte etwas tun. Das ist eher eine Aufgabe für einen Mann. Was man auch sagt, wir leben immer noch in einer Männergesellschaft. Und wenn die Demuths wirklich so gemein sind, musste dann nicht ein Mann mehr Eindruck auf sie machen?

Sorgfältig bürstete sie ihr Haar und zog denn ein dunkelblaues, langes Leinenkleid an. Sie nahm aus dem Kühlschrank eine Flasche Sauternes, schenkte sich ein Glas ein und beglückwünschte sich dazu, die Situation gemeistert zu haben. Jetzt wollte sie ein ernstes Wort mit Patrick sprechen und, wenn es sein musste, ihn ins Dorchester begleiten. Es würde ihr Gewissen beruhigen, und zugleich blieben Ehre und Würde gewahrt. Das intensive Blau des Himmels, den sie durch das Fenster sah, verblasste allmählich zu einem Weiß, das man wohl als einen Ersatz für die Abenddämmerung nehmen durfte. Bei ihrem zweiten Glas sah sie dem Abend bereits mit freudiger Erwartung entgegen.

Als Patrick kam, war seine Miene wie gewöhnlich ernst, wenn auch seine Wangen leicht, ganz leicht gerötet waren. Er setzte sich und wies den Wein zurück.

»Einen Augenblick, Patrick«, sagte Blanche. »Ich mache Ihnen jetzt ein Omelett, ein bisschen Salat, ein Butterbrot und eine Stachelbeercreme. Genügt das?«

»Das ist sehr lieb von Ihnen, Blanche.«

»Es ist nur ein Omelett, Patrick.«

»Eigentlich habe ich keinen Hunger. Sally hat mir eine Tasse Tee gemacht und mir einen Kuchen serviert, der recht gut war.«

Blanche schenkte sich das leere Glas wieder voll.

»Patrick, ich wollte Sie wegen Sally sprechen. Es muss etwas geschehen.«

»Sie hat es mir gesagt.«

»Ihnen was gesagt?«

»Dass Sie ihr dieses liebenswürdige Angebot gemacht haben.«

»Ich ein Angebot?«

»Mit den Demuths zu sprechen.«

Blanche sah ihn an.

»Das alles ist natürlich ganz konventionell, aber vielleicht hilft es.«

»Patrick«, sagte Blanche langsam, »was ich vorgeschlagen habe oder glaube, vorgeschlagen zu haben, war, dass *Sie* mit den Demuths sprechen sollten.«

»O nein! Das kommt nicht in Frage. In meiner Position könnte ich etwas Derartiges gar nicht tun. Außerdem wäre es sehr töricht.«

»Warum wäre es für Sie törichter als für mich? Weder Sie noch ich kennen diese Leute. Und sie kennen uns nicht. Und Sie werden auch keine Referenzen über uns einholen.«

»Blanche, ich muss Ihnen sagen, ich habe die ganze Angelegenheit mit meiner Analytikerin besprochen und ...«

»Mit Ihrer Analytikerin?«

»Ja, ich bin zweimal wöchentlich bei ihr. Sie meint, dass ich meine Gefühle für Sally allein aufarbeiten muss. Oder mit ihr zusammen.«

»Wie praktisch für Sie! Und was sind, wenn ich fragen darf, Ihre Gefühle für Sally?«

»Ich würde es keinem andern sagen, Blanche, aber in Ihnen sehe ich eine alte Freundin. Ich bin«, und hier machte er eine bedeutsame Pause, »emotional beteiligt.«

»Sie wollen sagen, Sie sind in sie verliebt.«

»So unkompliziert verhält es sich nun ganz und gar nicht. Wir leben in verschiedenen Welten. Und sie ist eine verheiratete Frau. Nein, es ist mehr so etwas wie«, er machte wieder eine kleine Pause, »wie eine emotionale Anziehung.«

»Kommen Sie zur Sache, Patrick.«

»Es ist einfach so, dass sie zu einer anderen Welt gehört. Das amüsante Leben, dass sie geführt hat.« Er bekam einen versonnen-sehnsüchtigen Blick. »All diese Partys. Ich meine, sie ist nicht für die raue Wirklichkeit geschaffen, die wir, Sie und ich, zu bestehen haben.«

»Patrick, das Leben ist kein Nachtklub.«

Er überhörte ihre Bemerkung. »Ich weiß nur eins, dass es mein ausgesprochener Wunsch ist, ihr das alles zu ersparen. Ich glaube, hier liegt meine Pflicht.«

»Aber Ihre Analytikerin sagt doch, dass Sie nichts in der Sache tun sollen.«

»Ganz entschieden. Sie ist da sehr bestimmt. Mein ganzes emotionales Gleichgewicht steht auf dem Spiel.«

»Und mein emotionales Gleichgewicht?«

Er sah sie an. »Warum sollte das auf dem Spiel stehen? Sie sind nur die Beobachterin, die Zuschauerin. Ich weiß doch, wie Sie sind. Sie können sehr kühl sein, das wissen Sie selbst auch.«

Da hat er also mit seiner Analytikerin auch über mich diskutiert, dachte Blanche. Ich wüsste gern, ob sein emotionales Gleichgewicht auch damals in Gefahr war. Bei genauerer Überlegung glaubte sie, die Frage verneinen zu dürfen.

»Und wann soll ich nach Ihrem Ratschluss diese Heldentat vollbringen?«, fragte sie, als sie ihm auf einem Tablett ein perfektes, mit einem Petersilienzweiglein gekröntes Omelett auf die Knie setzte.

»Also, an diesem Wochenende sind sie nicht da. Anscheinend will Demuth ein Haus auf dem Lande kaufen, und Paul fährt sie herum. Aber wenn Sie telefonieren würden, ginge es vielleicht am Montag?«

Blanche lachte. »Ich hätte auch gern eine Analytikerin, die mir verbieten würde, derartige Dinge zu tun«, sagte sie. »Ist sie sehr teuer? Ich habe den Eindruck, sie ist jeden Penny wert, den Sie für sie ausgeben. Übrigens, wovon lebt eigentlich Sally? Nein, sagen Sie es mir nicht. Sie ist wie Danae mit dem Goldregen. Das Geld fällt vom Himmel herab.«

»Ihr Omelett ist großartig, Blanche«, sagte Patrick in etwas matterem Ton.

Blanche schenkte ihm einen freundlichen Blick. »Und wem habe ich Bericht zu erstatten, Sally oder Ihnen?«

»Selbstverständlich Sally. Mein Platz ist im Hintergrund.«

»Wie Sie wünschen, Patrick. – Kaffee?«

9

Plötzlich, über Nacht, wurde es heiß und schwül. Blanche erwachte morgens mit einem prickelnden Hitzegefühl, als das durch die vorhanglosen Fenster fallende Morgenlicht ihren Augen wehtat. Es waren die Hundstage. Da alle Welt verreist oder, wie Patrick, aus Taktgefühl abwesend war, gab es für sie keinen Anreiz, sorgfältig gekleidet und mit artigem Lächeln in die Stadt zu gehen. Die Besuche in der National Gallery hatte sie ebenfalls vorübergehend eingestellt. Wenn sie sich langsam durch ihr Wohnzimmer bewegte, wünschte sie beinahe, es wäre wieder Winter. Im Winter wusste man, woran man war. Man konnte sich strikt an eine bestimmte Lebensweise halten, und man durfte sich darauf verlassen, dass Leibesübungen und Diät ihre bestmögliche Wirkung taten. Dieser Sommer – so anders als die Sommer, die sie in der Erinnerung bewahrte – war merkwürdig enervierend, geradezu unangenehm durch ein grelles und doch verschwommenes Licht, das ständig da war. Jeden Morgen ließ das Geräusch des letzten startenden Wagens ein Echo zurück, das im Leeren erstarb, und jeden Abend wurde die Luft dunstig, die Vögel verstummten, und es schien, als müsse gleich ein befreiendes Gewitter losbrechen. Jeden Morgen, wenn Blanche ausging, um sich ihre Zeitung zu kaufen, gab es eine Stunde trügerischer Frische, und wenn sie am Spätnachmittag ausging, um sich ihr immer unvollständigeres Abendessen einzukaufen, pflegten die Leute im Laden zu sagen: »Wir brauchen einen ordentlichen Regenguss, der die Luft reinigt.« Aber aus irgendeinem Grund kam der Regenguss nie, und die Luft blieb stickig.

Nichts lockte Blanche aus ihrer Wohnung heraus. Kein Anruf unterbrach die Stille. Zuzeiten hatte sie das Gefühl, die Sprache verloren zu haben, verstummt zu sein im Wissen, dass anderswo das Leben weiterging. Als sie in dem dämmerigen Zimmer saß, die Vorhänge gegen die Nachmittagssonne zugezogen, umgeben von aufgeschlagenen und beiseite gelegten Büchern, nahmen die Bilder in ihrer Phantasie eine solche Leuchtkraft an, dass sie für sie zu genauen Abbildern der Wirklichkeit wurden. Sie dachte an die Welt der Vergnügungsreisen, zu der die anderen zugelassen waren und von der sie jetzt allem Anschein nach ausgeschlossen war, und sie sah, wie alle Menschen, die sie einmal geliebt hatte, von einem strahlenden Nimbus umgeben, ihr zulächelten wie auf einem Foto. »Warum bist du nicht bei uns, Blanche?«, schienen sie zu fragen. »Natürlich sind wir außer Reichweite und können keine Einladungen verschicken. Du musst nur versuchen, dir eine Vorstellung von uns zu machen. Alle sind hier. Wir können dir ab und zu eine Postkarte schicken, und wir werden dir alles erzählen, wenn wir wieder zurück sind. Wir werden allerdings anders aussehen, als du uns in Erinnerung hast, jünger, braun gebrannt. Wir werden dann so gut in Form sein, dass du im Vergleich zu uns ausnehmend blass aussehen wirst, viel blasser, als du selber denkst. Das wirst du sehen, wenn wir dir unsere Aufnahmen zeigen. Und was hast du so gemacht? Irgendetwas Interessantes? Leute gesehen? Du brauchst unbedingt Erholung. Warum planst du nicht etwas? Raff dich auf und gib dir etwas Mühe!« Aber die Mühen, die sie für gewöhnlich auf sich nahm, waren nicht vergleichbar mit denen, die die anderen von ihr erwarteten. Und sie war zu stolz, es ihnen zu sagen.

Irgendwo in dieser geschäftigen und sich dennoch leerenden Stadt gab es die Demuths, die sie treffen musste. Aus irgendeinem Grunde stellte Blanche sie sich als ein monströses Paar vor, dick und schlecht gelaunt, lästig wie Kinder, unfähig zu logischem Denken, misstrauisch und uninteressant – die Sorte Leute, denen man lieber aus dem Weg geht. Sie malte sich aus, dass sie in Geld schwämmen, jedoch geizig seien, durch ihre Unbildung behindert, gereizt und nörgelnd. Sie sah sie als feiste Kapitalisten, Schieber und Kriegsgewinnler, mit geschmacklosem Schmuck behangen. Auf irgendeine Weise musste sie diese Leute gegen ihren Willen, gegen besseres Wissen und gegen ihr, Blanches, besseres Wissen, überreden, nicht auf die Dienste ihres unzuverlässigen Faktotums zu verzichten, auf das sie offenbar angewiesen waren, um die zivilisatorischen Wohltaten zu genießen, die man für Geld haben kann. Sally hatte natürlich keine andere Information über sie gegeben, als dass sie reich und unfair seien. Blanche hatte nicht beachtet, dass dies eine recht kindische Ansicht war, obgleich sie selbst sich die Demuths noch korrupter, noch schwieriger und vor allem feindseliger vorstellte. Sie würde ihre ganze Geschicklichkeit brauchen, um den überzeugenden und rachsüchtigen Argumenten der Demuths etwas entgegenzuhalten. Dabei fühlte sie sich wie gewichtlos, ohne Substanz, ohne genügend Persönlichkeit, um sich selbst zu rechtfertigen, geschweige denn einen anderen. Ein paar Tage hatte sie den Anruf immer wieder aufgeschoben, bis sie, ärgerlich über ihre Untätigkeit, schließlich die Nummer wählte. Ihr Anruf wurde sogleich zur Suite der Demuths durchgestellt. Eine helle, angenehme Stimme mit leicht künstlichem Akzent meldete sich. Blanche nahm an, dass es die Stimme Pauls sei. Sie vermutete, dass Mr. und Mrs. Demuth kurzatmig in üppig gepolsterten Sesseln saßen, während ihr geschmeidiger Assistent alles tat, was Bewegung oder Energieaufwand erforderte. Sie vereinbarten, dass Blanche am selben Abend um sechs Uhr ins Hotel kommen solle.

Als sie ihr Haus, genauer das gegen die Sonne abgeschirmte Zimmer, verließ, in dem sie so lange gesessen hatte, war die Hitze draußen drückend. Sie spürte am Rande ihres Gesichtsfeldes ein gelbliches, nicht ganz geheures Licht, obwohl sie die Augen fest auf die nicht mehr verträumte Straße gerichtet hielt. Nach so vielen Tagen der Abgeschiedenheit wurde die Bushaltestelle zum Abenteuer, und das lange Warten gab ihr ein Gefühl, als ob alle Welt verreist sei und die Demuths von ihr nur durch das Stocken eines durch Entvölkerung sinnlos gewordenen Verkehrs getrennt seien. Die Ankunft des Busses kam ihr vor wie eine Sensation, und als sie endlich saß, fühlte sie heftiges Herzklopfen. In der ungewohnten Hitze wurde ihr alle Kleidung zur Last. In Knightsbridge tummelte sich ein Schwarm von Touristen vor Harrods, und ein Pressluftbohrer gab hartnäckige und durchdringende Geräusche von sich. Offensichtlich waren alle Leute hier zu finden. Sie hatte vergessen, dass es noch Menschen gab, die arbeiteten. Sie standen auf ihrem Weg nach Hause an den Bushaltestellen, mit entspannten, geduldigen Gesichtern, ihre Taschen neben sich auf dem Boden. Sie beneidete diese von der Arbeit ermüdeten Frauen und jungen Mädchen um ihren Lebenszusammenhang, um das Heim, dem sie jetzt erschöpft zustrebten. Der Kontrast zwischen ihrem stillen und abgelegenen Viertel und dem lärmenden Zentrum war krass, war überwältigend. Sie freute sich schon auf das Nachhausekommen, auf ihr bescheidenes abendliches Ritual, mit dem sie in diesen Tagen immer früher begann. Manchmal ging sie noch bei Tageslicht zu Bett. Das aufregende gelblich grelle Licht gab ihr ein Gefühl der Bedrohung, nicht weniger als das Verkehrsgedränge auf der Park Lane. Sie setzte ihr liebenswürdigstes Lächeln auf und bedauerte nur, dass sie nicht, bevor sie die Wohnung verließ, einen Schluck getrunken hatte.

In der Halle des Hotels Dorchester standen allenthalben Schalen mit prächtigen Blumen, überflutet von künstlichem Licht, welches das Tageslicht zu verdoppeln schien. Im geräuschlos gleitenden Lift fühlte Blanche den beängstigenden Mangel an Luft. Eine gewisse Panik überfiel sie bei dem Gedanken an all das, was sie noch zu vollbringen hatte, bevor sie wieder sicher zu Hause sein konnte. Ich bin zu lange allein gewesen, dachte sie, das hat an meiner Kraft gezehrt. Der Impuls, kehrtzumachen und vor dieser Aufgabe zu fliehen, die sie, streng genommen, gar nichts anging, begann in ihr zum Entschluss zu reifen. Aber noch bevor sie ihre Hand nach dem Knopf ausstrecken konnte, der den Lift wieder nach unten befördern würde, glitt die Tür zurück, und Paul stand vor ihr.

Jedenfalls nahm sie an, dass es Paul sei. Sein Lächeln war

sonnig und hieß sie willkommen, die Hand war ausgestreckt. Er war breitschultriger, größer und robuster, als sie erwartet hatte. Er war auch älter, ein Mann von ungefähr sechsunddreißig Jahren, gut frisiert, im hellen Safarianzug. Er sah weder wie ein Angestellter noch wie ein Ehemann aus. Er wirkte wie nur vorübergehend anwesend, so wie eine Bühnenfigur. Vielleicht hing es mit seinem Lächeln zusammen, dachte Blanche, mit diesem strahlenden Lächeln und dem schräg gehaltenen Kopf. Er schien bei bester Gesundheit und gänzlich unbekümmert zu sein. Aber sein Lächeln mit dieser Andeutung von kindlicher, unreifer Gutmütigkeit und diesem ungehemmten Wunsch zu gefallen, begann sie ebenso zu beunruhigen wie seine ein wenig schiefe Kopfhaltung. Es war der gleiche Winkel, den van Gogh in seinem aufwühlenden Porträt eines Schauspielers festgehalten hatte; jenem Mann, der mit seinem dichten Haar, seinen buschigen Brauen und dem abgespannt schräg gehaltenen Kopf einen Eindruck von Wahnsinn vermittelte. Aber Paul war offensichtlich nicht wahnsinnig, oder, wenn er es war, war es jeder andere auch. Es war einfach schon sehr lange her, dass jemand sie mit solch religiösem Eifer angelächelt hatte. Als er sich umwandte, um die Tür zur Suite zu öffnen, bemerkte sie, dass er sehr teure Schuhe trug.

Das Wohnzimmer, in das er sie führte, war hell, luxuriös ausgestattet, reich mit Blumen geschmückt und nicht ganz stilecht: Die Ähnlichkeit mit einem Bühnenbild, auf dem Schauspieler agierten, verstärkte sich ebenso wie ihre Klaustrophobie. Als Mrs. Demuth, formvollendet höflich, fast auf der Stelle erschien, schien es wieder so, als habe jemand die Mime betreten.

»Mrs. Vernon?«, fragte sie, mit singender, kindlicher Stimme. »Nehmen Sie bitte Platz. Mein Mann telefoniert gerade, aber er wird sicher gleich hier sein.«

Auf den ersten Blick schien Mrs. Demuth von nervöser Zerstreutheit und etwas gezwungen wirkender Weltläufigkeit zu sein. Sie war eine hoch gewachsene Frau von rundlichen Formen, mit einem blutroten, unzufriedenen Mund und fragenden Augen. Ihr grünseidener Kaftan brachte einen grünlichen Schein in ihr unwahrscheinlich blondes Haar und auf ihren üppigen goldenen Schmuck. Wenigstens in diesem Punkt hatte Blanche recht gehabt. Alles andere an Mrs. Demuth verblüffte sie. Es war etwas Ungekünsteltes, Unschuldiges an dieser Frau, das sie nicht erwartet hatte. Mrs. Demuth wirkte schutzbedürftig, als sei sie auf irgendeine verborgene Weise behindert, obschon ihre Haltung aufrecht und ihr Blick fest war. Ihre kindliche Unbefangenheit zeigte sich an den goldenen Kindersandalen, den kleinen Händen, dem Duft von Parfüm, den ihre Bewegungen verbreiteten, dem Taschentuch mit der breiten Spitzenborte, mit dem sie sich ab und zu das Kinn betupfte. Für Blanche war es klar, dass diese zum Müßiggang erzogene Frau ihres Geldes wegen geheiratet und seitdem gedemütigt worden war. Wie gewisse Leute, die ihren Gläubigern nie verzeihen können, hatte Mr. Demuth seiner Frau nie verziehen, dass sie die einzige verfügbare Frau gewesen war, die ihm in einem schwierigen Augenblick seines früheren Lebens aus der Klemme geholfen hatte. In dem Maße, in dem seine Geschäfte seither florierten, war sie ihm lästig geworden. Müßig und arglos, schien Mrs. Demuth ihr Unglück nicht zu begreifen. Blanche meinte sie zu sehen, wie sie, verlassen von ihren weniger zart fühlenden Freundinnen, die nur die Gesellschaft ihres Mannes zu schätzen wussten, nachdenklich naschend in ihrem einsamen Salon saß. Die Armbänder an ihren rundlichen Babyhandgelenken wirkten schwer und gewaltig.

»Es ist sehr lieb von Ihnen, dass Sie gekommen sind«, sagte sie. Sie hatte einen leichten Akzent, nicht eigentlich französisch, vielleicht belgisch. »Bernard ruft in den Staaten an. Wir fahren für sechs Monate heim. Paul, sei so gut und biete Mrs. Vernon einen Drink an. Möchten Sie ein Glas Champagner? Ich trinke ihn immer um diese Zeit. Er ist so hilfreich bei niedrigem Blutdruck, nicht wahr?«

Paul, noch immer ein Lächeln auf dem Gesicht, trat mit jungenhaftem Eifer an den Serviertisch, auf dem ein Eiskübel stand, und öffnete geübt eine Flasche Champagner. Mit sichtlicher Erleichterung hörte Mrs. Demuth, die sich mit dem Taschentuch das Kinn betupfte, den gedämpften Knall. »Ist es warm?«, fragte sie. »Wir sind heute noch nicht draußen gewesen. Das Reisen strengt mich schrecklich an. Und nach Paris ist London so laut, finde ich.«

»Wird Paul mit Ihnen nach Amerika reisen?«, fragte Blanche und nahm ein Glas Champagner entgegen, ein minderwertiges Getränk, wie sie fand, das ihr zudem unweigerlich Kopfschmerzen verursachte.

»Oh, das hoffe ich doch«, sagte Mrs. Demuth mit unüberhörbarem Nachdruck. Sie streckte ihre Hand aus, und Paul, noch immer lächelnd, ergriff sie. »Er ist mir wie ein Sohn, müssen Sie wissen. Ich weiß nicht, wie ich ohne ihn zurechtkommen sollte.«

Keine Frage, dass der Reichtum sie hilflos gemacht hatte.

Aus ihren bekümmerten Gebärden, aus ihren großen Augen sprach so etwas wie eine stumme, verzweifelte Bitte, der Paul mit lächelnder Zuversicht begegnete. Blanche begriff, dass Mrs. Demuth gegenüber Männern ihres Alters aufgrund ihrer Zumutungen und Erwartungen immer befangen sein und sich stattdessen nach einer Gesellschaft von mehr entgegenkommender und asexueller Art sehnen würde. Sie betupfte ihr Kinn und reichte Paul ihr Glas, der es lächelnd wieder füllte. Er richtete einen fragenden Blick auf Blanche, in deren Kopf es zu pochen begann. Er schien sie als Komplizin gewinnen zu wollen, so als ob sie sich beide in der Aufgabe, Mrs. Demuth zu beruhigen und zu beschützen, verbünden sollten. Aber deswegen bin ich nicht hergekommen, dachte Blanche, während der Kopfschmerz seine ominöse Wanderung in das linke Auge begann. Zumindest glaube ich nicht, dass ich darum hier bin.

»Ich sehne mich so sehr danach, wieder nach Hause zu kommen, nach Amerika«, sagte Mrs. Demuth, die an dem Zweck von Blanches Besuch ganz uninteressiert zu sein schien. »Wir haben ein entzückendes Haus auf Long Island. Kennen Sie Long Island?«

»Ich war mit meinem Mann einmal da«, sagte Blanche, wurde aber durch das Erscheinen eines kleinen, kräftig gebauten Mannes unterbrochen. Er trug einen hellbraunen Anzug und eine Sonnenbrille.

»Also, Colette«, sagte er. »Das habe ich erledigt, und ich hoffe, dass du glücklich bist. Du reist nächste Woche per Schiff. Es ging nicht ohne Schwierigkeiten ab, das kann ich dir versichern. Es wäre nichts mehr frei, hieß es. Und ich sollte das glauben. Ich habe genau« – er warf einen Blick auf seine phantastische und äußerst flache goldene Armbanduhr – »fünfundzwanzig Minuten gebraucht, bis sie sich endlich eines Besseren besannen.«

»Aber Bernard, das ist ja wundervoll. Wann fahren wir?«

»Du fährst. Ich nicht. Ich komme mit dem Flugzeug nach, wenn ich hier alles erledigt habe. Du müsstest doch wissen, dass ich keine Zeit habe für Bordspiele und Tanztees.«

»Aber Bernard ...«

»Das wäre es, Colette. Wir brauchen kein Wort mehr darüber zu verlieren. Guten Abend«, sagte er mit einem grüßenden Kopfnicken zu Blanche. »Sie müssen Mrs. Vernon sein. Ich bin in ein paar Minuten bei Ihnen. Ich muss nur noch einen Anruf erledigen. Paul, kommen Sie mit.«

»Bernard ...«, rief Mrs. Demuth hilflos hinter ihm her, aber er war schon fort, und zurück blieb ein Eindruck von Brutalität. Er hatte nichts Ungewöhnliches gesagt, und doch war jede seiner Bemerkungen von einem anscheinend unmotivierten Sarkasmus gefärbt. Er sprach kaum mit Akzent, ein Amerikanisch, das etwas Gutturales, Europäisches überlagerte. Sein makelloses Äußeres zeugte von den besten Ausstattern verschiedener Länder. Hinter der Sonnenbrille, die seine Augen verbarg, spürte Blanche einen Verstand, der nur daran arbeitete, allen anderen voraus zu sein, und sie spürte seine Frustration, weil er zu wenig Widerstand fand. Hier war ein Mann, der nicht sonderlich begabt war für ein häusliches Leben, da das nicht das Ideal war, das er eigentlich ins Auge gefasst hatte. Anders als seine Frau, würde er sich nie mit Ersatz begnügen. Es war klar, dass er Paul hasste, aus dem gleichen Grund, aus dem Mrs. Demuth ihn liebte. Paul und Mrs. Demuth waren sichtlich von der gleichen Art, während Bernard Demuth unveränderbar andersartig blieb. Was für ein Leben war das für ihn, dachte Blanche, in der heimeligen Atmosphäre, die Paul und Mrs. Demuth so liebevoll für sich selbst geschaffen hatten. Und doch konnte sie ihn nicht leiden, so wenig wie sie Paul mochte. Mr. Demuth war – sie wusste es – hart, er war ungeduldig und grausam, aber er war ganz entschieden nicht plump und primitiv, wie sie sich ihn vorgestellt hatte. Sie begriff jetzt, dass es Pauls Funktion war, Mr. Demuth die Sorge um seine Frau abzunehmen. Sie konnte sich die beiden gut vorstellen, wie sie im Faubourg Saint-Honoré einen Schaufensterbummel machten, irgendwo irgendwelche sinnlosen Dinge kauften, für die Mrs. Demuth dann niemals Verwendung fand. Zweifellos hatte man auch kleine Geschenke für Paul oder Sally eingekauft. Wer weiß, ob man nicht auch den Rotfuchsmantel von Mrs. Demuth weitergereicht hatte – ein Geschenk, mit dem ihr Gatte vermutlich nicht einverstanden gewesen war. Auch Geld mochte auf die gleiche Weise den Besitzer gewechselt haben, da Mrs. Demuth, resigniert, aus ihrer ehelichen Erfahrung wusste, dass man für Aufmerksamkeiten zu zahlen hatte. War dies die Antwort auf den Vorwurf der Veruntreuung, oder war Veruntreuung nur ein freundlicheres Wort für Erpressung? Der hübsche Paul mochte ein angenehmer Gesellschafter für eine einsame, verletzliche Frau sein, und solange er ihr mit einer Ergebenheit diente, die kein Sohn aufbringen könnte und zu der sich kein Liebhaber freiwillig hergäbe, durfte er in seiner freien Zeit wohl auch Zeit für sich selbst haben. Aber zugleich sah Blanche auch, dass Mrs. Demuth und Paul sich in ihrer, sei es scheinbaren, sei es tatsächlichen Asexualität gleich waren. Das Leben hatte ihnen Angst gemacht; jetzt suchten sie nur noch Anerkennung und waren bereit, dafür zu zahlen.

Blanche räusperte sich und setzte sich etwas gerader, da ihre Kopfschmerzen jetzt die Sehkraft ihres linken Auges bedrohten. »Es handelt sich um Paul«, sagte sie mit fester Stimme. »Ich nehme an, Sie wissen, dass er von seiner Frau und seiner kleinen Tochter sehr vermisst wird.« Aber kaum hatte sie diese Worte ausgesprochen, fragte sie sich schon, ob sie auch wahr seien. Sie fuhr fort: »Sally, seine Frau, gab mir zu verstehen, dass es gewisse Schwierigkeiten gibt, aber sie hofft zuversichtlich, dass sie sich beheben lassen werden.« Mrs. Demuth betupfte ihr Kinn und sah sich nach Unterstützung um. »Finanzielle Schwierigkeiten«, ergänzte Blanche. Sie begriff, dass es sehr schwierig sein würde, mit Mrs. Demuth über Geld zu sprechen, da sie Geld gar nicht zur Kenntnis nahm, und dass es ebenso schwierig sein würde, darüber mit Mr. Demuth zu sprechen, der so gut wie sicher bis auf den letzten Penny über seine Geschäfte Buch führte.

»Das ist ja lächerlich«, sagte Mrs. Demuth, die offensichtlich ein bisschen betrunken war. Wahrscheinlich hatte sie schon früh am Tag angefangen zu trinken. Es mochte auch zu Pauls Pflichten gehören, ein wenig auf sie aufzupassen. »Paul!«, rief Mrs. Demuth. »Komm und gieß Mrs. Vernon noch ein Glas ein.«

Blanche hatte Mühe abzulehnen, als Paul lautlos erschien und Mrs. Demuths Glas wieder füllte. »Ich habe Ihnen ein nettes kleines Abendessen bestellt«, sagte er. Es waren seine ersten Worte. »Ein Club-Sandwich, wie Sie es gestern schon hatten. Wir werden uns hier einen gemütlichen Abend machen.«

»Nur wir beide?«, fragte sie besorgt.

»Nur wir beide. Bernard muss ausgehen.«

Beide schienen bei dieser Aussicht eine große Erleichterung zu verspüren. Blanche sah jede Gelegenheit zu einer vernünftigen Diskussion schwinden.

»Könnte ich Ihren Mann bitte kurz sprechen?«, fragte sie. »Bevor er geht?«

»Ich bezweifle, dass dazu noch Zeit bleibt«, sagte Paul, der sich nun ganz unter den etwas schwankenden Schutz Mrs. Demuths stellte. »Er hat um sieben Uhr eine Verabredung.«

»Aber ich möchte Sally gern beruhigen und ihr versichern, dass alles in Ordnung ist. Ist alles in Ordnung, Paul?«, fragte sie, in der verzweifelten Hoffnung, bald nach Hause zu kommen, ehe die Kopfschmerzen unerträglich sein würden. Einen so schlimmen Anfall hatte sie lange nicht mehr gehabt. Der stickige Raum, die Säure des Champagners und das gedämpfte, doch unaufhörliche Geräusch des Verkehrs wuchsen sich allmählich zu einem Albtraum aus. Sie spürte in diesem Raum zudem das gleiche Gefühl von Lähmung wie in Sallys Kellerwohnung.

»Selbstverständlich ist alles in Ordnung«, sagte Mrs. Demuth.

Und Paul fügte hinzu: »Sagen Sie Sally, sie soll sich keine Sorgen machen.« Und wieder fassten sich beide an den Händen.

»Sie können Sally bestellen, dass ihr Mann in der nächsten Woche bei ihr sein wird«, sagte Mr. Demuth, der in diesem Augenblick hereinkam. »Ich werde ihn gehen lassen müssen, ich kann ihn mir nicht mehr leisten. Er hat sich als ein sehr kostspieliger junger Mann entpuppt.«

»Aber Bernard«, sagte Mrs. Demuth mit wehleidiger Stimme. »Du weißt doch, dass ich ohne ihn nicht zurechtkomme. Zumal, wenn du die Reise nicht mit mir machen willst. Wie soll ich das alles schaffen?«

»Du wirst es schaffen müssen«, sagte er. Wahrscheinlich hatte er das schon oft gesagt, hatte sich aber immer wieder einmal geschlagen geben müssen. Obwohl schon Ende Sechzig, war er zweifellos ein Mann von energischer, rücksichtsloser Zielstrebigkeit – wo immer seine Ziele liegen mochten. Vermutlich war es von Vorteil für ihn, Paul bei sich zu haben, selbst wenn dieser ihn einen schönen Batzen Geld kostete. Blanche begriff, dass es ihm nicht einmal so sehr um das Geld ging. Ihn ärgerte die Unredlichkeit Pauls, der die Situation nicht richtig einschätzte. Mr. Demuth hätte es lieber gesehen, wenn Paul mit ihm statt mit seiner Frau im Einverständnis gewesen wäre. Er war nicht nur durch das Bündnis der beiden höchst irritiert, sondern es kränkte ihn als Geschäftsmann auch, dass sein Angestellter sich lieber vor seiner Frau als vor ihm rechtfertigte. So hatte er es sich nicht gedacht. Er war an Pauls schaler Freundlichkeit abgeprallt, an seiner Weigerung, sich zu irgendetwas Fragwürdigem zu bekennen, das den Anschein seiner Ergebenheit als braver Sohn trüben könnte. Paul war, was schon seine Handschrift verriet, nicht nur ein schwacher Charakter, sondern auch ein Mann, der zu Beschönigungen im Denken wie im Verhalten neigte. Damit hatte er schließlich Mr. Demuths Starrköpfigkeit besiegt.

»Aber Bernard«, sagte Mrs. Demuth, während sich zwei kleine Tränen langsam ihren Weg über die gepuderten Wangen bahnten und das kräftig gemalte Lippenrot verschmierten. Alle ihre Sätze fingen wohl so an. Aber Bernard, wer soll das Haus aufschließen? Wer soll sich um mein Gepäck kümmern? Sie fragte ihn nicht danach, wann er nach Hause kommen würde. Sie schien nicht besonders interessiert, es zu erfahren. Hier waren verschiedene Varianten von Abwesenheit im Spiel, stellte Blanche fest. Mr. Demuth würde nicht bei seiner Frau sein, und Paul würde nicht bei Sally sein. Aber soweit sie das beurteilen konnte, würde niemand darunter ernstlich leiden. Paul, der fraglos irgendwo hinter seinem erstarrten Lächeln voller Furcht war, zog es vor, dass niemand sein Leben genau in Augenschein nahm. Außerdem hoffte er immer noch auf jene große Abfindung mit der gleichen Überzeugung, mit der er seit jeher darauf gehofft hatte. In der Zwischenzeit stellte er sich unter die Obhut von Mrs. Demuth, die in ihrem nervösen, unruhigen Zustand ständig nach seiner Pflege verlangte. Blanche erkannte auch, dass Mrs. Demuth, obwohl sie auf Paul angewiesen war, längst die Fähigkeit eingebüßt hatte – falls sie sie überhaupt jemals besessen hatte –, seine oder ihre Sache zu vertreten. In ihrer passiven Erwartungshaltung der Schwachen hatte sie eine gute Chance, letztlich doch ihren Willen zu bekommen, aber das konnte mehr Zeit beanspruchen, als Blanche willens war zu opfern. Für die Sache, die sie hergeführt hatte, musste sie den Kampf mit Mr. Demuth aufnehmen. Hinter ihr standen in einer Front Mrs. Demuth, Paul, Sally und Elinor mit ihren Wünschen und Ansprüchen.

»Ich weiß nicht«, begann sie vorsichtig, »wie die Dinge

im Augenblick stehen, aber es sieht doch so aus, als läge es in jedermanns Interesse, wenn Paul noch eine Weile bei Ihnen bliebe. Ich bin überzeugt, dass sich alles andere ohne Schwierigkeit in Ordnung bringen lässt, und ich weiß, dass Sally sehr erleichtert sein würde, wenn das möglich wäre.«

»Ich bin nicht interessiert«, erklärte Mr. Demuth. »Und ich habe meine Zweifel, ob *ich* erleichtert wäre, wenn sich alles andere in Ordnung bringen ließe. Halt du den Mund, Colette«, fügte er hinzu, als Mrs. Demuth einen Klagelaut hören ließ. »Du bist genauso schuld daran wie er. Ihn mein Geld ausgeben zu lassen! Für wen hältst du ihn?«

Blanche sah, wie sich hier ein seit langem bestehender Groll in einem Wutanfall Luft zu machen drohte. Es war wie ein nahendes Unwetter, wie die Schwüle draußen, die sich in einem Gewitter zu entladen drohte, das dann nicht kam.

»Wenn ich in irgendeiner Weise zur Regelung beitragen kann«, begann Blanche, »ich meine finanziell ...«

»Aber nein, Mrs. Vernon, Blanche, so etwas dürfen Sie nicht einmal denken«, sagte Mrs. Demuth. »Ich darf Sie doch Blanche nennen, nicht wahr? Paul hat mir erzählt, welch gute Freundin Sie der Familie gewesen sind. Denken Sie nicht an das Geld! Immerhin«, sagte sie mit einem Seitenblick auf ihren Mann, »habe ich genug eigenes Geld.«

»Umso besser«, sagte er. »Denn du wirst jeden Cent davon brauchen. Von mir wird er nichts mehr bekommen. Wenn du ihn einstellen willst, dann tu es. Die Regelung gilt ab sofort. Er kann dich nach Hause bringen und dir die Tür aufschließen, er kann dir dabei helfen, dich einzugewöhnen, und damit basta. Ich werde ihm die Rückreise nach England zahlen, und wenn er sich gut benimmt, kann er sich eine kleine Gratifikation verdienen. Aber weiter nichts mehr von mir. Nicht mehr Paris, nicht mehr Cap Ferrat, nicht mehr Venedig, und vor allem keinen Einkaufsbummel mehr. Ist das klar?«

Mrs. Demuth griff nach Pauls Hand. »Aber Bernard«, sagte sie, »ich weiß gar nicht, worüber du dich aufregst.« Nachdem sie ihren Willen bekommen hatte, bekundete sie nun ihre Ahnungslosigkeit, was die ganze Affäre betraf. Ein anderer Zug, den sie mit Paul gemein hatte, war ihre Neigung zu kurzfristigen Lösungen, die auf einer angeborenen Unfähigkeit beruhte, vorauszudenken. Ihrer beider einzige Sorge war, augenblicklichen Schwierigkeiten auszuweichen. Wie an Pauls äußerst geringer und auch nur für einen geschulten Blick erkennbare Erleichterung zu ersehen war, hatte er sich kaum ernstlich Sorgen gemacht, denn die Schlacht war bereits vorher geschlagen worden. So lange wie Mrs. Demuth über eigenes Geld verfügte, würde sich diese Situation wiederholen. Und alle waren an diesem Spiel beteiligt. Die Heftigkeit Mr. Demuths beruhte nicht allein auf seiner Verachtung für seine Frau und für Paul, sondern auch auf seinem Wunsch, aus beiden verantwortungsbewusste Menschen zu machen. Er war nicht nur über seine Unfähigkeit erbittert, sie zu klarem Denken zu erziehen, sondern noch mehr über sein Unvermögen, den Horizont ihrer Empfindungen über die eigenen Bedürfnisse hinaus zu erweitern. Er verzweifelte an ihnen. Was seine Frau betraf, so hatte er längst alle Hoffnung fahren lassen. Die Anstellung Pauls war für ihn ein Versuch gewesen, mit ihr fertig zu werden. Jetzt verzweifelte er an Paul, weil es keine Möglichkeit gab, mit ihm wieder quitt zu werden. Denn wenn er mit

Paul quitt wurde, blieb seine Frau wieder ihm allein aufgebürdet. Der Zorn machte seine Bewegungen heftig und rötete die sonst eher bleichen Wangen seines gepflegten Gesichts. Er war zwar hässlich, doch auf gewisse Weise ein attraktiver Mann. Paul seinerseits hatte wie beim Ballett eine tänzerische Pose eingenommen: die Hände auf die Rückenlehne von Mrs. Demuths Sessel gestützt und den Kopf zur Seite geneigt. Unablässig lächelnd zeigte er allen, wie heiter und gefasst er war. Er war so gänzlich in Mrs. Demuths Leben integriert, dass er Blanche nicht einmal für ihr Erscheinen dankte. Zweifellos, dachte Blanche, würde ein verschwörerischer Händedruck im gegebenen Moment noch kommen. Komplizenschaft war das, was man hier von ihr erwartete. Sie unternahm einen weiteren Versuch.

»Ich glaube, Sally macht sich Sorgen wegen ihres Pelzmantels«, sagte sie und bedeckte ihr schmerzendes linkes Auge mit der Hand.

Bei längerem Nachdenken kam Blanche zu dem Schluss, dass Paul vermutlich einen ausgezeichneten Geschmack besaß. Die feminine Sensibilität, die hinter seiner jungenhaften Offenheit der Grundzug seines wahren Charakters war, befähigte ihn zum richtigen Verständnis für Frauenmode und elegante Accessoires. Es war unwahrscheinlich, dass er sein gewiss sehr kreatives Verständnis für diese Dinge an Mrs. Demuth erproben konnte. Nur bei den kleineren Objekten, wie Schmuck, Juwelen, Schals, steckten sie die Köpfe zu ernsthafter Beratung zusammen. Aber wenn es um ganzheitliche Entwürfe ging, um seinen Wunsch, aus einer Frau eine schöne Erscheinung zu machen, würde Paul auf die abwesende Sally zurückgreifen, indem er Mrs. Demuth ihr

Aussehen, ihren Stil schilderte, bis Mrs. Demuth, fasziniert von diesem sehr weiblichen Thema, sich mit ihm verband, um Sallys Garderobe zu ergänzen. Der Akt des Schenkens, der Gönnerschaft, erleichterte und befriedigte beide auf eine durchaus ernst zu nehmende Weise. Er bestätigte sie in ihrem Wohlwollen. Für Mrs. Demuth bedeutete dieser Akt einmal mehr eine Demonstration ihres Wunsches, zu gefallen, und auch ihrer Fähigkeit dazu; sie hielt sich selbst für einen liebenswerten Menschen. Für Paul war es, über so manchen Zweifel hinweg, die Bestätigung seiner Rolle als Ehemann. Ein Ehemann, das war jemand, der in die Welt hinauszog und seiner Frau Sieges- oder Jagdtrophäen heimbrachte. Und mit dem Pelzmantel hatte er ihr die ursprünglichste aller Trophäen dargebracht.

Mit dem Scharfsinn, den ihr die Kopfschmerzen gewöhnlich verliehen, begriff Blanche, dass der Pelzmantel in eine moralisch noch fragwürdigere Kategorie gehörte als alles übrige bisher, und schon bedauerte sie, ihn erwähnt zu haben. Pauls zerstreuter Blick aus dem Fenster und Mrs. Demuths langsames, wie geistesabwesendes Spiel mit ihren Armbändern zeigten ihr, dass die beiden über die ganze Geschichte lieber den Schleier des Vergessens gebreitet hätten. Das taten sie schließlich mit allen unangenehmen oder strittigen Angelegenheiten. Paul war wohl imstande, mit Tränen in den Augen Mrs. Demuth für den Pelzmantel zu danken, noch bevor sie selbst wusste, dass sie ihn ihm geschenkt hatte, doch das würde ohne Zeugen, in der Intimität eines Tête-à-tête erfolgen. Blanche wusste, dass alles Verständnis, das sie vielleicht von ihnen erwarten konnte, praktisch wertlos war. Dennoch empfand sie es als ihre

Pflicht, diese Episode bis zum Ende durchzustehen. Erst wenn sie ihre Aufgabe bis zum letzten Punkt erfüllt hatte, durfte sie sich ins Nirwana ihres Bettes fallen lassen, um die Folter der Migräne drei Tage lang zu ertragen. Während dieser Zeit konnte sie sich keinerlei quälende Gedanken leisten, denn solche Gedanken dröhnten wie Glocken durch den Raum ihrer gestörten Wahrnehmungen, und es galt, sie so schnell wie möglich abzustellen.

»Der Mantel?«, wiederholte sie, wenn auch etwas zaghaft.

»Ach, der Mantel«, flüsterte Mrs. Demuth wie geistesabwesend, als könne sie sich kaum entsinnen, von welchem Mantel die Rede sei.

»Machen Sie sich wegen des Mantels keine Sorgen«, sagte Paul. »Wir werden eine Lösung finden.« Anscheinend gefiel ihm diese Wendung so gut wie Sally, und gewiss hatten sie sich oft gegenseitig mit diesen Worten beruhigt. Vielleicht war es auch eine Art Mantra, das ihnen erlaubte, jegliche Entscheidung aufzuschieben oder auch ganz aufzugeben.

»Was für ein Mantel?«, fragte Mr. Demuth, der unbemerkt wieder in der Tür erschienen war. Lautlos, wie er eintrat, besaß Mr. Demuth die Macht, zu überraschen und in Unruhe zu versetzen. Man sah es ihm an, dachte Blanche, dass er die Macht über andere ausübte und dass eine zaghafte Frau diesem Mann nicht gewachsen war. Hinter der dunklen Brille Mr. Demuths lauerte, wie es schien, Kampfbereitschaft. Er grollte seinem Schicksal, das ihm so magere Kost auftischte, jedoch wahrte er seine Rechte gegen jede Verletzung. »Wenn du von dem Mantel sprichst, den du dir in Paris gekauft hast, Colette, so geht der mit dir nach Hause.

Hier brauchst du ihn nicht.« Er wies mit der Hand zum offenen Fenster. Der Himmel zeigte ein hässliches Gelb.

»Selbstverständlich«, sagte Mrs. Demuth und nickte ein paarmal zustimmend mit dem Kopf. »Mach dir deswegen keine Gedanken. Paul wird sich darum kümmern.«

Mr. Demuth zögerte. »Leben Sie wohl«, sagte er dann zu Blanche und streckte ihr die Hand hin. »Ich hoffe, Sie bringen die Information nach Hause, um derentwillen Sie gekommen sind.« Blanche schien in seine Verachtung gegen alles und jedes eingeschlossen, und da er keine Notwendigkeit zu weiterer Konversation sah, drehte er sich um und verließ das Zimmer.

»Na also«, sagte Mrs. Demuth merklich erleichtert. »Dann ist ja alles erledigt. Paul, mein Lieber, begleiten Sie Mrs. Vernon hinaus. Es war sehr nett«, sagte sie und nickte Blanche zu. »Und geben Sie dem kleinen Mädchen einen Kuss von mir. Paul hat mir die Bilder gezeigt. Und sagen Sie Sally, sie brauche sich nicht zu sorgen. Es wird alles gut werden.« Sie machte eine Bewegung, wie um aufzustehen, unterließ es dann aber und sank wieder zurück. »Paul bringt Sie hinaus«, wiederholte sie und sah sich nach ihm um. Aber Paul hatte das Zimmer bereits verlassen.

Er wartete im Foyer auf Blanche, den Mantel überm Arm. »Wenn Sie ihn mitnehmen könnten ...« Er blinzelte ihr zu. »Mit einem herzlichen Gruß von mir«, fügte er hinzu.

»Aber nein«, sagte Blanche. »Ich glaube nicht, dass ich das kann.«

»Paul, Paul, wo sind Sie denn? Ist Mrs. Vernon gegangen?« Mrs. Demuths Stimme drang aus dem Wohnzimmer. Den schweren warmen Mantel über dem Arm, sah Blanche, wie sich die Tür hinter ihr schloss. Schwindlig und matt tastete sie sich bis zum Lift, ganz darauf konzentriert, den Flur zu durchqueren, ohne zu fallen. Die Halle war überfüllt von Gästen, die ins Restaurant drängten, und die Schwüle des nahenden Gewitters schuf eine drückende Atmosphäre. Sie übergab den Mantel einem Hotelangestellten.

»Würden Sie den Mantel bitte in Mrs. Demuths Suite bringen?«, bat sie. »Er wurde mir irrtümlich ausgehändigt.«

10

Die Abendluft war beklemmend schwer, und es roch nach den Ausdünstungen der Kanalisation. Park Lane bot Blanches verwirrten Sinnen ein Bild heillosen Durcheinanders. Autos und Busse steuerten auf sie zu, aber kein einziges Taxi. Vor dem Hotel hatte keines gestanden, und ihre Sorge fortzukommen, war so groß gewesen, dass sie nicht warten wollte. Jetzt noch, als sie sich langsam die Straße entlangtastete und an den Häuserwänden Halt suchte, spürte sie den schweren, warmen, vom Arm gleitenden Mantel wie in dem Augenblick, als Paul ihn ihr zugeworfen hatte. Ihre Empörung wurde durch die Befürchtung erstickt, er könnte in seinem emotionslosen Eifer nach ihr Ausschau halten und ihr folgen, solange er sie noch sehen konnte. Er war überzeugt, ein bisschen Zureden würde genügen, damit sie ihm diesen kleinen Gefallen erwiese. Sie schützte das linke Auge mit der Hand ebenso sehr vor Paul wie vor den stechenden Kopfschmerzen. Und sie sehnte sich mit einem so heftigen Verlangen nach Hause, wie sie es noch nie verspürt hatte. Das gegen das Tageslicht abgeschirmte Wohnzimmer, der kühle Garten, der bei ihr so viele sehnsüchtige Gedanken hervorrief, wenn sie ihn mit einem anderen, weniger schönen Garten in ihrer Erinnerung verglich. Jetzt erschien ihr dies alles so fern wie ein Traum, wie ein Traum vom geregelten Leben, ein Traum, welcher der dekadenten Moral jenes abenteuerlichen Lebens entgegenstand, für das sie sich so glücklos eingesetzt hatte. Als sie sich jetzt durch den Geruch der Auspuffgase und geblendet von der Helligkeit vor dem Gewitter langsam Park Lane entlang vorwärts bewegte, zwang sie sich, an das weiße Bett zu denken, das sie erwartete, und sah sich im langen Morgenrock am Fenster stehen und auf die ersten Regentropfen warten. Ich muss zu Hause sein, bevor das Gewitter losbricht, dachte sie, aber sie wusste nicht, wie sie das bewerkstelligen sollte.

Die merkwürdigsten Gedanken kamen ihr in den Sinn. Obwohl sie sich nach einem Bild des Trostes sehnte, nach einem Bild des Beistands, der Verzeihung, ja – warum nicht – nach einer mitfühlenden Mutter oder selbst nach einem jener obskuren Heiligen, die nicht das Märtyrertum suchen, sondern zufrieden sind mit ihrem bescheidenen Schicksal, so sah sie doch immer nur die Nymphen und heidnischen Götter, die anscheinend in der Welt der Kunst alle denselben Himmel bewohnten, sich auf Wolken fortbewegten, die umso schneller zu ziehen schienen, je weniger sie mit menschlichen Hoffnungen und Gebeten befrachtet waren. Sie zogen dahin, an diesem ewig blauen Himmel, unzugänglich für die Nöte der Sterblichen, hinweg über die Welt, in der jeder bekommt, was er verdient, zogen dahin und ließen auf der Erde die Pilger zurück, die einen Blick auf die Erlösung zu erhaschen suchten. Ständig in Bewegung, tanzend über den Quellen, die aufsteigen aus den Sehnsüchten der Elbischen, unergründlich und schwerelos. Und die

Götter, die in all ihrer idealisierten Körperlichkeit immer neue Liebschaften begannen, kämpften, miteinander rangen, aufstanden und untergingen, eins mit dem Kosmos, dessen Verkörperungen sie waren, und auf ihren Gesichtern die Glut des Weltenanfangs trugen. Das war nicht die Verlegenheit Adams und Evas, die ihrem Trieb auf eine rührselige, törichte, verschämte und halbherzige Weise gehorchten, um auf der Stelle streng gerügt zu werden, sondern die Lust der Räuber, der Gewissenlosen, der Gewinner, die ihre Kinder in alle Welt verstreuten, die auf ihr Vergnügen bedacht waren, ihre Rivalen besiegten und unbeirrt davonzogen. Sie entdeckte keine eindeutige Botschaft, sie sah nur einen gewaltigen, einen gigantischen Konflikt der Prinzipien, der die Aufmerksamkeit des ganzen Menschengeschlechts herausforderte, der jedoch mit Begriffen aus Legenden und Mythologien dargestellt wurde. Es machte ihr Mühe aufzublicken; sie nahm die schwerfälligen, schlingernden Busse wahr, keuchend wie Tiere, wenn sie vor der Verkehrsampel hielten. Sie stellte sich den traurigen Heimweg der Berufstätigen vor, und sie litt unter dem gleißenden Licht des Gewitterhimmels. Als sie den äußersten Rand des Bürgersteigs, am Hyde Park Corner, erreichte, blieb sie in dem Gefühl stehen, nicht mehr weitergehen zu können. Sie musste hier stehen bleiben, notfalls, bis es dunkel wurde und sich die Straße leerte. Hier musste sie ausharren, bis Hilfe in Gestalt eines Taxis kam, das sie von hier fortbrachte.

In der Ferne grollte der Donner. Im Garten Eden schienen Adam und Eva merkwürdig wenig Sinn für die Wunder der Schöpfung gehabt und sich dafür mehr auf verstohlene Weise mit ihrer niedrigen Natur beschäftigt zu haben. Blanche sah ein, dass alle in dieser Gemütsverfassung begangenen Handlungen anstößig waren. Es gehörten Kraft und Lust dazu, um aus ihnen die Gesetze des Lebens zu machen. Vielleicht war es das, was sie zu lernen hatte, sagte sie sich mit dem Gefühl, vor einer großen Entdeckung zu stehen. Nur war sie im Augenblick zu erschöpft, um es zu verstehen. Sie begriff auch, dass Lust und Kraft befreiten, aber allein noch nicht zu dem Resultat führten. Sie waren die Triebkräfte, die irgendwie eingefangen und nutzbar gemacht werden mussten. Die Sehnsucht nach einem Ruheplatz war ein unausweichlicher Zwang. Sie hatte sich selbst einmal als solch einen Ruheplatz betrachtet und hatte wirklich dort geruht. Aber jenseits ihres Ruheplatzes gab es die Verlockung, gab es den Reiz der unermüdlichen Bewegung, der unbegrenzten Möglichkeiten, des Werdens und des Wandels. Als Blanche sich vorsichtig an ein Gitter lehnte, das sie von dem immer noch großen Verkehrsgewühl trennte, das linke Auge geschlossen und manchmal, in einem plötzlichen Schwächeanfall, auch das rechte, dachte sie über Adams und Evas Trauer nach, als sie den Sündenfall begangen hatten. Aber sie dachte auch an die zuweilen anrüchigen Tricks der heidnischen Götter, jener unbarmherzigen Räuber, verschlagenen Drahtzieher, rücksichtslosen Vorbilder und Befürworter großer und zugleich doch geringfügiger Vergehen. Einem skeptischen Auge, einem so erleuchteten Auge, dass es zur höchsten Weisheit aufgeblickt hatte, mochte auch die Familie Beamish bis zu einem gewissen Grade als mythisch erscheinen. Aber wenn das die Alternative war, begierig auf ein Zeichen der Vergebung zu warten – wessen Prinzipien waren dann die fragwürdigeren?

Sie begriff, dass ihre Beziehung zu den Beamishs beendet war, ja, dass diese sie im Ernst gar nicht mehr nötig hatten, dass ihre Anwesenheit die Gesichter nur mehr mit Langeweile überzog. Durch das, was sie für sie getan hatte, hatte sie sich selbst überflüssig gemacht. Das kleine Mädchen war den rücksichtslosen Launen ihrer Eltern schmählich ausgeliefert. Aber das Bedauern darüber war vielleicht auch überflüssig oder sogar unangebracht. Elinor war unter verwirrenden, wenn nicht beängstigenden Umständen zur Welt gekommen und war jetzt bereits stark genug, ihr Schicksal selbst in die Hand zu nehmen. Mit der Zeit würden die Eltern ihre Bedeutung für sie verlieren, würden verschwinden wie explodierte Sterne oder, noch einfacher, sich entfernen. Die Welt gehörte den Jungen, den Schlauen und den Hartherzigen. Unter dem drohenden Himmel dachte Blanche an Elinor und wünschte ihr Eigenschaften von mythischer Beschaffenheit und Dimension. Und was die fragwürdige Scharade betraf, der sie an diesem frühen Abend beigewohnt hatte, war sie nicht schon ein Zeichen schwindender Macht, fortschreitenden Verfalls und sinkender Leistungsfähigkeit? War es nicht ein Zeichen, dass Elinor all ihre Fähigkeiten brauchen würde, um stärker und unbarmherziger zu sein, als es die Umstände waren, denen sie ihre Geburt verdankte?

Denn Blanche erkannte, dass dem Leben in ewiger Freiheit etwas merkwürdig Einschränkendes anhaftete, wie sich bei Paul und Sally erwies, und dass die alternde Seele, ganz zu schweigen von dem alternden Körper, einen Ruheplatz brauchte. Sie erkannte auch, dass die in der Jugend vergeudete Zeit manchmal die ganze Freiheit war, die ein Leben zur Verfügung hatte. Darum waren die Götter immer jung. Abgesehen von Jupiter, dachte Blanche, er darf alles anders machen als die anderen. Für die übrigen genügte es, ein Stern zu werden, leblos, aber leuchtend und mit der Macht, Seeleuten den Weg zu zeigen. Vielleicht wäre es angemessen für Paul und Sally, aus der Sicht der Sterblichen zu verschwinden, wie sie es zweifellos auch planten, und zwar auf eine verschwiegene und nicht mehr ausfindig zu machende Weise, und ihrer Tochter als einzige Erbschaft die Erinnerung an eine lächelnde Sorglosigkeit zu hinterlassen. In der Vorausschau auf diese wie selbstverständliche, ununterbrochene Folge gewisser Verhaltensformen überkam Blanche trotz der stechenden feuchten Hitze ein Schauder. Irgendwo über ihrem linken Auge sah sie die blinde Beständigkeit des archaischen Lächelns. Sie wartete auf ein Zeichen der Gnade, ein Zeichen, das sie von ihren schlimmsten Befürchtungen befreien könnte, aber es kam kein Zeichen.

Die Zeit verging. Es war vielleicht eine Stunde her, dass sie das Hotel verlassen hatte, vielleicht waren es auch anderthalb. Der gelbe Himmel verdunkelte sich. Hin und wieder fielen ein paar dicke Regentropfen, dann hörte der Regen wieder auf. Das ausgedörrte Erdreich verschlang die Feuchtigkeit sofort, aber vom Park kam gelegentlich ein feuchter Lufthauch. In dem seltsamen, fast erleuchteten Zustand, in dem Gefühl von Unwirklichkeit, wie es zuweilen sehr starke Schmerzen hervorrufen, lehnte sich Blanche an das Gitter und stützte den Kopf auf das Geländer. Niemand schien etwas Ungewöhnliches daran zu finden. Es gab genug Verrücktheit um sie herum, sodass ihre Erscheinung und ihr sonderbares Benehmen kaum Aufmerksamkeit erregten. Selbst der Anblick einer makellos gekleideten Dame, die anscheinend fasziniert einen schlingernden Autobus der Linie 36 anstarrte und dabei den Kopf wie im Gebet neigte, verursachte hier kein Aufsehen. Niemand blieb deswegen betroffen stehen oder ging mit abgewandtem Gesicht schnell vorüber. Überhaupt beeilte sich hier niemand, sondern jeder ging in einem tranceartigen Zustand von Konzentration weiter. Innerlich entlastet durch den Beweis, dass es noch andere Welten und, ungeachtet ihrer eigenen Passivität, eine andauernde Bewegung von Atomen gab, widersetzte sich Blanche ihrer Erschöpfung nicht mehr. Wenn sie es einmal fertigbrachte, beide Augen zu öffnen, sah sie nur einen immer dunkler werdenden Himmel und auf der anderen Seite der großen Straße den dahineilenden Verkehrsstrom auf der Flucht vor dem Unwetter.

Als das Taxi kam, schien es nicht weniger erschöpft als sie selbst zu sein: Mit einem Ruck hielt es vor dem Gitter, um das sie nun schwerfällig herumging. In dem duftgeschwängerten Inneren des Wagens – die überfüllten Aschenbecher konkurrierten mit einem intensiven Deodorant – kam das Schwächegefühl wieder. Sie griff sich an den Hals und zählte voller Qualen die Minuten, die sie noch von ihrer Wohnung trennten. Es war ihr im Augenblick unmöglich, den Kopf zu wenden. Draußen war es dunkel, es mochte ungefähr neun Uhr sein. Die elektrisch geladene Atmosphäre rief bei dem Fahrer Ausbrüche nervöser Unruhe hervor. Einem Hindernis ausweichend murmelte er vor sich hin, und ab und zu schlug er mit der Faust auf das Lenkrad. Sie habe Glück gehabt, teilte er ihr mit. Er sei auf der Fahrt nach Hause, nach Putney. Dies sei keine Nacht, um sie draußen zu verbringen.

»Fehlt Ihnen etwas?«, fragte er sie und drehte sich nach ihr um. »Dachte, Sie hätten etwas merkwürdig ausgesehen. Hätte sonst nicht gehalten. Bring Sie jetzt rasch nach Hause«, sagte er und drückte auf die Hupe.

Nur mit unendlicher Anstrengung bekam Blanche den Mund auf. »Wie freundlich von Ihnen«, sagte sie. Tränen rannen aus ihrem rechten Auge.

In ihrer stillen, jetzt ganz dunklen Straße schien hinter einigen Fenstern goldgelbes Licht. Sehr langsam, den Kopf mit einer Hand stützend, stieg Blanche aus. Mit einer kraftlosen Bewegung reichte sie dem Fahrer ein paar Geldscheine hinüber und drehte sich um, um die Stufen zu ihrem Haus hinaufzusteigen. Wieder fielen mit zischendem Geräusch ein paar dicke Regentropfen auf das Pflaster. Plötzlich kam ein heftiger Wind auf.

»Mrs. Vernon?«, sagte eine Stimme. »Mrs. Vernon, fehlt Ihnen etwas?« Blanche wandte sich mit der größten Behutsamkeit um und erkannte Mrs. Duff, die etwas Weißliches in der Hand trug. »Fühlen Sie sich nicht wohl? Mein Mann hatte die Zeitung im Wagen liegen lassen, und ich habe sie geholt. Ich möchte Sie nicht stören, aber Sie sahen so merkwürdig aus. Ist Ihnen nicht wohl?« Ängstlich blickte Mrs. Duff in Blanches Gesicht. »Migräne«, brachte Blanche hervor. Eine Hand streckte sich ihr entgegen. »Stützen Sie sich auf mich, meine Liebe. Lassen Sie mich Ihren Hausschlüssel suchen. Machen Sie sich keine Gedanken. Jetzt sind Sie zu Hause.«

Blanche überließ sich dem unbegrenzten Mitleid Mrs. Duffs, die sie jetzt mit sicherer Hand in die dumpfe Stille ihres Schlafzimmers geleitete. Sie führte sie zum Bett und öffnete dann ein Fenster, um den auffrischenden Wind und die Regenkühle hereinzulassen. Blanche spürte, wie sie ihr die Schuhe auszog und ein feuchtkühles Tuch auf die Stirn legte. Dennoch verfiel Blanche in eine leichte Bewusstlosigkeit, während der sie nichts wahrnahm. Vielleicht kam das Schwächegefühl wieder, vielleicht auch nur ein wenig Schlaf. Das Erste, was sie wieder vernahm, war ein Gespräch im Flüsterton. Mrs. Duff war mit ihrem Mann, dem Zahnarzt, zurückgekommen, dem sie übrigens nie länger von der Seite wich. Über die Nachttischlampe wurde ein dunkles seidenes Taschentuch – es war der Beitrag des Zahnarztes – gelegt, und Wasser lief geräuschvoll in einen Wasserkessel. Dann erkannte sie in dem grünlichen Schein der abgedunkelten Lampe das Gesicht von Mrs. Duff, ein ruhiges, schönes, besorgtes Gesicht. Ein schwacher frischer Kräutergeruch stieg ihr in die Nase, und eine Tasse wurde an ihre Lippen geführt. »Trinken Sie das«, sagte Mrs. Duff. Etwas später sagte sie: »Sie werden jetzt schlafen.« Und weiter: »Ich sehe morgen früh nach Ihnen. Ich werde den Schlüssel mitnehmen.« Dann hörte Blanche den Mann sagen: »Komm, Philly. Sie wird jetzt schlafen.«

Aber sie schlief nicht. Das Bewusstsein verließ sie und kam wieder. Es war, als bewege sie sich langsam über einen dunklen Gang. An ihr vorbei glitten die Kuroi mit ihrem blinden, starren Lächeln. Irgendwann schaffte sie es, aufzustehen, die Kleidung abzulegen und ein Nachthemd anzuziehen. Danach sank sie in die Kissen zurück, die Hände krampfhaft gefaltet wie zum Gebet. Zuweilen dachte sie, es habe geblitzt, war sich aber nicht sicher, ob es wirklich draußen oder nur in ihrer Vorstellung gewesen sei. Sie blickte in den dunklen Garten hinaus, hörte das leise Rascheln des dichten Laubwerks im Winde und auch die Glocke am Hals der Katze, wenn sie sich im Gras bewegte. Und irgendwann merkte sie, dass sie wieder imstande war, beide Augen zu öffnen und zu schließen. Sie lag in ihrem Bett und fühlte sich schwer von Dankbarkeit für das zurückgewonnene Sehvermögen. Die Kuroi verschwanden und nahmen ihr ewiges Lächeln mit. Noch einmal stand sie auf und tastete sich zum Fenster. Sie spürte die Kühle im Gesicht, hörte die Geräusche der Nacht und fand die Ordnung der Welt wiederhergestellt. An Schlaf war nicht zu denken, aber das machte ihr nichts aus. Diese Nacht war ihr geschenkt, sie liebte jeden ihrer Augenblicke. In der Morgendämmerung, als der Himmel begann, sich weißlichgrau zu färben, vermochte sie endlich, sich zu entspannen. Gegen fünf Uhr schlief sie ein.

Als sie erwachte, empfand sie einen Augenblick lang höchstes Wohlbehagen. Dann begann wieder das dumpfe Pochen. Sie wusste, dass sie nun in der zweiten Phase ihrer Kopfschmerzen war. Doch damit konnte sie fertigwerden. Sie war jetzt in Sicherheit. Sie musste nur den Tag bis zur kommenden Nacht überstehen, in der sie, wie sie aus Erfahrung wusste, tief schlafen würde. Schon trauerte sie ihrer schlaflosen Nacht ein wenig nach, obwohl sie noch immer aufgewühlt war von den seltsamen Einsichten, die ihr vorangegangen waren. Sie fand sich damit ab, den Tag im Bett zu verbringen, und freute sich, mit kindlichem Vertrauen, auf den Morgenbesuch von Mrs. Duff. Da mussten Tabletten genommen werden, die üblichen, erprobten Mittel, mit denen man den Schmerz überlistete. Wie jemand, der sehr lange krank gewesen ist, freute sie sich auf ihr erstes Bad und auf den Moment, in dem sie ein frisches Nachthemd anziehen würde. Nach dem furchtbaren Abend war sie jetzt ruhig und wie befreit von allen eingebildeten Verpflichtungen. In Mrs. Duffs Ton erkannte sie die zwingende Schlichtheit allen Dienens, und in ihrem eigenen Leben während der letzten Wochen sah sie nur eine Reihe von Torheiten, deren Ursprung sie im Augenblick lieber unerforscht ließ.

Sie vernahm das Geräusch eines sich im Schloss drehenden Schlüssels, dann behutsame Schritte und wieder das Füllen des Wasserkessels. Langsam ging die Tür auf, und Mrs. Duff erschien in Marineblau; sie hatte sich mit quasiärztlicher Strenge gekleidet. Sie lächelten einander zu.

»Ich kann Ihnen«, begann Blanche, »gar nicht genug danken.«

»Mir danken? Mir danken?«, wehrte Mrs. Duff entschieden ab. »Wenn ich nicht eine gute Nachbarin und«, hier errötete sie, »Freundin sein kann, dann möchte ich wissen, wozu ich gut bin.«

»Eine sehr gute Freundin«, sagte Blanche.

Mrs. Duff strahlte vor Freude.

»Können Sie eine Tasse Tee trinken?«, fragte sie. »Und haben Sie etwas zum Einnehmen?«

»Meine Tabletten liegen auf der Frisierkommode«, sagte Blanche. »Und kommen Sie doch bitte herein und trinken Sie eine Tasse Tee mit mir.«

Diese Aufforderung veranlasste Mrs. Duff, ihr bis dahin heroisch gewahrtes Schweigen zu brechen, aber alles hatte seinen Preis, wie Blanche wusste. Im Laufe der nächsten Stunde erfuhr sie eine ganze Menge über die Vorlieben von Mr. Duff sowie darüber, was er nicht mochte, ferner über ihre Pläne für einen Winterurlaub auf den Kanarischen Inseln (»obwohl er Reisen nicht ausstehen kann. Ich muss ihn praktisch dazu zwingen«), über ihre Schwester in Oxford, die als Mädchen ebenfalls unter Migräne gelitten hatte, inzwischen diese Beschwerden aber los war (»und ich habe nie gewusst, was Kopfschmerzen sind, bin ich nicht glücklich?«), schließlich über ihre Pläne zur Renovierung ihres Schlafzimmers (»natürlich mache ich alles selbst«) und endlich über ihre Kindheit und ihre Mutter, die erstaunlicherweise Hüte entworfen hatte und eine Hof-Modistin gewesen war. Für Blanche hatten diese Enthüllungen den Zauber eines Märchens, und ungeachtet ihrer Kopfschmerzen betrachtete sie fasziniert die fein geschwungenen Augenbrauen von Mrs. Duff, die ein wenig hervorstehenden blauen Augen und den beweglichen Mund, dessen Winkel sich wie in unbewusster Melancholie nach unten zogen, sobald sie aufhörte zu sprechen. Natürlich, Blanche erinnerte sich, war da das Kind, das nicht gekommen war, wie liebevoll die Duffs auch miteinander gewesen waren. Dieses Thema war offensichtlich nie ganz aus Mrs. Duffs Gedanken verschwunden. Plötzlich füllten sich ihre Augen mit Tränen.

»Ich habe Sie mit diesem kleinen Mädchen gesehen«, sagte sie. »Einen glücklichen Moment lang glaubte ich, es sei alles wieder gut. Sie wissen, was ich meine. Sie sind nicht sehr glücklich gewesen, nicht wahr?« Sie betupfte ihre Augen. »Bitte verzeihen Sie mir. Über manche Dinge kommt man nie hinweg, nicht wahr?« Sie seufzte. »Aber genug davon. Sie brauchen jetzt etwas Aufheiterung. Wollen Sie, dass ich mich mit irgendjemand Ihretwegen in Verbindung setze?«

»Nein«, sagte Blanche, schloss die Augen und fühlte sich auf einmal müde. »Alle sind verreist.«

Mrs. Duff zu überreden, nun zu gehen und sich um ihre täglichen Pflichten zu kümmern, war keine leichte Aufgabe, die aber am Ende doch irgendwie bewältigt wurde. Mrs. Duff versprach, am Abend wieder hereinzuschauen. Sie steckte Blanches Schlüssel ein, griff nach ihrer modischen Strohtasche und ging. Endlich allein, legte Blanche sich dankbar zurück, aber der Schlaf kam nicht wieder. Doch ihr schien, dass die Erinnerungen Mrs. Duffs die alten Dämonen aus ihrem Inneren verbannt und statt ihrer die Sehnsucht zurückgelassen hatten, ihren Gesichtskreis nun mit anderen Gestalten zu bevölkern. Aber auch die Sehnsucht nach einem reinen Gewissen überkam sie. Wäre ich eine Ehefrau wie Mrs. Duff gewesen, dachte sie, hätten Bertie und ich miteinander in völliger Einigkeit leben können. Stattdessen habe ich mich abseits gehalten und bin durch meine Scheu ein bisschen zu sonderbar geworden. Ich war kein bequemer Umgang, eher ein interessanter. Als sie zum Fenster hinausblickte, sah sie vorbeiziehende Regenwolken, denn das Gewitter hatte sich nicht entladen, sondern war irgendwohin weitergezogen. Der trübe Himmel und das spätsommerliche dichte Laubwerk machten die bewegungslose Luft im Zimmer stickig. Und doch war die Temperatur merklich gefallen. Vielleicht war der Sommer zu Ende. Die Dunkelheit, die gestern Abend um sie gewesen war, mochte am Ende die wirkliche Dunkelheit der anbrechenden Nacht gewesen sein und lag nicht an ihrer durch Migräne verursachten schwindenden Sehkraft. »Je redoute l'hiver parce que c'est la saison du comfort«, dachte Blanche und fand ihrerseits Trost, indem sie sich Bilder ausmalte, wie Mrs. Duff als kleines Mädchen, das mit den Hüten seiner Mutter spielte, von den Mädchen im Arbeitsraum verzogen und von den Frauen, die zur Anprobe kamen, verhätschelt wurde. Sie hat diese intensive Weiblichkeit, dachte Blanche, die man nur hat, wenn man in einer weiblichen Welt aufgewachsen ist – einer Welt der Vertraulichkeit, in der man Geheimnisse und Hausmittel teilt. Aber sie hat auch ihre Unschuld bewahrt. Sie kennt die zweifelhafte Seite der Weiblichkeit nicht, den Aspekt der Verschwörungen und Machenschaften. Ich bin überzeugt, dass sie niemals daran gedacht hat, die Chancen einer anderen Frau abzuschätzen, was das weibliche Denken so sehr beeinträchtigt, und ebenso überzeugt bin ich, dass sie nie so hinterhältig war, ihre Freundinnen in Gegenwart eines Mannes zu bedauern. Gewiss hat sie nie nötig gehabt, eine andere Frau vor ihrem Mann zu erwähnen, nur um seine Reaktion zu beobachten, denn sie war ganz eindeutig immer die einzige Frau für ihn. Philly nennt er sie. Klein Philly, die sich die Hüte der Erwachsenen aufsetzt. Wahrscheinlich hatte er den Namen von der Mutter übernommen und hatte sie damit in nie unterbrochener Zuwendung von Liebe das ganze Leben hindurch begleitet. Ich wäre auch gern einmal so ein kleines Mädchen gewesen, es hätte mir vielleicht ein einnehmenderes Wesen verliehen. Aber da war immer Mutter, die nur darauf wartete, dass ich groß wurde und Verantwortung übernähme, immer an irgendwelche lästigen Pflichten erinnernd: Tu es jetzt!

Nun gut, ich tat es, dachte sie erschöpft, und hierher hat es mich gebracht. Und mein Gewissen ist doch nicht rein.

Der Rest des Tages verging langsam und still. Ein steter

Sprühregen fiel, und sie hörte das Prasseln auf den Blättern der Bäume. Etwa um fünf Uhr stand sie auf, ihre Augen schmerzten empfindlich, und automatisch hielt sie sich die Hand vor das Gesicht. Behutsam nahm sie ein Bad und wechselte das Nachthemd. Danach ging sie fröstelnd wieder ins Bett. Sie rechnete damit, dass diese Schmerzen noch einen weiteren Tag dauern würden. Und dann wollte sie sich den Luxus einer eintägigen Rekonvaleszenz leisten. Sie freute sich nun schon auf den nächsten Besuch von Mrs. Duff. Dass sie ihr den Schlüssel mitgegeben hatte, verlieh ihr ein Gefühl von Geborgenheit – so wie ein Kind sich fühlt, das erwarten darf, dass man sich um es kümmert. Sie freute sich sogar auf die Dunkelheit, darauf, dass die Vorhänge zugezogen und die noch immer mit Mr. Duffs grünem seidenen Taschentuch verhüllte Nachttischlampe angeknipst würde. Als das Telefon läutete, war sie sehr überrascht. Sie hatte nicht erwartet, von irgendjemandem zu hören. Ihre Krankheit, die sie wie eine gläserne Glocke umschloss, schien Gespräche mit der Außenwelt auszuschließen. Die Schmerzen hatten ihre ganze Aufmerksamkeit beansprucht. Praktisch war sie nicht da.

»Blanche?«

»Barbara! Wann bist du zurückgekommen?«

»Heute Nachmittag. Weißt du, das Wetter war so abscheulich, dass wir es keine Minute länger ausgehalten haben. Und dieses fürchterliche Unwetter in der vergangenen Nacht. Jack bekam davon wieder seine Schmerzen im Fuß, und da dachten wir, es wäre besser, gleich nach Hause zu fahren für den Fall, dass es schlimmer würde. Wie geht es dir? Deine Stimme klingt etwas merkwürdig.«

»Kopfschmerzen. In zwei Tagen werde ich wieder auf dem Posten sein.«

»Du, das tut mir leid. Die hast du doch zum Glück eine ganze Zeit lang nicht mehr gehabt, nicht wahr? Seit der Geschichte mit Bertie nicht mehr.« Eine kleine Pause entstand. »Vielleicht solltest du dich lieber für eine Weile ins Bett legen. Soll ich morgen vorbeikommen? Kann ich dir etwas besorgen?«

»Ich liege schon im Bett. Und ich habe keinen zweiten Schlüssel. Meine sehr freundliche Nachbarin hat den meinen mitgenommen. In ein oder zwei Tagen bin ich bestimmt wieder in Ordnung. Es ist wunderbar, mit dir zu sprechen, aber im Augenblick möchte ich lieber nicht weiterreden, wenn es dir nichts ausmacht. Meine Stimme dröhnt mir wie Kanonendonner im Ohr.«

»Mein liebes Mädchen! Gott sei Dank, dass ich nach Hause gekommen bin. Ich rufe dich morgen an. Wenn du irgendetwas brauchst ...«

»Danke, nichts. Ich freue mich, dass du wieder da bist. Grüße Jack!«

Auf dem Korridor ging das Licht an, Mrs. Duff war gekommen. Sie trug jetzt ein gestreiftes Seidenkleid. Wahrscheinlich zog sie sich jeden Abend um und machte sich schön für den heimkommenden Gatten. Strahlend, mit wichtiger Miene kam sie herein und brachte eine Tasse Tee und ein paar mit bitterer Orangenmarmelade bestrichene Toastscheiben. Sie blieb neben dem Bett stehen, während Blanche sich Mühe gab, etwas zu essen. Als das Telefon wieder läutete, stürzte sich Mrs. Duff auf den Apparat, um den Hörer abzunehmen. Sie lauschte einen Augenblick und sagte dann mit Nachdruck: Mrs. Vernon geht es nicht gut. Wie ist der Name, bitte?«

»Ein Mr. Fox«, sagte sie zu Blanche. »Er schien etwas aufgeregt zu sein. Er möchte, dass Sie ihn zurückrufen.« Ja, das möchte er wohl, dachte Blanche, aber ich glaube nicht, dass ich es tue. Wenn er aufgeregt ist, kann er seine Analytikerin anrufen. Diejenige, die ich anrufen sollte, ist natürlich Sally. Im Gedanken an Sally wurde sie von einem Gefühl völliger Erschöpfung überwältigt. Wenn ich wieder mehr bei Kräften bin, versprach sie sich selbst. Wenn ich mich entschieden habe, was ich sagen soll. Denn wenn sie sich auch an jedes Wort der im Hotel geführten Gespräche erinnerte, so hatte sie doch noch nicht darüber nachgedacht. Hier war etwas nicht zu Ende geführt worden, und sie wusste nicht, wie sie es zu Ende bringen sollte.

Mrs. Duff stellte ihr eine Kanne Gerstenschleim mit Zitronensaft ans Bett. »Mein Mann schwört darauf. Ich mache es natürlich selbst. Ich habe Ihnen noch kaltes Huhn und einen Obstsalat in den Kühlschrank gestellt. Ich glaube, dass Sie morgen einen rechten Hunger haben werden. Brauchen Sie noch irgendetwas für heute Abend?«

Blanche merkte, dass Mrs. Duff es eilig hatte, wieder in ihre eigene Wohnung zu kommen und das Essen für ihren Mann zuzubereiten – die älteren Bindungen hatten Vorrang. Nachdem sie gegangen war, herrschte vollkommene Stille. Es war früh dunkel geworden, der traurige Tag war vorüber. Draußen im Garten tropfte der Regen von den Blättern. Die Kopfschmerzen hatten sich beruhigt und ein Schweregefühl in den Augen und eine Empfindlichkeit der Kopf- und der Gesichtshaut zurückgelassen. Sie würde ihr Haar auch an diesem Abend nicht bürsten können. Im Bett bleiben, war alles, was sie tun konnte, aber jetzt fühlte sie sich nicht mehr so wohl dabei. Die Trauer ihrer Kinderjahre und die größere Trauer ihrer mittleren Frauenjahre füllten ihre Gedanken mit Melancholie. Sie sehnte sich nach Trost. In dieser Situation – und obendrein ohne Zuschauer – nutzten ihr all ihre aufgesetzten Manieriertheiten nicht mehr. Die waren nur für die anderen da, und zudem von der falschen Sorte Stolz inspiriert. Sie wusste jetzt, dass wahrer Stolz bedeutete, etwas mit Lust und Freude zu machen. Er hatte mit Furchtlosigkeit, Trotz und Selbstvertrauen zu tun, und er war keine Fassade, hinter der man sich duckte, verängstigt wie Adam und Eva in ihrem elenden Dilemma, wie ewige Kinder mit einem problematischen Vater, den zur Rede zu stellen es ihnen an Erfahrung fehlte. Sie fühlte sich allein durch die Folgerichtigkeit von alledem erschöpft. Was schlecht anfing, konnte nur schlecht enden. In Wirklichkeit waren es Charaktere wie Sally und Mousie, die Stolz besaßen und sich in den Dschungel der menschlichen Beziehungen mit nichts anderem als den eigenen Waffen zur Selbstverteidigung wagten, wohingegen Paul, recht besehen, genau die gedankenlose, versöhnliche Einstellung hatte, die ihn bei seinem Streben nach Stärke zum Scheitern verurteilte. Paul war, bis zu einem gewissen Grade, Adam. Das Dumme war nur, dass er in den falschen Mythos geraten war. Sally (die sie anrufen musste) würde zu anderen Partnern übergehen, und Paul würde bei Mrs. Demuth hängen bleiben, die stets zur Stelle sein würde, um ihn zu züchtigen. Die Situation war unlösbar.

Und ich muss aufhören, dachte sie, aus diesen Leuten

Geschichten zu machen, falsche Analogien zu ersinnen, sie zu Sinnbildern und Mythen zu machen. Ich habe mir von der National Gallery den Kopf verdrehen lassen. Das waren die Dinge, die Bertie so auf die Nerven gingen.

Sobald sie sich erst wieder kräftiger fühlte (und bei diesem Gedanken fühlte sie sich sofort schwächer), wollte sie Sally anrufen und ihr berichten, was geschehen war. Es gab wohl nicht mehr viel, was sie für sie tun konnte. Sie könnte noch ein- oder zweimal ihren Beitrag unter der Teekanne hinterlassen. Doch seitdem sie vermutete, dass Gelder von anderer Seite hereinkamen, wollte sie keine Gewohnheit daraus machen. Vielleicht musste man Sally nach Amerika schicken, damit sie dort mit Paul zusammenträfe. Es wäre eine sehr kostspielige Möglichkeit, und doch schien es keine andere zu geben, aus diesem Dilemma herauszukommen, als einen so extremen Entschluss zu fassen und zwei Flugtickets zu kaufen. Aber sie musste sich doch gewiss nicht so stark in dieser Sache engagieren? Dennoch schien ihr das wahrscheinlich. Es schien ihr sogar, dass ihr Gewissen durch weniger nicht zu beruhigen sein würde. Möglich, dass Patrick eine bessere Idee hatte, obwohl es, wie sie Patrick kannte, die Idee sein würde, sich lieber nicht einzumischen. Vielleicht war Patrick in diesem Moment auf dem Weg von Sally zu seiner Psychoanalytikerin oder auch umgekehrt. Das kleine Mädchen, das in Blanches Gegenwart nie gesprochen hatte, und das, wie es hieß, überhaupt nie sprach, war der Mensch, der gerettet werden musste. Und wieder erkannte Blanche, dass sie sich zu sehr mit Elinor identifiziert hatte und dass Elinor durchaus noch lernen konnte, die Aufgaben zu lösen, die sie, Blanche, nie gelernt hatte zu meistern.

Vorsichtig hob sie den Kopf, trat ans Telefon und wählte Patricks Nummer. Er meldete sich sofort, als habe er auf ihren Anruf gewartet.

»Patrick?«, sagte sie mit einer Stimme, die ihr selbst um drei Töne höher klang als sonst. »Hier ist Blanche. Leider geht es mir nicht besonders gut. Ich werde nicht lange sprechen, wenn es Ihnen nichts ausmacht.«

Im Apparat knisterte es vor stummer Erregung.

»Was gibt es Neues?«, fragte Patrick nach einer kurzen Pause, als habe er ihr nur genug Zeit gelassen, sich zu sammeln.

»Ich weiß es wirklich nicht. Ich habe diese Menschen gesehen, und es sind tatsächlich ganz normale und respektable Leute. Aber es sind sonderbare Verhältnisse. Ich glaube, sie wollen Paul noch eine Weile behalten und ihn nach Amerika mitnehmen. Die ganze Geschichte ist für mich einfach undurchschaubar. In Wirklichkeit habe ich sie nie durchschaut, wie Sie wissen. Und ganz gewiss werde ich mich nicht mehr darum kümmern.«

»Ich verstehe«, sagte Patrick niedergeschlagen.

»Natürlich werde ich, sobald es mir wieder besser geht, Sally anrufen. Dann, meine ich, ist es an Ihnen, wenn Sie glauben, Sie können helfen. Aber irgendwie bin ich dagegen. Lassen Sie uns morgen oder übermorgen weiter darüber reden, wenn ich wieder auf dem Posten bin. Es tut mir leid, aber jetzt kann ich nicht länger sprechen.«

»Blanche, ich bin in Ihrer Schuld«, sagte Patrick in dem gleichen bedrückten Ton. »Ich bin selbst zu einigen Entschlüssen gekommen. Ich möchte bald mit Ihnen sprechen.«

»Gute Nacht, Patrick«, sagte Blanche und legte dankbar den Hörer auf.

Draußen, vor den Fenstern, war es schon schwarze Nacht geworden. Nach ihrem Gespräch mit Patrick war die Stille so vollkommen, dass Blanche sich absichtlich im Bett bewegte, um festzustellen, ob sie noch hören konnte. Nur gut, dachte sie, dass sie nicht hysterisch war. Als sie den Schlüssel in der Tür hörte, hätte sie die Hände zu einem Dankgebet falten mögen. Mrs. Duff war also gekommen; als der barmherzige Samariter, der sie war, wollte sie ihr wohl gute Nacht wünschen. Aber als die Tür aufging, war es Miss Elphinstone in ihrem marineblauen Mantel, die, eine Plastik-Regenhaube locker über ihren Hut gebunden, wie gewohnt einen Hauch klerikaler Würde mit sich brachte.

»Guten Abend, Blanche«, sagte Miss Elphinstone. »Ich komme von einem Besuch im Krankenhaus, und da dachte ich mir, auf dem Heimweg könnte ich einmal bei Ihnen hereinschauen und sehen, wie Sie zurechtkommen. Wir hatten schreckliches Wetter, und hier ist es nicht viel besser, wie ich sehe. Eine ägyptische Finsternis da draußen.« Damit trat sie entschlossen ans Fenster und zog die Vorhänge zu. Sofort schien das Zimmer erträglich zu werden. Blanche richtete sich im Bett auf und nahm das seidene Tuch von der Lampe. »Wollen wir zusammen eine Tasse Tee trinken?«, fragte sie. »Es ist schön, Sie wieder zu sehen.«

»O ja, eine Tasse Tee wäre nicht schlecht«, sagte Miss Elphinstone, sofort einverstanden, und ging in die Küche, um das Wasser aufzusetzen.

»Also, Sie sehen aus, als hätten Sie wirklich Ferien nötig«, fuhr sie fort, als sie mit dem Tablett zurückkam. »Um neun

Uhr schon im Bett! Und das appetitliche Hühnchen im Kühlschrank nicht angerührt. Übrigens ist die Platte nicht von unserem Geschirr.«

»Ich habe eine schlimme Migräne gehabt«, sagte Blanche. »Aber morgen werde ich wohl wieder in Ordnung sein. Sie wissen ja, wie so etwas geht. Das Huhn hat Mrs. Duff gebracht. Sie ist sehr freundlich gewesen.«

Miss Elphinstone verzog den Mund und trank nachdenklich ihren Tee. »Ich komme morgen vorbei und helfe Ihnen ein bisschen«, sagte sie. »Sie müssen nicht aufstehen, wenn Sie keine Lust dazu haben. Sie werden etwas zu essen brauchen, bevor Sie wieder ins Manöver ziehen. Gut, dass ich wieder da bin, nicht wahr?«

»Das hier wird Sie interessieren, Blanche«, fuhr sie fort, während sie etwas aus ihrer Ledertasche zog und es Blanche überreichte. Es war ein Farbfoto, eine etwas verwackelte Aufnahme von einer Gruppe von acht oder zehn Frauen, wobei die am Rande Stehenden mit nicht viel mehr als einem Ellenbogen vertreten waren.

»Dieses Bild wurde vor dem Bird Sanctuary in Bourton-on-the-Water aufgenommen. Das ist unser Damenklub. Natürlich, wenn eine gewisse Person um einen Schritt zurückgetreten wäre, dann hätten wir alle auf das Bild gepasst. Ich will keine Namen nennen«, sagte sie bestimmt, »aber es ist doch sehr schade um die gute Gelegenheit. Danach wurde der Apparat verlegt. Aber das ist wieder eine andere Geschichte.«

»Sie sind sehr gut getroffen«, sagte Blanche aufrichtig, denn Miss Elphinstone stand unübersehbar in der Mitte der Gruppe, mit ihrer ledernen Reisetasche deutlich zu erkennen und mit einem charmanten Lächeln, dessen Wirkung noch erhöht wurde durch einen imponierenden, schräg aufgesetzten Strohhut. »Neben Ihnen sehen alle anderen wie Vogelscheuchen aus.« Denn in Miss Elphinstones Haltung lag sowohl etwas Heroisches als auch Elegantes. Sie hätte eine Missionsstation im südlichen Indien leiten können, wenn sie sich dieses Ziel gesteckt hätte. Sie gehörte in die Zeit des Empire. Sie konnte ein Menschenleben retten, allein indem sie erschien, wie sie es soeben, als sie in der Tür stand, getan hatte.

»Ich kann sagen, im Großen und Ganzen war es ein Erfolg«, erklärte Miss Elphinstone, während sie die Fotografie wieder an sich nahm und mit einem kritischen Blick musterte, ehe sie sie einsteckte. »Aber das Wetter war uns nicht eben hold und die Unterbringung nicht besonders bequem. Ich glaube, dass wir im nächsten Jahr wieder nach Devizes gehen. Und was haben Sie inzwischen angefangen?«

»Nichts von Bedeutung«, sagte Blanche und ließ sich wohlig in die Kissen zurückfallen. »Nichts, was der Rede wert wäre. Es wird mir guttun, wieder ins normale Alltagsleben zurückzukehren.« Gleichzeitig erkannte sie, dass ihre Begriffe von Normalität entschieden an Klarheit verloren hatten. Es war Zeit, sich wieder auf den Boden der Tatsachen zu stellen, was immer auch die Folgen sein würden. Die Alternative wäre, sich treiben zu lassen, aber daran war nicht zu denken. Es sieht so aus, dachte sie, als ob noch ein gutes Stück Arbeit zu leisten wäre. Aber jetzt überkam der Schlaf sie. Durch die halbgeschlossenen Lider sah sie die mit einem Hut gekrönte Gestalt Miss Elphinstones bewegungslos vor der Tür stehen. Dann glaubte sie, dass Miss Elphinstone verschwunden sei, aber da hatte sie die Augen schon fest geschlossen.

11

Frisch gebadet und angekleidet, nahm Blanche Platons *Philebos* aus ihrem Bücherregal und las darin, dass das Leben der Lust gemischt sein müsse mit Vernunft und dass das Leben der Vernunft mit Lust gemischt sein müsse, aber dass etwas Drittes, auf das beide, Vernunft und Lust, hinzielten, der entscheidende Bestandteil des richtigen Lebens sei. Mit leichtem Verzagen machte sie sich klar, dass sie, falls sie die Wahl gehabt hätte, sich wohl für ein Leben der Lust entschieden hätte, und legte das Buch beiseite. Die Vorstellung eines lustbetonten Lebens lenkte ihre Gedanken zwangsläufig auf Sally. Sie wählte deren Nummer, hörte, wie jemand den Hörer abnahm. Ein Schweigen folgte und schließlich wurde der Hörer wieder aufgelegt. Dies hatte sich schon zu wiederholten Malen so zugetragen. Sie vermutete, dass Elinor den Hörer abnahm und dann doch nicht sprach. Es blieb ihr wohl nichts übrig, als selbst einmal zu Sally zu gehen. Für Blanche war es keine erfreuliche Vorstellung. Ich bin dem im Grunde nicht gewachsen, dachte sie, während sie zum ersten Mal nach ihrem Besuch bei Mr. und Mrs. Demuth im Dorchester das Haus wieder verließ. Tatsächlich fühlte sie sich jedoch außerordentlich wohl, wie immer nach einer Migräne. Zudem war das Wetter kühl und frisch, und sie hatte Verlangen nach einem Tapetenwechsel. Patrick war aufgeregt, aber vorsichtig und zurückhaltend gewesen. Doch er hatte ihr Informationen vorenthalten und ihr praktisch nichts gesagt. Allerdings konnte sie sich vorstellen, dass Sally mit ihren übernatürlich wachen Sinnen irgendwie Wind von der Situation bekommen hatte und kaum Blanches Bestätigung brauchte. Dessen ungeachtet richtete sie ihre Schritte in Richtung Fluss auf Sallys Kellerwohnung, wo, wie sie glaubte, das Leben der Vernunft kaum auf das Leben der Lust eingewirkt hatte, was sich darin zeigte, dass Sally sich in einem glücklicheren und primitiveren Zustand befand, als ihn Sokrates und seine Freunde je für irgendeine Zeitspanne ins Auge gefasst hatten.

Dieses Mal kam sie mit leeren Händen, abgesehen von einem Buch für Elinor. Dieses Mal, beschloss sie, würde es eine endgültige Abrechnung geben. Sie fühlte sich stark, tatkräftig und im Besitz ihres gesunden Menschenverstandes samt einem Schuss Härte. Der Beginn der Herbststürme hatte sie von der sommerlichen Trägheit befreit. Als sie von der Straße aus durch die staubigen Fenster in die Kellerwohnung blickte, sah sie verschiedene Kleidungsstücke auf dem als Bett dienenden Sofa ausgebreitet, sonst jedoch kein Zeichen von Leben. Auf das Läuten öffnete niemand. Sie lehnte das für Elinor mitgebrachte Buch an den Türrahmen und kehrte, ein wenig enttäuscht, wieder um. Sally würde wohl Besorgungen machen, vermutete sie, oder im Krankenhaus sein. Da sie nichts anderes zu tun hatte, ging sie ins Krankenhaus und sah sich in der Ambulanz um. Auch hier keine Spur von den beiden. Auf dem Rückweg in ihre Wohnung überlegte sie, ob Patrick religiös sei – Männer seines ängstlichen Typs waren es oft – und er vielleicht in Sallys Rettung so etwas wie eine moralische Pflicht sähe. Platon hatte angedeutet, dass Ehrenhaftigkeit die wesentliche Eigenschaft des richtigen Lebens sei und dass Lust ebenso wie Vernunft das Verlangen danach schüfen. Sie fragte sich, ob denn Ehrenhaftigkeit mit gemischten Motiven vereinbar wäre. Dies war durchaus nicht klar.

Sie machte ein paar schnelle Einkäufe und bummelte über die sonnenbeschienene Straße. Wieder daheim, zerteilte sie das Huhn, legte die Stücke in ein Kräuteraspik und buk außerdem eine Apfeltorte. Sie versuchte noch einmal Sallys Nummer, aber niemand hob ab. Ein wenig besorgt, rief sie Patrick in seinem Büro an. »Patrick, können Sie vielleicht heute Abend vorbeikommen? Ich kann Ihnen ein leichtes Abendessen vorsetzen. Es tut mir leid, aber es müsste heute Abend sein, weil ich verreise. Sie kommen? Großartig. So um sieben?«

Sie hatte überhaupt nicht daran gedacht, zu verreisen, bis zu dem Augenblick, in dem sie es aussprach. Aber warum nicht? Es war doch so naheliegend. Sie hatte genau wie jeder andere das Recht auf Ferien, und der September war ein schöner Monat, der Oktober war sogar noch besser. Im Süden würde die Herbstsonne warm und golden scheinen, die allzu vielen Menschen hätten das Feld geräumt, die Kinder waren wieder in der Schule. Sie wollte über die Alpen nach Italien reisen, sie wollte München und Wien sehen, in den öffentlichen Gärten sitzen, wollte nach Paris reisen und im Park von Versailles spazieren gehen. Nachdenklich holte sie das Kursbuch mit den europäischen Zugverbindungen hervor. Plötzlich zeigte sich eine Fülle von Möglichkeiten, und sie verbrachte den Nachmittag mit dem Studium des Kursbuches. Nach und nach nahmen die Bilder in ihrer Vorstellung Gestalt an. Sie sah den Park von Versailles, die Einsamkeit seiner entlegensten Winkel, goldenes Laub um die Sockel der Statuen geweht, stehendes Wasser in den Steinbecken, von keinem Springbrunnen gestört und nur die langsam ziehenden Wolken in ihren erhabenen Bewegungen spiegelnd. Sie wollte nach Paris gehen und Eis von Berthillon essen, wollte draußen auf einer Caféterrasse die neuesten Bücher lesen, früh und allein zu Abend essen und dann einen langen, heilsamen Schlaf schlafen. Und dann, dachte sie, als sie das Buch zuschlug, werde ich natürlich in den Süden reisen. Selbstverständlich. Und wenn ich auch allein unter den Palmen sitze, wenn alle anderen ihre Siesta halten und niemand da ist, zu dem ich zurückeilen muss – na, wenn schon! Die Sonne ist Gott.

»Patrick«, sagte sie, als sie zwei Gläser mit Rheinwein füllte, »haben Sie schon irgendeine Vorstellung davon, was Sie mit Sally unternehmen werden? Für einen emotionell engagierten Menschen sehen Sie sehr unglücklich aus. Aber ich glaube, das kommt häufig vor.«

»Ich dachte eigentlich daran, mit ihr auf Reisen zu gehen«, sagte er verlegen.

»Eine gute Idee«, sagte Blanche in einem, wie sie hoffte, ruhigen Ton. »Ich nehme an, Sie sind darauf vorbereitet, einen ganze Menge Geld auszugeben.«

Er warf ihr einen schockierten Blick zu.

»Ich glaube kaum, dass Sie mit ihr in den Lake District reisen wollen. Ich kenne Ihre übliche Urlaubsgestaltung zwar nicht, aber ich stelle sie mir ziemlich spartanisch und bescheiden vor. Dorfgasthäuser und als Imbiss Brot und Käse, so etwa. Das wird für Sally kaum das Richtige sein. Elinor wird natürlich wieder bei ihrer Großmutter abgestellt werden. Wohin gedachten Sie denn mit Sally zu gehen?«, fragte sie nach einer Pause, die gleichsam ganze Bände unbeantworteter Fragen enthielt.

»Ich dachte an Marbella«, antwortete er unsicher. »Oder Ischia.«

»Und was wollen Sie da tun, Patrick? Es ist nicht unbedingt das, was Sie mögen.«

»Ich werde alles tun, was Sally will.«

Er sah immer unglücklicher aus.

»Patrick«, sagte Blanche freundlich, »ist das ehrenhaft? Wir sollten uns immer vor Augen halten, dass Ehrenhaftigkeit das höchste Gut ist. Lust, ohne Beimischung von Vernunft, ist anscheinend das, wonach die Unwissenden streben. Aber ein gutes Gewissen bringt einem das nicht ein.«

»Vom guten Gewissen habe ich mehr, als ich brauche«, wandte er ein. »Ich arbeite hart. Ich habe keine Schulden. Und jahrelang habe ich meiner verwitweten Mutter jeden Wunsch von den Augen abgelesen.«

»Ich glaubte, Sie wären ihr zärtlich zugetan gewesen?«

»Trotzdem. Sie hat meine Gegenwart sehr viel länger gefordert, als ich die ihre nötig hatte. Ich denke, das ist auch eine Form von Ehrenhaftigkeit.«

»Nicht wirklich«, sagte Blanche. »Es war Pflicht, und wir können uns unsere Pflichten nicht immer aussuchen.«

»Wir sollen Vater und Mutter ehren.«

»Ich bin mir nie sicher, wie weit wir in dieser Beziehung gehen müssen, ich meine, was von uns erwartet wird. Die meisten der in der Bibel vorkommenden Eltern wären einfach unmöglich. Ich muss sagen, dass wir nicht gerade viel von den Töchtern Hiobs erfahren. Was für ein Leben müssen sie gehabt haben! Außerdem ist das, was uns die Bibel sagen will, keineswegs immer eindeutig. Manche Botschaft ist ausgesprochen hintergründig. Denken Sie nur an Uria, den Hethiter. Ja, und was haben Sie sonst getan, was Sie zu einer hochstehenden Persönlichkeit macht, wie Sally sagen würde?«

»Ich glaube nicht, dass ich nach Ihren Begriffen viel getan habe, Blanche. Sie waren so frivol, so spöttisch. Ich war ... betroffen, interessiert. Ich hielt die Augen offen. Ich glaube, ich war nie unfreundlich.«

»In diesem Satz sind zwei Verneinungen enthalten. Ob Sie freundlich gewesen sind, darauf kommt es an. Ja, ich glaube, Sie waren es. Und es besteht auch gar kein Anlass für mich, über Sie zu Gericht zu sitzen. Ich urteile nicht über Sie, Patrick, ich stelle nur fest, was Sie tun. Ich habe es schon vorher gesehen. Ihre Stellung ist gesichert. Ihre Arbeit wird geschätzt. Sie haben ein festes Einkommen. Sie erfüllen Ihre Pflicht. Sie haben Ihre Mutter geehrt und zweifellos noch viele andere Leute. Und jetzt wollen Sie verrucht werden, wollen sich auf fragwürdige Dinge einlassen und suchen den Skandal. Sie wollen das absolute – wie soll ich es nennen? – Hochgefühl. Sie wollen frei sein von allen Ihren Grundsätzen und von denen der anderen auch. Natürlich haben Sie recht. Ob das, was Sie tun, richtig ist oder nicht, ist eine andere Frage. Sie wollen Ihr eigenes Leben zurückhaben. Sie wollen Ihre Autonomie.«

»Sie verstehen mich gut, Blanche.«

»Was ich nicht verstehe, ist, warum Männer diese Dinge für die eine Frau tun und für die andere nicht. Vielleicht können Sie mir das erklären.«

»Das ist ganz einfach: Manche Frauen machen einen Mann unruhig, während er von anderen weiß, dass er zu ihnen immer wieder nach Hause kommen kann. So einfach ist das.«

»Nein, einfach ist es nicht, jedenfalls dann nicht, wenn man zu den anderen Frauen gehört. Wenn man sieht, wie einem Mann der Kopf verdreht wird, fragt man sich: Warum kann ich das nicht? Nicht, dass man einen Mann ausbeuten möchte. Aber es ist nie ganz klar, wie weit man gehen kann. Vielleicht wartet man ab, um zu sehen, wie weit andere Frauen willens sind zu gehen. Aber vielleicht wartet man nicht lange genug. Vielleicht fehlt einem der Mut, oder vielleicht kann man überhaupt nicht gut warten und will sich lieber mit einem eigenen Beitrag in das Abenteuer stürzen, damit alles leichter und schneller vonstatten geht.«

»Ich denke, dass Sally das alles getan hat.«

»Nein, das denke ich nicht. Soweit ich sehe, hat Sally überhaupt keinen Beitrag geleistet.«

»Sally selbst ist der Beitrag.«

»O ja, ich verstehe. Wie traurig ist das alles!«

»Traurig?«

»Aber ja, ich finde es ziemlich traurig. Für Sie, nicht unbedingt auch für Sally. Sie vergessen, dass die Sallys dieser Welt groß im Vergessen sind.«

»Aber so ist das Leben, Blanche.«

»Zu vergessen? Die Last abzuwerfen? Soll es das sein?«

»Wenn Sie Ihren eigenen Weg gehen wollen, dann ist es so.«

»Sie meinen, dass die Natur befiehlt, uns um das liebe Ich zu kümmern? Und alles Übrige sei nur der Überbau, ein Moralsystem, mit dem uns alte Männer beglückt haben?«

»Gewissermaßen.«

»Aber wenn es so wäre, dann würde die Natur uns auch raten, unsere Eltern zu verlassen, sobald sie uns lästig werden, unsere Nebenbuhler zu ermorden und uns zu nehmen, was uns gefällt, gleichgültig, wie teuer es andere Menschen zu stehen kommt.«

»Die Natur drängt uns einfach, uns von Zeit zu Zeit Lust zu verschaffen.«

»Ich weiß, Patrick. Und vielleicht sind Sie sogar bereit, den Preis dafür zu zahlen.«

»Worin besteht der Preis?«

»Das weiß eben niemand. Das ist der Haken, wissen Sie.«

»Ich denke, ich bin bereit, ihn zu zahlen.«

»Dann rufen Sie am besten jetzt Sally an, während ich den Salat mache. Sie nimmt aus irgendwelchen Gründen nie den Hörer ab.«

»Ich rufe lieber später an. Wenn ich zu Hause bin.« Er nahm die verträumte Miene eines Menschen an, der in Kürze mit den Musen sprechen wird. Ganz klar, er telefonierte mit ihr jeden Abend, nährte sein Gefühl für sie mit ihren vagen und mitten im Satz abgebrochenen Bemerkungen, war verwundert über all dies Ungewohnte, Fremde und überzeugt, dass in all dem für ihn Unerklärlichen eine erotische Botschaft enthalten sei, eine geheime Botschaft von vorenthaltener Gunst und einer ihm zugemessenen Strafe. Voller Vergnügen kostete er die Gefahr aus.

»Ich möchte dafür sorgen, dass Elinor einmal ein bisschen Geld zur Verfügung hat«, sagte Blanche, als sie mit dem Tablett ins Zimmer zurückkam. »Wenn sie siebzehn ist. Das ist das Alter, in dem man gern Dummheiten macht. Natürlich sollte ich es lieber lassen. Auf das Geld käme es mir nicht an, aber ich habe so ein Gefühl, als wollte ich damit mein Gewissen beruhigen und täte doch zugleich etwas, das ich später bereuen werde. Es ist nämlich genau das, was alte Frauen tun – alles vor sich herschieben, solange man nur kann. Und wer sagt uns, dass Elinor am Ende nicht so wie ihre Eltern wird?«

»Sally ist eigentlich eine ganz gute Mutter.«

»Ja, ich sehe, dass sie sehr lustig sein kann. Aber ich habe das Gefühl, dass Elinor Spaßhaftigkeit nicht sehr schätzt. Sie ist ein viel ernsteres Geschöpf.«

»Aber sie ist erst vier Jahre alt, Blanche. Wir können nicht wissen, was einmal aus ihr wird.«

»Nein, und ich beabsichtige auch nicht, es abzuwarten. Es ist nicht mein Kind und wird es niemals werden. Ich habe nie ein Ersatzkind haben wollen – glaube ich. Als ich sie zum ersten Mal sah, dachte ich, sie sieht einsam aus, und über einsame Kinder weiß ich Bescheid. Manche Leute bleiben ihr Leben lang einsame Kinder. Und dem wollte ich einmal vorbeugen. Ich nehme an, in dieser Beziehung war auch ich emotional engagiert.«

»Ich habe mich oft gefragt, warum Sie nicht eigene Kinder haben.«

»Ich mich auch.« Sie senkte den Blick. »Nehmen Sie noch etwas Huhn, Patrick. Eine Nachbarin hat es mir gebracht, als ich krank war.« Sie stellte fest, dass er sich nicht nach ihrer – eingestandenermaßen wiederhergestellten – Gesundheit erkundigt hatte. Er ist mit seinen Gedanken weit weg, dachte sie. Aber schließlich hatte die Intensität, mit der er sich mit sich selbst beschäftigte, von jeher einer engeren Vertrautheit zwischen ihnen im Wege gestanden. Bis auf heute Abend, wo sie sich, wie es schien, ganz unbefangen unterhielten, hatte sie immer den Eindruck gehabt, dass er in jeder persönlichen Bemerkung von ihr eine Zudringlichkeit und einen Eingriff in seinen eigenen Bewusstseinsstrom gesehen hatte. Er war nicht nur weit weg mit seinen Gedanken, sondern es war mit seiner Verliebtheit so weit gekommen, wie es weiter wohl nicht mehr kommen konnte. Wenn sie nicht mehr das Telefon haben, dachte sie, das ihnen den Umgang aus räumlicher Distanz erlaubt, sondern zum täglichen Kontakt gezwungen wären, würden sie sich so voreinander zeigen, wie sie waren. Plötzlich begriff sie, dass dies alles ein Traum Patricks war, dass Sally nie mit ihm fortgehen würde, auch nicht nach Marbella oder Ischia. Sie hatte zu gesunde Instinkte. Sally erkannte Patricks intensive Beschäftigung mit sich selbst, seine unleugbare Ehrbarkeit und auch sein dringliches Verlangen nach Rückkehr in die Weh seiner Herkunft. Aber vor allem sah sie seinen völligen Mangel an Realitätssinn. Das alles sah Sally, und deshalb war sie zur Zeit unerreichbar.

Das Geräusch eines Schlüssels im Türschloss lenkte ihre Gedanken wieder auf die eigene Situation, und sie machte sich darauf gefasst, Patrick und Mrs. Duff für den Rest des Abends bei sich zu haben. Aber in der Tür stand Bertie, er sah sonnenverbrannt und ärgerlich aus.

»Ich dachte, du wärest krank«, sagte er. »Barbara hat mir gesagt, du wärest krank. Guten Abend, Patrick.«

»Patrick wollte sehen, wie es mir geht«, sagte Blanche ruhig. Ein Gefühl von Schwäche übermannte sie plötzlich. »Ich muss mich einen Augenblick setzen, wenn ihr nichts dagegen habt. Ich glaube, ich bin sehr krank gewesen.«

»Nicht zu krank, um nicht etwas kochen zu können, wie ich sehe«, sagte Bertie mit einem Blick auf den Apfelkuchen. Nach zwei Minuten nahm er sich ein Stück. Niemand sprach. Er aß mit verdrießlicher Miene und distanzierte sich von dem Genuss, den er empfand, wie man es in Gegenwart von Kranken tut.

»Und wie war es auf Kreta?«, fragte Blanche.

»Korfu. Sehr heiß. Ziemlich laut. Da war eine Menge Leute, die wir kannten. Oder beinahe kannten. Du weißt, wie so etwas ist. Dinner mit einer Clique von ungefähr zehn Personen jeden Abend. Riesenspaß natürlich. Enorm amüsant.«

»Wie war die Villa?«, fragte Blanche, die an allabendliche Dinner mit einer Clique von ungefähr zehn Leuten dachte.

»Wir teilten sie mit einem anderen Paar, Freunden von Mousie. Wir kamen ganz gut zurecht. Es blieb uns allerdings nichts anderes übrig, denn es war recht eng. Der Freund von Mousies Freundin war ziemlich verärgert. Er will sich beim Reisebüro beschweren. Machte dauernd Aufnahmen vom Badezimmer, um zu beweisen, wie unzulänglich es war. Ich arrangierte mich, so gut es ging. Es schadet niemandem, gelegentlich ein etwas spartanisches Leben zu führen.«

Blanche, die Bertie kannte, der im Bad Düfte von Verbena- und Sandelholzöl zurückließ, wunderte sich über seine Worte, sagte aber nur: »Du isst Patricks Kuchen auf, Bertie.«

»Das stimmt«, sagte Bertie und nahm sich noch ein Stück.

»Ich dachte daran, selbst für ein Weilchen fortzugehen«, sagte Blanche. »Es kommt mir so vor, als ob ich zu lange in dieser Wohnung gelebt habe. Ich werde nicht gebraucht hier.«

»Was meinst du damit, Blanche, nicht gebraucht?«

»Ich meine damit, Bertie, dass niemand bemerken würde, wenn ich nicht mehr hier wäre. Natürlich ist es reizend, dich wieder zu sehen, auch Sie, Patrick, aber ich bin überzeugt, dass ich für keinen von euch unentbehrlich bin. Ihr habt beide andere Bindungen. Das lässt mich vollkommen frei. Ich werde in den Süden reisen und in der Sonne sitzen. Wie Patrick und ich übereinstimmend festgestellt haben, ist es von Zeit zu Zeit wichtig, das zu tun, was man gern möchte. Die Natur gebietet es.«

Sie begann, die Teller und Bestecke auf das Tablett zu legen, da das Mahl anscheinend beendet war. Patrick machte einen halbherzigen Versuch, ihr zu helfen, indem er sich erhob und ihr seinen Teller zuschob. Danach setzte er sich wieder.

»Selbstverständlich«, sagte Blanche freundlich, »verstehe ich gut, dass ihr von Zeit zu Zeit gern bei mir hereinschaut. Meine wenn auch bescheidene Gastfreundschaft ist euch sicher. Ich werde mir nie zuschulden kommen lassen zu behaupten, eure Besuche kämen mir ungelegen. Ich bin, wie ihr bemerkt haben werdet, nicht übermäßig beschäftigt. Aber wo steht geschrieben, dass ich nicht gern einmal woanders wäre?«

»Blanche, Sie haben mich eingeladen«, sagte Patrick.

»Das ist richtig. Es war nur, weil wir etwas zu besprechen hatten. Aber ich dachte an dich, Bertie. Du scheinst von mir zu erwarten, dass ich ständig hier bin, so wie ich es immer war.«

»Ich bin gekommen, weil mir Barbara gesagt hat, du seiest krank. Ich wollte sehen, ob du etwas brauchst.«

»Du wolltest sehen, ob ich etwas brauche? Wie aufmerksam! Aber wie du siehst, kann ich mir, wie schon immer, selbst helfen. Wie, Sie gehen schon, Patrick? Sie müssen? Und ich habe heute solche Lust auf Gesellschaft!«

Patrick hatte mit ernster Miene nach seiner Aktenmappe gegriffen. »Ich rufe Sie an, Blanche, wegen der besprochenen Pläne. Sie sollen so bald wie möglich Bescheid haben. Und ich bin mir darüber klar, was ich tue – das müssen Sie wissen.«

»Er ist sich durchaus nicht klar darüber«, sagte Blanche zu Bertie, als sie wieder ins Zimmer kam, nachdem sie Patrick an die Tür gebracht hatte. »Er sieht so sehr wie ein altrömischer Senator aus, dass man ihn für weiser hält, als er tatsächlich ist. Ich hatte recht, wenn ich mir in all den Jahren Sorgen um ihn machte. Ich glaube, ich habe gewusst, dass ihn immer irgendetwas hindern würde, einen Entschluss zu fassen. Und jetzt steht er ganz im Bann seiner großen Entscheidung. Sie wird für ihn, wie sie auch ausfällt, eine Niederlage bedeuten. Patricks Tüchtigkeit endet vor der Tat. Handeln ist für ihn so ungewohnt geworden, dass er es jedes Mal als Katastrophe ansieht. Im Grunde seines Herzens weiß er das auch. Aber er ist einfach seiner Sicherheit überdrüssig geworden. Ich kann das gut verstehen.«

»Du scheinst ihn sehr gut kennengelernt zu haben.«

»Komm, trink ein Glas mit mir, Bertie. Nein, ich habe ihn schon immer gut gekannt. Ich habe gewusst, wie sehr er unter seinen Unzulänglichkeiten leidet. Wie wir alle. Ich wollte, dass er sich sicherer fühlte, als er es aus eigenen Stücken vermag, sicherer, als er es verdient. Vielleicht war es albern von mir. Man sollte nicht versuchen, Menschen einen Rückhalt gegenüber der Welt zu geben. Die Götter sind stärker als wir.«

»Blanche«, sagte Bertie.

»Nein, unterbrich mich nicht. Ich habe viel über all das Vergangene nachgedacht und sehe jetzt klarer. Du musstest mich verlassen, Bertie. Ich hatte meine Zeit abgeleistet. Die Unruhe, die einen Mann zu Dummheiten treibt, führt ihn weg von Menschen meines Schlages. Es wäre ebenso nutzlos gewesen, wenn ich den Versuch gemacht hätte, dich zu halten, wie wenn ich mich in jemand hätte verwandeln wollen, der zwanzig Jahre jünger ist als ich. Und dann habe ich das Muster erkannt. Es ist für jedermann ganz einfach zu erkennen. Ein Besuch in der National Gallery würde dich überzeugen, wenn du Zweifel haben solltest. Da sind sie alle, die Guten und die Gleichgültigen. Ich neige nämlich zu der Annahme, dass es keine Bösen gibt. Gleichgültigkeit gegenüber den Guten – mehr ist nicht nötig.«

»Wenn du auf Mousie anspielst, dann irrst du dich. Mousie ist im Grunde ein guter und fürsorglicher Mensch.«

»Mousie ist eine Anfängerin, Bertie. Ihre Waffen sind die Waffen eines Mädchens, sie sind primitiv. In Wahrheit ist sie eher ängstlich und voller Furcht vor dem göttlichen Zorn, der über sie kommen muss. Warum sonst schickt sie dich ständig her, um nachzusehen, ob ich vielleicht meinen Kopf in den Gasofen gesteckt hätte? Warum sonst braucht sie die Bestätigung durch ihre Freunde, um so weitermachen zu können? Warum muss sie in Korfu die Villa mit anderen teilen, wenn sie dich für sich allein hätte haben können? Nein, Mousie ist kein schlechter Mensch. Sie ist ein Kind, das seinen Eltern trotzt und das so reizend ist, dass sie es nicht schlagen. Aber erwachsene Kinder können sehr gefährlich sein. Frauen, die dabei bleiben, sich selbst als kleines Mädchen zu sehen, neigen auch dazu, ihre Entgleisungen nicht ernst zu nehmen. Ich muss sagen, ungewöhnlich kommen sie damit durch. Wenn du willst, kannst du die andere Flasche aufmachen. Von der ersten scheint Patrick das meiste getrunken zu haben. Ein Zeichen dafür, wie aufgeregt er war.«

Mir kam er ganz ruhig und zufrieden vor. Und könnten wir nicht über etwas anderes sprechen? Muss ich immer Abbitte leisten?«

»Aber deswegen kommst du doch her, Bertie, Es ist allerdings wirklich nicht nötig. Ich habe gerade versucht, es dir zu erklären. Ich kenne das Muster.«

»Ich wünsche mir nur, dass du auch einmal schweigen könntest, Blanche. Du hast immer zu viel geredet.«

»Bekommst du in Fulham nicht so viel zu hören?«

»Doch. Aber anderes.«

»Ich kann verstehen, dass eine Frau einen Mann um den Verstand bringt«, sagte Blanche und zündete sich eine Zigarette an. »Was ich nicht verstehe, das ist, warum manche Frauen damit durchkommen.«

»Nein, das kannst du nicht verstehen, das glaube ich dir. Übrigens, der Korkenzieher liegt bei dir, wenn du so gut wärst ... Ich wollte nur klarstellen, dass ich einen anstrengenden Arbeitstag hinter mir habe und mir weiter nichts als einen Augenblick Ruhe und Frieden wünsche.«

»Das sagen alle Männer. Ich erinnere mich, dass es auch mein Vater gesagt hat. Übrigens, hast du schon etwas gegessen?«

»Nur das bisschen Kuchen.«

Blanche ging in die Küche und kam wieder mit dem Rest des Huhns in Sülze, ein paar mit Butter bestrichenen Zwiebackscheiben, einem Stück Käse und einem Pfirsich. Sie hatte alles auf ein Tablett gelegt und setzte es auf Berties Knie.

»Was waren das für Pläne, von denen Patrick sprach?«, fragte er, während er die Gabel nahm und, sobald sie nicht hinsah, einen kurzen Blick auf sie warf.

»Pläne? Ach ja, die *Pläne*. Nun, ich meine, die Pläne sind Patricks Angelegenheit.«

Als sie Bertie beim Essen zusah, wie sie es so manches Mal getan hatte, stellte sie bekümmert fest, dass sie dabei jene, ihre aus einem früheren Lebensabschnitt vertraute, primitive Genugtuung empfand. Es war, als fände sie in ihm die Beweise für ihren Wert, so als ob sie ohne ihn diesen Wert verlieren würde. Sie wusste, dass dies nicht die rechte Denkweise für eine moderne Frau war, die etwas auf sich hielt. Sie wusste auch, dass seine Abwesenheit sie zu seltsamen Exzessen getrieben hatte, die um so seltsamer erschienen, als sie so harmlos waren. So wie sich manche Frauen dem Alkohol oder einer maßlosen Esslust hingeben oder Ladendiebstähle begehen, so hatte Blanche begonnen, mit fremdem Leben zu flirten, gute Werke zu tun und sich allerlei bildendem Zeitvertreib zu widmen. Sie hatte nie daran gezweifelt, dass sie nicht mit vollem Herzen in diesen Aktivitäten aufging. Aber sie hatte sie innerlich akzeptiert, obwohl sie nicht gerade glücklich dabei war und zudem immer ein leises Gefühl der Demütigung spürte. Sie war ständig bereit, sich bei ihren älteren und lebendigeren Erinnerungen, bei ihrem früheren Ich für ihre abscheuliche Personifikation von Tugend und Würde zu entschuldigen. Im übrigen versuchte sie, ohne jede Voreingenommenheit die Kunst zu erlernen, ohne fremde Hilfe auszukommen. Sie, die Mousie ängstlich genannt hatte, war selbst noch ängstlicher geworden, fähig, bei anderen den verzweifelten Kampf um Freiheit zu erkennen, fähig auch, das zu schätzen und zu bewundern, was sie jetzt als Gleichgültigkeit erachtete. Denn wenn auch ihr Platz eigentlich hier war, so musste sie ihre Dienste woanders leisten, ungeachtet aller damit verbundenen Missverständnisse und misslichen Verbindungen und ihres nicht ganz reinen Gewissens. Sie wusste, dass sie bei alledem ohne die rechte Begeisterung war. Bertie fand, mit einem Blick über die Gabel, dass sie streng und geheimnisvoll aussah.

»Woran denkst du?«, fragte er höflich, wohl wissend, dass sie auf solche Fragen stets und ausführlich zu antworten pflegte.

»Ich dachte daran, wie andere Menschen leben«, sagte sie, »und daran, wie verlockend ihre Lebensweise immer scheint. Und wie irreführend der Schein ist, sobald man etwas mehr darüber weiß. Wahrscheinlich täte ich besser daran, mich nicht um das Leben der anderen zu kümmern. Außerdem dachte ich wohl an Kinder, und wie sie dir in einer Variante deiner Person gegenübertreten. Oder so, wie du nach deinem Gefühl eigentlich bist.«

Aber dafür hatte Bertie kein Interesse, und endlich kam er auf das zu sprechen, was ihm am Herzen lag.

»Was hast du mit Patrick vor?«, fragte er.

»Mit Patrick? Warum sollte ich etwas mit Patrick vorhaben«, fragte sie.

»Ich hatte den Eindruck, dass ihr zusammen verreisen wollt.«

Blanche lachte. »Wie schlecht du ihn kennst! Wenn überhaupt die Rede davon sein könnte, dass Patrick mit mir verreisen will, dann würde er das mit einem anderen diskutieren. Du kannst doch nicht im Ernst denken, Bertie ...«

»Doch«, antwortete er gezwungen, »ich dachte es.«

»Und wie wenig du *mich* kennst! Wenn ich mit jemandem verreisen wollte, dann kaum mit Patrick. Ich würde mir jemanden mit etwas mehr, wie soll ich es nennen, Elan, *élan vital* aussuchen. Patrick achtet nur auf das, *was sich gehört*. Weißt du noch, dass meine Mutter aus ebendiesem Grunde mit ihm einverstanden war? Patrick könnte durchaus wegen einer Frau den Kopf verlieren, aber gewiss nicht wegen einer Frau wie mir.«

»Warum nicht? Du bist noch immer attraktiv.«

»Aber verstehst du denn nicht? Für Patrick bin *ich* die, die immer weiß, was sich gehört. Jemand, auf den man sich verlassen kann, der stets tut, was sich schickt.« Sie lachte wieder. »Und wenn du wüsstest, wie leid ich es bin, stets das zu tun, was sich gehört!« Sie zeigte zum Fenster. »Da draußen gibt es Menschen, Bertie, die niemals das tun, was sich schickt. Du kennst sie. Ich kenne sie. Ich bilde mir ein, dass ich sie überall erkennen würde. Natürlich mache ich dafür die National Gallery verantwortlich. All diese heidnischen Gottheiten, die da ihr ungehemmtes freies Leben führen. Unmittelbar *vor unseren Augen*. Ich habe lange gebraucht, bis ich begriff, dass das jeder kann, der Lust dazu hat. Ich weiß nur noch nicht, ob es dabei auf den Willen oder nur auf die Fähigkeit ankommt. Solche Leben bleiben ihrer Natur nach unfertig, sie bleiben Open-End-Veranstaltungen, die sich jeglicher Kontrolle entziehen. Ich nehme an, dass es das ist, was ihnen die mythische Qualität verleiht. Die andern machen sich nichts aus unseren Zweifeln. Anscheinend sind sie frei.«

»Mit wem willst du nun verreisen?«

»Ach, ich weiß nicht, ich weiß es wirklich nicht. Vielleicht gehe ich allein fort und lass mir's gutgehen. Ich habe an sehr einfachen Dingen Spaß, wie du weißt. Es wird keine Ferienreise sein wie die, die du gerade hinter dir hast. Bei mir wird es keine Clique geben, mit der ich Dinnerpartys veranstalten könnte. Früher hat mir das einmal Spaß gemacht. Ich glaube, dir heute noch.«

»Ich bin gern in Gesellschaft, ja.«

»Und ich nehme an«, sagte sie leichthin und sah dabei aus dem Fenster, »dass du und Mousie demnächst heiraten werdet.«

»Ich glaube wohl, dass es dazu kommen wird.«

Es folgte ein Schweigen, denn dies war für Blanche das Ende von allem. Er beobachtete sie aufmerksam. »Wann willst du reisen?«, fragte er.

»Sobald wie möglich. Es sind noch ein paar Dinge hier zu erledigen, ein paar Schwierigkeiten zu beheben, und dann gehe ich. Vielleicht werde ich mich nach einem anderen Ort umsehen, wo ich leben kann. Das wäre vielleicht am besten. Ja, das werde ich tun. Du kannst selbstverständlich die Wohnung haben. Dir hat sie immer mehr bedeutet als mir.«

»Es scheint dir sehr leicht zu fallen, dich von unserer gemeinsamen Vergangenheit zu trennen.«

»Ja, nicht wahr? Vielleicht hätte ich es schon früher tun sollen. Ich habe mich lächerlich gemacht, indem ich hier saß und auf dich wartete, um dir dann zu sagen, du solltest nicht kommen. Als ob man so leben könnte. Platon sagt uns, dass Lust, gemischt mit Schmerz, nur eine geringere Lust ist. Wie recht er hat!«

»Ist das alles, was ich bin? Ein geringeres Vergnügen?«

Was du bist, kann nichts Ernsthaftes mehr sein, denn es ist halbherzig. Dein Leben spielt sich irgendwo anders ab, wozu ich keinen Zugang habe. Man muss über diese Dinge hinwegkommen, und ich werde es selbstverständlich schaffen. Es dauert nur ziemlich lange, das ist alles. Und ich muss wohl zugeben, dass es meine Schuld ist. Im Augenblick ist auch mein Leben nicht mehr ganz seriös. Ich mache mir vor, etwas zu sein, von dem ich selbst keine richtige Vorstellung habe. Aber ich werde es bis zum Ende durchhalten, weil die Ehre das höchste Gut ist. Ich glaube, dass das wahr ist. Aber wie schwer ist es manchmal. Wie gern wäre ich anders!«

»Ändere dich nicht, Blanche.«

»Ich glaube, ich muss es, weißt du. So wie ich bin, werde ich nichts zustande bringen. Meine Anständigkeit ist gegen mich. Ich habe mir die falsche Rolle selbst ausgesucht. Aber jetzt ist es zu spät, um etwas daran zu ändern. Wie gesagt, ich werde es durchstehen. Aber dann werde ich versuchen, mich zu ändern. Versuchen, ein bisschen unbekümmerter zu leben. Ein ungekünsteltes Leben. Das heißt, ohne Kunst. Denn die Kunst kann sehr zerstörerisch sein. Das habe ich herausgefunden.«

»Ich muss jetzt gehen«, sagte er, mit einem Blick auf die Uhr.

»Ja«, sagte sie. »Du musst gehen.«

»Du hast immer zu hohe Maßstäbe angelegt, Blanche.«

»Wirklich? Dann werde ich auch sie aufgeben müssen.«

Sie stand auf und begann, die Kissen glatt zu streichen. Er fasste ihren Arm, aber sie wandte sich ab.

»Das war ich niemals, weißt du«, sagte er und wandte sich ebenfalls ab.

»Was warst du niemals?«

»Halbherzig«, sagte er.

In dieser Nacht stand Blanche am Fenster, den Vorhang mit der Hand zurückhaltend, und schaute auf die Straße hinaus. Dann ging sie zu Bett und lag lange schlaflos.

12

»Das war ja wohl eine richtige Party gestern Abend«, sagte Miss Elphinstone, drehte beide Wasserhähne auf und hob die Stimme, um das Geräusch zu übertönen. »Aber Sie dürfen es nicht gleich übertreiben. Ich finde, Sie sehen gar nicht gut aus.«

»Ich verreise«, sagte Blanche und kam sich dabei vor wie Captain Oates. »Vielleicht werde ich sogar längere Zeit fortbleiben.«

Miss Elphinstone war durch nichts zu überraschen. Erfahren in den Wegen des Herrn, war sie gefeit gegen alle unvorhergesehenen Ereignisse und merkwürdig gleichgültig gegenüber allen Äußerungen eines ungezügelteren Lebensgefühls. Oberflächliche Beobachter mochten sie für selbstzufrieden halten, wäre da nicht ihr Lächeln gewesen, das unvorhersehbar auf ihrem Gesicht erschien und verlosch. Manchmal versuchte Blanche, Miss Elphinstone in ihren ausführlichen Kommentaren zu unterbrechen, nur um mit einem Lächeln von großer Güte belohnt zu werden, einem Lächeln, das dann, wenn überhaupt, ein dem ihren weit überlegenes Bewusstsein enthüllte. Miss Elphinstone, aufrecht und untadelig, unwandelbar in Haltung und Charakter, war aufgrund ihrer hervorragenden Eigenschaften gleichsam ein Richter, vor dem Blanche all ihre Pläne vorzubringen hatte. Ohne Miss Elphinstones Zustimmung war nichts wirklich erlaubt. So hatte Miss Elphinstone ihre Zweifel geäußert, als Blanche versucht hatte, Elinor aufzunehmen. Das Kind sei noch zu klein, um ohne seine Mutter das Haus zu verlassen, waren ihre Worte gewesen. Seit dieser Bemerkung hatte Blanche ihre Bemühungen hinsichtlich Elinors mit Skepsis betrachtet und sich von ihrem ursprünglichen Eifer distanziert. Auch ihr Widerstreben, Sally in ihre Wohnung einzuladen, stammte zum Teil aus der Ahnung, dass es Miss Elphinstone missbilligen würde. Aber das war noch nicht alles. Denn Sally hatte bei ihrem einzigen Besuch mit kundigen Blicken den Abstand zwischen Blanches Einkommen und ihrem eigenen erkannt und dementsprechend ihre Erwartungen hochgeschraubt. Es waren sehr hohe Erwartungen gewesen, und doch nicht ganz unvernünftige. Jetzt, da sie im Begriff war abzureisen, wollte Blanche in so vielen Punkten wie nur möglich Klarheit schaffen. Ein großer Umbruch bereitete sich in ihrem Leben vor, dessen sie sich würdig erweisen musste. Sie unterbreitete Miss Elphinstone ihr dringendes Bedürfnis nach Luftveränderung und fühlte sich seltsam erleichtert, als sie das zustimmende Kopfnicken Miss Elphinstones bemerkte.

»Gut«, sagte diese nur, »ich habe ja meinen Schlüssel. Ich werde wie immer vorbeischauen. Ich nehme an, Sie werden hier wieder auftauchen, wenn Sie genug gehabt haben. Möchten Sie nicht diese Schüssel Ihrer Nachbarin Mrs. Duff zurückgeben, bevor Sie es vergessen?«

Miss Elphinstone interessierte eine unmittelbar vor ihr liegende Aufgabe mehr als entferntere Möglichkeiten. Man hätte auch sagen können, dass sie wenig Phantasie besaß, weil ihr Sinn für unmittelbare Erfordernisse sie vor allen Überspanntheiten bewahrte. Miss Elphinstone war eindeutig bei klarem Verstand und ohne Neigung zu Phantastereien. Sie interessierte sich sehr für das Leben der anderen, aber dank einer Art von göttlichem Ratschluss war sie unempfindlich gegen jegliche Auswirkung auf ihr eigenes Leben. Blanche beneidete sie um diese Unbeeinflussbarkeit. Da sie keinen Sinn für die relative Bedeutung oder Bedeutungslosigkeit der anderen hatte, lebte Miss Elphinstone in einem Zustand wahrer Erleuchtung, an allem mäßig interessiert, aber nie durch Neugier verführt und moralisch gefeit gegen alle Spekulationen. Miss Elphinstone würde Blanche einen gewissen Freiraum bei ihren Angelegenheiten zubilligen, aber sicher würde sie sehr schnell jede Besonderheit bemerken. Sie schien der Ansicht zu sein, dass sich gegen eine kurze Reise nichts einwenden ließe. Blanche verriet ihr nicht, wie lange sich ihre Abwesenheit hinziehen könnte, denn sie war sich selbst noch nicht im Klaren darüber. Sie dachte an Erkundungsreisen und an die Suche nach einem Haus. Tatsächlich war das, worauf es ankam, die Entfernung von diesem Ort und nicht so sehr das Ziel der Reise.

Noch schien ihr das Fußfassen an einem anderen Ort unwirklich und verschwommen.

Miss Elphinstone, dachte Blanche beruhigt, sah die Notwendigkeit ein, dass sie, Blanche, auch einmal fortgehen müsse. Was danach geschehen würde, war noch nicht spruchreif und durfte fürs Erste außer Acht gelassen werden.

Es war ein schöner, milder Tag von der Art, die den

Herbst ankündigt. Auf die Morgensonne war eine weißgraue Klarheit gefolgt, vor der die dunklen Bäume unbewegt in der windstillen Luft standen. Draußen vor dem Obst- und Gemüseladen hatten die gezackten Astern und die vollen und festen Dahlien den Platz der nicht mehr ganz überzeugenden Rosen und Nelken eines Londoner Sommers eingenommen. Das Laub an den Bäumen war zwar noch grün, begann aber zu fallen. Ein Mann fegte die Blätter vom Rinnstein. Blanche machte zum letzten Mal den Weg zu Sallys Kellerwohnung. Aus einem Impuls heraus kaufte sie einen Blumenstrauß, um für eine angemessene Begrüßung Sallys gerüstet zu sein, denn irgendwie war es undenkbar, mit leeren Händen vor ihr zu erscheinen. Sally empfing Geschenke, aber sie machte keine. Blanches Kuchen und auch ihr Geld waren, wie sie plötzlich einsah, als taktlose und plumpe Geschenke betrachtet worden. Sally hatte es lieber, wenn das Geld durch die Luft geflogen kam, möglichst in großen Mengen und ohne zu wissen, woher es stammte. Sie nahm zwar alle Tributzahlungen entgegen, pflegte sich aber über den schlechten Stil des Spenders zu beklagen und blieb damit dem eigenen Standard treu. Blanche begann einzusehen, dass Sally sich nie als hilfsbedürftig empfunden hatte. Sie hielt es einfach für vernünftig, dass andere ihr unter die Arme griffen, bis die Würfel einmal anders gefallen wären und sie in eine glücklichere Lage versetzt hatten. Theoretisch war sie stets bereit, für andere dasselbe zu tun, aber praktisch war das irgendwie nie möglich. Während Sally von ihren großzügigen Gesten in der Vergangenheit erzählte, war sie im gegenwärtigen Augenblick stets ohne Mittel. Für Sally war Verantwortungsgefühl Zeichen eines kleinen, unbedeutenden Geistes. Doch ließ sie Kritik durchblicken an allen, die ihr nicht halfen, so als habe sie mit raschen, erfahrenen Blicken ihre finanziellen Verhältnisse abgeschätzt.

Blanche hatte inzwischen erkannt, wie unsinnig es gewesen war, Sally vernünftige Erwartungen ans Leben nahe bringen zu wollen. Das, was Sally vom Leben erwartete, war so grundverschieden von ihren eigenen Erwartungen, dass Sally ihr so unverständlich geblieben war, wie sie selbst für Sally unverständlich gewesen war. »Sie unternehmen so wenig«, hatte Sally einmal gesagt und dabei gemeint: »Sie geben so wenig Geld aus.« Wenn sie auch nie Fragen gestellt hatte, verfügte sie doch über genaue Informationen. Ihr Instinkt war so sicher, dass ihr Urteil seltsamerweise richtig war. Schwanken und Zögern, »des Gedankens Blässe« waren ihr fremd. Das, was sie zu schätzen wusste, war die große, überraschende Freude, die ihr Blanche, wie sie meinte, wohl hätte bieten können: eine Einkaufsorgie, das Geschenk eines Autos oder eine Vergnügungsreise. Alles, was unter dieser Ebene lag, traf bei ihr auf stumpfe Gleichgültigkeit, und sie zog ein enttäuschtes Gesicht, als habe sie den Spender bei etwas Unwürdigem ertappt. Schweigen war ihre einzige Antwort auf die von Blanche geleisteten Zuschüsse gewesen, obwohl sie nie gezögert hatte, sie darum zu bitten. In der Tat bat sie um mehr, als hoffe sie, Blanche zu einer endgültigen Ausschüttung von Geldern zu veranlassen, nach deren Empfang sie dann endlich lächeln würde.

Man kann sie eigentlich nicht einmal tadeln, dachte Blanche, als sie an den geruchlosen blutroten Dahlien schnupperte. Es war keine Frage der Schuld. Es war nur so, dass es in ihrer Beziehung zu Sally Missverständnisse gab, komplizierte Missverständnisse. Vernünftig, wie sie war, hatte sie geglaubt, Sally nur in einer momentanen Notlage auszuhelfen. Doch dann war sie fasziniert von diesem eigentümlichen Menschen gewesen, der sich buchstäblich nicht um das Morgen sorgte und durch das Leben ging in Erwartung von Vergnügen, wo andere nur an Pflichten denken würden. Die Unordnung in Sallys Leben, der Kontrast zwischen vergangenem Überfluss und gegenwärtiger Mittellosigkeit, die Glück verheißende Nachricht, von der sich herausstellte, dass es diese Nachricht überhaupt nicht gab, die schwierige Situation des Ehemanns, ihre Fehleinschätzung des Charakters und der Hartnäckigkeit der Demuths – als ob es überraschend wäre, dass sie ihre, Blanches, Bekanntschaft überlebt hatten! – und vor allem die Verstocktheit des Kindes, die ihr jetzt nicht mehr so gleichnishaft, so symbolisch erschien, sondern mehr als Symptom einer verzögerten, doch normalen Entwicklung: dies alles war für sie Material zu einer Geschichte geworden, an der sie mitwirken konnte. Das Wesentliche an der Geschichte aber war, dass von Blanche nicht etwa erwartet wurde, sie weiterzuführen, sondern nur, sie zu lesen, in Fortsetzungen, und dabei die passenden Ausrufe beizusteuern – Ausrufe der Verwunderung, der Empörung, der Ermutigung, der Sympathie. Wenn man sie überhaupt brauchte, dann als eine Hintergrundfigur, diskret Geldscheine hinblätternd, in angenehm unpersönlicher Weise, die keine Verlegenheit aufkommen ließ, ohne eigene kritische Stellungnahme, die gegenwärtigen Schwierigkeiten Sallys jedoch würdigend. Dass kein menschliches Wesen eine solche Haltung auf Dauer durchhalten konnte, war Sally einerlei. Schließlich gab es genug andere, und jeder von ihnen war zu ersetzen. Es kam nur auf Sally an, aber hier, fand Blanche, ging sie zu weit, denn Sally hatte noch nie über ihren eigenen Gesichtskreis hinausgeschaut. Wenn Mr. Demuth Paul Geld verweigerte, dann war er ein Biest, ein gemeiner Ignorant und primitiver Mensch. Von Mrs. Demuth schien Sally sich kein klares Bild zu machen, wahrscheinlich weil sie es schwer fand, anderen Frauen eine eigene Identität zuzutrauen. So war Mrs. Demuth einfach jemand, der Sallys Pelzmantel verwahrte. Ob Sally wusste, wem der Mantel tatsächlich gehörte, war Blanche nicht klar. Wahrscheinlich wusste sie es nicht, denn sie hatte immer von ihm als ihrem Eigentum gesprochen. In Patrick und Blanche sah sie zwei langweilige Leute, die sich verpflichtet fühlten, sie zu betreuen, pedantisch bemüht, Ordnung in ihre Angelegenheiten zu bringen, wenn auch – zugegebenermaßen – Patrick gewisse Ansätze gezeigt hatte, aus seiner Rolle auszubrechen. Allerdings wusste Sally, dass Patrick seine Flucht nicht durchzuhalten vermochte. Was Blanche betraf, so fand sie sie eindeutig unfähig zu irgendeiner Flucht überhaupt.

Ständig zur Rechenschaft gezogen zu werden, war Blanches Schwäche, nicht zur Rechenschaft gezogen zu werden, war Sallys Stärke.

Als Blanche durch die schmutzigen Fenster der Kellerwohnung sah, war sie nicht überrascht, dass mehrere offene Koffer auf dem grünen Teppich standen. Dazwischen lief Elinor in blauen Hosen und weißem Anorak umher und war mit allerlei Spielsachen beschäftigt, die Blanche noch nicht kannte. Ihr kleiner Korbstuhl lehnte hochkant in einer Ecke; auf dem Teewagen stand ein Teller mit einer zur Hälfte ge-

gessenen Toastscheibe. Als Blanche die Treppe hinunterstieg, machte sie sich klar, dass ihr Beitrag wieder einmal zur falschen Zeit kam und unangebracht war. Ihre Blumen würde man beiseite legen und, wenn sie gegangen war, fortwerfen. Man hatte also Pläne gemacht, aber sie nicht unterrichtet. Informationen, selbst weniger wichtige, hatte man ihr allerdings schon immer vorenthalten, doch jetzt wollte Blanche überhaupt keinen Versuch mehr unternehmen, irgendetwas zu erfahren. Sie war gekommen, um mitzuteilen, dass sie verreise, und sie sah keinen Grund, den Abschied in die Länge zu ziehen. Später dann wollte sie den Direktor ihrer Bank und ihren Anwalt sprechen, um ein finanzielles Arrangement zugunsten Elinors zu treffen. Danach war sie frei – frei, ihre eigenen Angelegenheiten zu regeln und danach zu verschwinden, möglichst für immer. Vor allem auf Eile schien es ihr jetzt anzukommen.

Sally begrüßte sie mit einem Blick höchster Überraschung, als ob sie erwartet hatte, sie sei bereits verschwunden. Auf die leeren Koffer weisend, sagte sie: »Es macht Ihnen doch nichts aus, wenn ich weiter packe? Denn um zwölf werde ich von ein paar Freunden abgeholt.«

»Sie verreisen?«, fragte Blanche, während sie über einen kleinen Karren stieg, in dem ein Stoffpudel lag.

»Ja, Gott sei Dank, wir reisen. Nellie geht zu ihrer Großmutter, und ich mache Ferien.«

»Ferien?«, wiederholte Blanche und fügte, sich an die passende Antwort erinnernd, schnell hinzu: »Das ist ja toll.«

»Nicht wahr? Ein Freund von uns, von früher, hat mich hier aufgestöbert. Jetzt gehe ich in sein Haus in Cornwall. Weiß Gott, ich brauche einmal eine Abwechslung.«

»Die brauchen Sie gewiss«, sagte Blanche, darauf bedacht, den richtigen Ton anzuschlagen. »Paul wird sich bestimmt freuen.« Sie bemerkte einen dicken Strauß Rosen, die in einer kostbaren Kristallvase ohne Wasser dahinwelkten.

»Paul muss mit seinen Problemen selbst fertig werden. Ich habe ihm gesagt, wo er mich finden kann. Wenn er sich von diesen furchtbaren Leuten freigemacht hat, kann er zu mir kommen. Es ist doch ganz sinnlos für mich, hier herumzusitzen.«

Dies war nun einmal eine ganze Fülle von Informationen.

»Hat Paul Ihnen gesagt, was man beschlossen hat?«, fragte Blanche.

Sally streifte sie mit einem flüchtigen Blick. »Sie gehen nach Amerika zurück. Aber das wissen Sie ja selbst. Man kann von mir nicht erwarten, dass ich hier herumsitze und auf ihn warte.« Sie schien Blanche wegen ihrer Vermittlung böse zu sein, als ob Blanche für Mr. Demuths Entschluss verantwortlich sei. »Gott weiß, was Sie denen erzählt haben.«

»Ich habe nur versucht zu erklären ...«, begann Blanche, gab es aber auf. »Vielleicht wäre es besser gewesen, wenn Sie mich nicht gebeten hätten zu vermitteln«, sagte sie, außerstande, sich diese Bemerkung zu verkneifen. »Ich hielt es für eine schlechte Idee. Erinnern Sie sich?«

»Jedenfalls spielt es jetzt keine Rolle mehr, nicht wahr? Wenigstens haben Sie nun gesehen, mit was für Schwierigkeiten wir es zu tun hatten. Nicht, dass mir das viel nützt.« Sie wandte ihr den Rücken zu und widmete sich nun ganz der Aufgabe, einen langen, roten, seidenen Rock zusammenzulegen. Blanche beugte sich zu Elinor hinab und gab ihr den Blumenstrauß, den das Kind in den Karren legte.

»Hast du Daddy gesehen?«, fragte Blanche, worauf Elinor bejahend mit dem Kopf nickte. Blanche war überrascht. »Ist Paul hier gewesen?«, fragte sie Sally, die das mit keinem Wort erwähnt hatte.

»O nein«, sagte Sally, im Begriff, einen Koffer zu schließen. »Wir haben ihn besucht. Er hat uns zum Lunch ins Dorchester eingeladen. Nicht schlecht. Nellie war begeistert. Sie hat übrigens angefangen zu sprechen.«

»Nein so was, Elinor!«, sagte Blanche mit einem Gefühl tiefer Freude. »So ein gescheites Mädchen! Kannst du meinen Namen sagen? Kannst du Blanche sagen?« Elinor nickte wieder, blieb jedoch stumm. Wie gut, dachte Blanche. Das ist ein großer Erfolg. Es war schließlich so etwas wie ein Happy-End. Zugleich wunderte es sie, dass sich Sallys Gleichgültigkeit nicht in eine teilnahmsvolle Haltung verwandelt hatte. Vielmehr schien sich ihre Laune mit der gesteigerten Aktivität nur verschlechtert zu haben, so als lege man ihr Hindernisse in den Weg oder aber, als habe sie endlich die Geduld mit all denen verloren, die dies verursacht hatten. Ihre neuerliche Flucht war vielleicht nur eine weitere Etappe ihrer Unstetigkeit. Da sie offensichtlich nicht die Absicht hatte, zurückzukommen, musste irgendwo anders ein Platz für sie gefunden werden, und das bedeutete, dass anderen Leuten diese Aufgabe überlassen blieb. Die Freunde, die sie um zwölf abholen würden, oder der Freund von früher, der ihr sein Haus in Cornwall zur Verfügung stellte – sie alle würden gezwungen sein, Sally Zuflucht zu gewähren, bis etwas neues improvisiert würde. Jedenfalls würde sie hier, an diesem Platz, in dieser Konstellation nicht wieder erscheinen. Diese Phase ihres Lebens war abgeschlossen, vorbei auch die Zeit, wo sie sich zu Elinors Erziehung hergegeben hatte, die von nun an der Obhut ihrer Großmutter anvertraut blieb. Mit demselben Recht konnte sie auch Paul abschieben, ohne jede Schuldzuweisung. »Es hat nicht funktioniert«, hörte sie Sally sagen, und Paul würde verschwinden, würde sich auflösen, ohne eine Spur zu hinterlassen. Und all diese notwendigen Pläne waren im Zeitraum weniger Tage beschlossen worden, ein Beweis mehr, wenn dieser überhaupt noch nötig war, für Sallys magisches Denkvermögen.

»Ich bin nur froh, dass ich Sie noch erwischt habe«, sagte Blanche. »Ich bin gekommen, um Ihnen Lebewohl zu sagen. Auch ich verreise.«

»Ach ja«, sagte Sally über die Schulter hinweg.

»Ja. Ich werde wohl für eine ganze Weile fortbleiben.«

Sally richtete sich auf. »Was machen Sie in dem Fall mit Ihrer Wohnung?«

»Mit meiner Wohnung?«

»Ja. Wird jemand darin wohnen?«

Blanche sah sie mit großen Augen an und brach dann in ein Gelächter aus.

Sally schien beleidigt zu sein. »Ich dachte nur … wenn wir grad in der Klemme wären. Ich weiß gar nicht, worüber Sie lachen. Habe ich etwas Komisches gesagt?«

Blanche war von ihrem Lachen selbst überrascht, aber es befreite sie von dem Druck dieser eigentümlichen Situation. Plötzlich gab es für sie keinen Zwang mehr, irgendetwas Bestimmtes zu empfinden. Sie beugte sich zu Elinor hinab und gab ihr einen Kuss. »Leb wohl, mein Liebling«, sagte sie. »Lass es dir gutgehen. Auf Wiedersehen, Sally.«

»Auf Wiedersehen«, sagte Sally, in ihre gewohnte Gleichgültigkeit zurückfallend.

An der Tür drehte sich Blanche um. »Übrigens, was hat Elinor gesagt, als sie sprach?«

»Ich weiß es nicht mehr«, sagte Sally. »Irgendetwas über Großmutter. Zur Großmutter gehen. So etwas. Ich kann mich nicht erinnern.«

So war auch dieser historische Augenblick ohne die gebührende Aufmerksamkeit vorübergegangen. Ihr letzter Blick auf Sally zeigte eine über einen Koffer gebeugte Gestalt, die damit beschäftigt war, sorgfältig ihre teuren, bunten Kleider einzupacken. Bei dieser Tätigkeit war sie, wie bei jeder anderen, die mit der Pflege ihrer Erscheinung zu tun hatte, unfehlbar.

Als sie, wie sie es so oft getan hatte, noch einmal von der Tür zurückblickte, sah Blanche beide eifrig beschäftigt und von ihr abgewandt. Plötzlich und unvermutet begriff sie, dass die beiden keine Bedeutung für sie hatten, so wenig wie sie für die beiden. Und ebenso schnell machte sie sich klar, dass sie das schon früher hätte sehen können, aber das Unglück hatte ihr die Schärfe ihres Verstandes geraubt. Das rätselhafte Kind war noch immer ein Rätsel für sie, und auch die Mutter war ihr fremd geblieben. Sie war den beiden stets gleichgültig gewesen. Wie üblich, nur diesmal mit weniger Zorn, gab sie sich selbst die Schuld. Zu glauben, dass sie diese Menschen lieben könnte und dass ihre Liebe erwidert würde, war mehr als eine Dummheit, es war ein

Irrtum. An ein Band zwischen Elinor und ihr, Blanche, zu glauben, war ein schwerer Fehler gewesen. Es war nicht ihr Kind, das sie lieben durfte. Doch das war noch immer überraschend für sie. Und das Kind wusste das irgendwie. Elinors sichere Instinkte erstaunten sie, und ihre Bewunderung war nicht weniger aufrichtig, weil sie früher, unter anderen Umständen, von ihr einen ungenauen Eindruck gehabt hatte. Was sie selbst betraf, so hatte sie die üblichen Fehler gemacht und die Liebe für etwas Einfaches, Angenehmes, Natürliches, Ruhevolles und Selbstverständliches gehalten. So wie sie geglaubt hatte, dass die Liebe, wenn sie erwidert wurde – die Hand des Kindes in ihrer Hand – ein seliger Zustand ohne den Gedanken an Besitz sei. Wie töricht ich war, dachte sie. Sie haben in meiner Zuneigung nur den Versuch einer widerrechtlichen Aneignung gesehen. Als diese Wahrheit sie mit ihrer ganzen Kraft traf, wurde sie von Ungläubigkeit und Bestürzung überfallen. Es war eine höchst unpassende Verbindung, dachte sie. Ich habe nie ganz begriffen, was es mit den Besitzrechten auf sich hat. Hätte ich es, wäre ich jetzt nicht allein und würde auch nicht allem Anschein nach gezwungen sein, es zu bleiben.

Aber da es nun einmal so war, vergaß sie all ihre Nöte und Wünsche und warf dem Kind eine Kusshand zu (was Elinor nicht sah), öffnete sich selbst die Tür und schloss sie hinter sich. Sie wollte nur schnell wieder ans Tageslicht, weg von dem muffigen Raum, hinaus in die milde Herbstsonne. Auf dem Heimweg durch freundliche, von keiner Pflicht mehr bestimmte Straßen wurde ihre Stimmung immer gelöster, freier. Ab und zu konnte sie ein Lachen nicht unterdrücken.

Einer Eingebung folgend, ging sie in einen Friseursalon und ließ sich ihre Haare kurz schneiden. Dieser symbolträchtige Akt schien weitere nach sich zu ziehen. Hochgestimmt machte sie sich auf den Weg zum Krankenhaus und erklärte den Leuten in der Verwaltung, dass sie für einige Zeit nicht mehr kommen werde.

»Für wie lange?«, fragte die Oberin. »Nur weil wir gern wissen, woran wir sind.«

»Ich denke, für eine ganze Weile«, sagte Blanche.

»Wir wüssten nur gern, wer in der Weihnachtszeit hier sein wird. Und ohne Sie, Mrs. Vernon, können wir nicht auskommen. Immer so zuverlässig.«

Vielleicht werden Sie es müssen, dachte Blanche, als sie sich, beide herzlich lächelnd, trennten. Jetzt gab es noch eine ganze Menge zu tun, aber das Wetter war so verführerisch, dass sie den Weg nach Hause hinausschob, wo noch so mancher notwendige Brief zu schreiben war. Stattdessen bummelte sie ein bisschen in der milden Wärme umher, betrachtete die Schaufenster, kaufte die ersten Brombeeren und ein zweites Mal Dahlien, diesmal für sich selbst. Für Mrs. Duff wählte sie sorgfältig eine prächtige Gloxinie aus; die trichterförmigen Blüten zeigten Farben von tiefem Karminrot bis zum Weiß des Stängels. Sie würde den Nachmittag damit verbringen, diejenigen Kleider auszusortieren, die sie als ihre National-Gallery-Kleider bezeichnete und die Miss Elphinstone gewiss noch tragen könnte. Man müsste sie nur überreden, sie nicht der Kirche für ihren Wohltätigkeitsbasar zu schenken. Im Übrigen wollte sie ihre Angelegenheiten in Ordnung bringen. Sie wollte mit nur einem Koffer reisen. Wenn sie irgendetwas brauchte, würde sie es unterwegs kaufen. Nach diesem Entschluss fühlte sie sich buchstäblich erleichtert.

»Lorraine«, sagte sie und steckte den Kopf durch die Tür des Reisebüros, »können Sie für mich einen Flug nach Paris buchen, für übermorgen? Ich rufe Sie später an.« Dann ging, sie, beinahe mit Bedauern, nach Hause.

Nach der strahlenden Helle draußen kam ihr die Wohnung düster vor. Vielleicht war sie wirklich düster. Vielleicht war sie es immer gewesen. Sie zog das Bett ab, denn sie wollte die beiden letzten Nächte in makellosen Betttüchern schlafen. Als sie an der Frisierkommode vorbeikam, war sie von ihrer neuen Erscheinung überrascht: Ihre trübsinnigen Gesichtszüge waren zusammen mit der überflüssigen Haarlänge verschwunden. Mit plötzlich erwachtem Interesse machte sie sich zurecht, drehte den Kopf hin und her und legte, als ob sie zweifelte, die Hand in den Nacken. Aber es schien alles in Ordnung zu sein. Sie zog ein dunkelrotes Leinenkleid an – es hatte die Farbe, die später die Brombeeren haben würden, wenn sie mit Sahne verrührt waren. Dann nahm sie die Gloxinie und die Schüssel und ging damit zur Tür des Nachbarhauses, hinter der Mrs. Duff wohnte. Diese Bekanntschaft, die sie so lange gleichgültig gelassen hatte, erschien ihr jetzt in denselben zarten Farben, wie sie der Tag draußen hatte. Sie würde für lange Jahre den Blick tiefen Mitgefühls und den hilfreich stützenden Arm nicht vergessen, nicht vergessen wollen. Durch strenge Selbstdisziplin daran gewöhnt, besser oder schlechter allein fertig zu werden, blickte sie jetzt verwundert auf den Augenblick zurück, als Mrs. Duff ihr zu Hilfe gekommen war. Sie fand es durchaus wahrscheinlich, dass ihre neue Unbeschwertheit von eben diesem Augenblick herrührte.

»Wie schön Sie aussehen!«, sagte Mrs. Duff, als sie Blanche in ein Zimmer ließ, das dem ihren vollkommen glich, nur dass es viel heller war. Dies war offenbar Mrs. Duffs besonderem Einrichtungsstil zu verdanken, der seinen Ausdruck in zweisitzigen Sofas, bestickten Läufern und einer Menge von Staffordshire-Porzellan fand. Die Wände waren sehr hübsch mit gelber, grob gerippter Seide bespannt, die das dunklere Gold des Teppichs stärker hervortreten ließ. In einer großen Blumenschale aus blankpoliertem Messing prunkten fleischige Grünpflanzen. Schwere, weiße Spitzenvorhänge hingen an Messingschienen und waren, mit einem Band zusammengehalten, vor den Fenstern zurückgerafft. Aus dieser Wohnung, die sich jeder Stiländerung zu widersetzen schien, hatte Mrs. Duff ein viktorianisches Landhaus gemacht. Blanche drückte ihre Bewunderung und ihr Entzücken aus.

»Sie müssen erst unser Schlafzimmer sehen«, erklärte Mrs. Duff strahlend. »Ich wollte es eigentlich neu einrichten, aber mein Mann wollte nicht, dass ich auch nur das geringste ändere. Er hat es gern, so wie es ist. Und es ist wirklich recht behaglich.« Es war mehr als das, es war verführerisch. Das Doppelbett vermittelte ein Gefühl tiefen Friedens. Weiße Blumen, miteinander verflochten, zogen sich auf blauem Grund in einer Ranke über die Wände. Den Boden bedeckte ein tiefblauer Teppich, und auf dem Bett lag eine weiße Tagesdecke aus Chenille. Unter dem blau-weiß gestreiften Sofa lugten zwei Paar rote Pantoffeln hervor. Neben dem Kopfende des Bettes standen zwei weiße Nachttische, darauf je eine Lampe mit Messingfuß und einem unten ausgebogten Milchglasschirm in Form einer Gloxinie. Eine bescheidene Tube mit Hautcreme wies darauf hin, auf welcher Seite Mrs. Duff schlief.

»Aus dem zweiten Schlafzimmer haben wir ein Ankleidezimmer gemacht«, erläuterte Mrs. Duff, als sie die Tür zu einem in blau-weißen Streifen tapezierten Raum öffnete, in dem sich weiße Kleiderschränke mit Lamellentüren und ein hoher Standspiegel befanden.

»Eine *Psyche*, so nannte man früher diese Spiegel«, erklärte sie. »Er stammt noch aus der Werkstatt meiner Mutter. Ja«, fuhr sie fort, »wir wollten aus diesem Zimmer etwas Besonderes machen. Das ist nun daraus geworden, aber jetzt habe ich genug erzählt. Für eine Tasse Kaffee ist es doch noch nicht zu spät, meine Sie nicht auch? Ich habe gerade ein paar Mandelkekse gebacken.« Ein feiner Backgeruch hatte es Blanche bereits verraten.

Blanche saß auf einem kleinen, dickgepolsterten Sofa und berichtete Mrs. Duff von ihren Plänen. Sie fanden deren volle Zustimmung. »Ich werden den Schlüssel behalten«, sagte sie, »und nachsehen, ob alles in Ordnung ist.« Blanche fühlte sich in der Obhut dieser Frau sicher, und gleichzeitig empfand sie, dass sie hier die Erlaubnis erhalten hatte, sich freizufliegen. Niemand konnte vorher sagen, was diese Reise bringen und ob Blanche zurückkehren würde. Dieser Gedanke ließ ihr den heutigen Tag wie einen Ferientag erscheinen. Er hatte den angenehmen Charakter des Provisorischen und würde bald enden und mit ihm zusammen die ganze vertraute Szenerie ihres bisherigen Lebens. Sie hatte eine Vision von fliehenden Schienensträngen, die enger aneinanderrückten, sich kreuzten und wieder auseinanderliefen, und eine Vision ihrer selbst, wie sie auf einer Zwischenstation am frühen Morgen die nach Thymian duftende Luft einsog. Jetzt aber hatte die Kaffeestunde in diesem Wohnzimmer den Reiz der Neuheit für sie. Übrigens studierte sie aufmerksam jede Einzelheit in Mrs. Duffs Erscheinung: ihren cremefarbenen Rock, die dunkelblaue Bluse und selbst die winzigen kaffeebraunen Schuhe, in denen ihre Füße mit dem auffallend hohen Spann steckten.

»Sie haben die Füße einer Tänzerin«, sagte Blanche, und erfreut gestand Mrs. Duff, dass sie den Tanz liebe und auch daran gedacht hatte, Tänzerin zu werden, wäre da nicht der Gedanke an ihren zukünftigen Mann gewesen. Sie hatte ihn, erst sechzehnjährig, zum ersten Mal gesehen und im selben Augenblick beschlossen, ihn später zu heiraten. »Er wusste das natürlich nicht.« Aber jedenfalls war es nun aus mit ihren Plänen, auf der Londoner Bühne als Tänzerin aufzutreten. Stattdessen half sie ihrer Mutter im Ausstellungs- und Vorführraum, nur um den Augenblick abzuwarten, an dem sie es für schicklich erachtete, Johns Antrag anzunehmen, und feine Wäsche in Mengen zu stapeln, damit es in ihrem Heim an nichts fehle. Eine Hochzeit in Weiß natürlich und mit allem, was dazugehörte. Und nie ein böses Wort in all den Jahren. Wohlgemerkt, eine Frau muss wissen, wie man Männer behandelt, wie man es zuwege bringt, dass sie sich wohl fühlen. Wenn Sie das einmal verstanden haben, werden Sie auch mit all den kleinen Problemen, die hie und da auftauchen können, fertig werden. Mrs. Duff war der Meinung, dass alle Männer im Grunde ihres Herzens kleine Jungen seien. Blanche nickte und war gefesselt von dieser

Anschauung der menschlichen Dinge und von der Entschiedenheit, mit der Mrs. Duff sie aussprach. Der Saphirring funkelte auf ihrer zarten weißen Hand, als sie Blanches Tasse nahm und sie mit vorzüglichem, duftendem Kaffee füllte. Blanche hatte erwartet, dass der Kaffee dünn sein würde – ihr eigener war immer zu stark –, aber Mrs. Duffs kultivierter Haushalt strafte solche Erwartungen Lügen. Ein Sonnenstrahl fiel durch das Fenster, als ein Mandelkeks, dieser Inbegriff bürgerlichen Behagens, zerkrümelnd zu zuckrigem Staub, Blanche auf der Zunge zerging.

Nachdem sie sich von Mrs. Duff verabschiedet und die heile Wohnung verlassen hatte, spürte sie den ersten Anfall von Melancholie. Die Sonne, die jetzt strahlend über den ruhigen Straßen schien, lockte Blanche ans Fenster, und für eine Weile blieb sie dort in ihrer gewohnten Haltung stehen, in der Hand den Vorhang, den sie vom Fenster zurückgezogen hatte. Sie dachte daran, wie lange heute, an diesem besonderen Tage, die Sonne gebraucht hatte, um Kraft zu gewinnen. Als sie sich dann noch an das unbestimmte Licht dieses Morgens erinnerte, an die von keinem Windhauch bewegte Luft, an die Brombeeren und die Dahlien, da wusste sie, dass es wirklich Herbst geworden war. Der Abend würde kurz sein, bald würde es dunkel werden. Und nicht mehr lange, dann kam der Erntemond, der beinahe golden leuchtete. Natürlich würde sie das alles vermissen, denn dann würde sie da sein, wo die Sonne den ganzen Tag scheint. Mit einem Seufzer, den sie selbst gar nicht hörte, setzte sie sich zielstrebig an den Schreibtisch, um Rechnungen zu begleichen und Briefe zu schreiben, um eine Benachrichtigung für den Milchmann und eine für den Mann von der Wäscherei zu hinterlassen und außerdem eine Notiz, um das Zeitungsabonnement zu kündigen. Dann steckte sie das Geld für Miss Elphinstone bis zum Jahresende in einen Briefumschlag und vergaß auch die genau spezifizierte Aufstellung nicht, auf der Miss Elphinstone bestand. Sie rief Barbara an und sagte ihr, dass sie ihr gleich nach ihrer Ankunft ihre Adresse mitteilen werde. Sie würde sie anrufen, sobald sie angekommen sei.

»Aber wo wirst du ankommen?«, fragte Barbara besorgt und setzte hinzu: »Blanche, ist das vernünftig, was du tust?«

»Es ist mehr als vernünftig, es ist notwendig«, antwortete Blanche, und sie glaubte, was sie sagte. Nachdem sie den Hörer aufgelegt hatte, holte sie einen Koffer hervor und fing an zu packen.

Erst als die Sonne sank, kam die ganze Melancholie, die Melancholie des Aufbruchs über sie. Sie war eine rasch entschlossene Frau, und so war sie mit ihren Reisevorbereitungen bald fertig. Sie machte sich ein Kräuteromelett, das sie später kalt essen wollte, mit etwas Knoblauchbrot und dem Rest der Brombeeren. Danach blieb nicht mehr viel zu tun. Nervös lief sie in der Wohnung hin und her, kontrollierte ihre Frisierkommode, legte sich einen Pullover über die Schulter und schob ihren Koffer an einen Platz, wo sie ihn nicht immer sehen musste. Es war eine Erleichterung, sich zu einer Flasche Frascati an den Tisch zu setzen, obwohl der Wein an diesem Abend nicht nach ihrem Geschmack war. Sie war zu aufgeregt, um still sitzen zu können, und zog einen langen Spaziergang in Erwägung, um bis zur Erschöpfung müde zu werden und so den Nachtschlaf zu sichern. Morgen musste sie das Ticket abholen und sich verabschieden, damit sie am Tag darauf still und ohne Zeugen verschwinden könnte. Als ihr Aufbruch nun so nahe bevorstand, kamen ihr Zweifel, ob er so glatt vor sich gehen würde, wie sie es sich noch kürzlich vorgestellt hatte. Doch sie führte diese Zweifel auf eine ungewöhnliche Form von Nervosität zurück, die sie für eine Folge ihres Einsiedlerlebens hielt, und sie gab sich Mühe, keine Furcht in sich aufkommen zu lassen.

Aber die Furcht ließ sich nicht unterdrücken, und so ging Blanche früh zu Bett. Sie war nur allzu gern bereit, in die Nacht hinabzusinken, in der nur die Welt der Träume galt. Gewohnheit und die abendlichen Rituale halfen ihr, böse Ahnungen in Schach zu halten. So zog sie ihr schönstes Nachthemd an, das seit über einem Jahr in der Schublade lag. Mit einem Seufzer legte sie sich ins Bett, nahm ein Buch zur Hand, um eine Stunde darin zu lesen, doch schon nach ein paar Minuten legte sie das Buch wieder zurück und wandte den Kopf zum Fenster hin. Aber da gab es jetzt nichts zu sehen, und auch kein Laut war zu hören. Vergebens horchte sie auf die Katze mit der Glocke um den Hals, die auf ihrem nächtlichen Patrouillengang sein musste. Als sie so angespannt lauschte, hörte sie zwar nicht das Glöckchen der Katze, aber ein Geräusch an der Wohnungstür: Ein Schlüssel war vorsichtig ins Schloss gesteckt worden. In einem Anflug von Panik glaubte sie sich von der ganzen Familie Beamish verfolgt: Sally, Paul, Elinor und der Großmutter, von denen jeder irgendwie verstanden hatte, sich einen Schlüssel zu verschaffen. Sie setzte sich aufrecht im Bett hin, mit wild schlagendem Herzen, bis sie einsah, dass so etwas unmöglich sei und ihr Besucher nur Mrs. Duff sein konnte oder auch Miss Elphinstone, die von ihrer Gemeindearbeit kam und, wie sie versprochen hatte, bei ihr hereinsehen wollte.

»Miss Elphinstone, sind Sie es?«, rief sie laut. Aber es kam keine Antwort.

»Mrs. Duff?«, fragte sie mit einer Stimme, die bereits an Sicherheit verlor. Sie hörte das Geräusch von fallen gelassenen Schlüsseln, und dann ging langsam die Tür zu ihrem Schlafzimmer auf.

»Ich bin wieder da, Blanche«, sagte Bertie und stellte seinen Koffer hin. »Ich bin zurückgekommen. Was hast du bloß mit deinem Haar gemacht?«